Best Time

白 马 时 光

知更鸟女孩

—— 6 ——

命运终章

〔美〕查克·温迪格 著 吴超 译

VULTURES

百花洲文艺出版社

图书在版编目（CIP）数据

知更鸟女孩.6,命运终章/（美）查克·温迪格著；吴超译.— 南昌：百花洲文艺出版社，2020.2
ISBN 978-7-5500-3411-2

Ⅰ.①知… Ⅱ.①查… ②吴… Ⅲ.①长篇小说—美国—现代 Ⅳ.① I712.45

中国版本图书馆 CIP 数据核字（2019）第 260911 号

江西省版权局著作权合同登记号：14-2019-0258
Vultures by Chuck Wendig
Copyright © 2019 by Chuck Wendig
Published by arrangement with Dunow, Carlson & Lerner Literary Agency, through The Grayhawk Agency
Chinese Simplified Character translation Copyright © 2019 by Beijing White Horse Time Culture Development Co., Ltd.
All Rights Reserved.

知更鸟女孩6：命运终章　ZHIGENGNIAO NÜHAI 6: MINGYUN ZHONG ZHANG

〔美〕查克·温迪格 著　吴超 译

出 版 人	章华荣
出 品 人	李国靖
特约监制	王　瑜
责任编辑	叶　姗
特约策划	王　婷
特约编辑	李　肖
封面设计	陈　飞
版式设计	赵梦菲
封面绘图	So.PineNut
版权支持	韩东芳　程　麒
出版发行	百花洲文艺出版社
社　　址	南昌市红谷滩世贸路898号博能中心Ⅰ期A座20楼　邮编 330038
经　　销	全国新华书店
印　　刷	河北鹏润印刷有限公司
开　　本	880mm×1230mm　1/32
印　　张	11.75
字　　数	340千字
版　　次	2020年2月第1版第1次印刷
书　　号	ISBN 978-7-5500-3411-2
定　　价	46.00元

赣版权登字：05-2019-329
版权所有，侵权必究
发行电话　0791-86895108　　　网　址　www.bhzwy.com
图书若有印装错误，影响阅读，可向承印厂联系调换。

本书献给所有眼里容不得渣男的"坏女人"。

了个功夫小子,而今他想一脚踢穿她的子宫,从她肚子里蹦出来。他们给她找的那个医生名叫莎西尼,住在比弗利山庄。这人有着一身让人羡慕的金色皮肤,又黑又长的睫毛活似燕尾蝶的翅膀。她说米莉安的身体需要释放一种有助于胎儿发育的化学物质,而且这种物质会让米莉安渐渐接受孩子的存在,消除怀孕期的各种不适。但米莉安对她说:"医生,我的身体不会制造那些物质。"因为直到今天,这孩子对她而言仍像个寄生虫,一个累赘——

(一个入侵者。)

——感情上她更倾向于摆脱这东西,因为总会让她想起路易斯;因为即便他越来越大,越来越躁动,可她仍然感觉到莫可名状的空虚和令人痛不欲生的孤独。她甚至已经能在心里听到加比的数落:

不要再东想西想的了,米莉安,那是个活生生的孩子。

她是你的女儿,不是一张破茶几。

"对我来说跟该死的茶几没什么两样!"米莉安小声嘟囔,"该死的,我会是个什么样的妈妈呀!"想得倒挺远。眼下这种情况,在她考虑清楚自己要何去何从之前,这个孩子能不能保住还是个问题——说不定他一生下来就会死掉。从黑暗进入短暂的光明,而后再度离开,回到无形的混乱——万事万物的根源。生命,以匆匆的速度,从开端直达终点——死亡。

一切皆为命运的安排。

但米莉安是命运的敌人,是可以阻断河水的分流器。

命运无权书写这个故事的结局,因为那支笔握在米莉安手中。

米莉安暗暗发誓,现在也好,将来也罢,总之她会搞清楚这个孩子——这个寄生虫,这张破茶几——将以怎样的方式,或因为什么而死去。而她要拯救这个孩子,哪怕为此牺牲她自己的性命。这是她欠路易斯的。他的死全是她一手造成的。

她不允许这个孩子遭受同样的不幸。

这个孩子,必须活下去!

深呼吸,米莉安。吸气,呼气。胎儿在她腹中蠕动。

她掏出手机，给加比发信息：我到了。死美人鱼归隐地。

加比回复：你挺快的。

米莉安：路上不堵。

加比：不堵是好事。

加比：见到泰勒了吗？

泰勒·鲍曼，一个自鸣得意的笨蛋，也是她来此地的原因。这个大眼睛帅哥再过——她看了看表——三十七分钟就会死于非命。

米莉安：我还没进去。

加比：真希望我能陪着你。

米莉安：没关系的。你的事更重要。运气怎么样？

加比：不怎么样。有进展我会告诉你。

加比：那地方什么样？

米莉安四下里看了看，如实描述道：遮阳棚上垂着一个假的美人鱼骨架。不骗你。这骨架做得相当不赖，尾骨上甚至还有鱼鳞，指骨中间还有粘连组织。红色的假发可能有点离谱，不过贝壳做的胸罩倒挺有新意。她甚至还不厌其烦地描述了门口牌子上用石膏写的广告语：女士酒水优惠五十美分；打劫等于找死；招牌鸡尾酒——鬼椒玛格丽塔。谁知道是什么玩意儿。

米莉安又补充道：辣鸡低级潜水酒吧。

辣鸡？该死的输入法。她重新发了一条：垃圾低级潜水酒吧，输入法搞的鬼。

发完她更火了，恨不得把手机摔个稀巴烂。她又加了一条：去踏马的！辣鸡垃圾！

加比：早跟你说过，你应该在你的手机上建个脏话词库。

米莉安：这不是我的手机，不过你的主意倒是不错。我要进去了。待会儿再说。

她把手机塞进后兜，闪身钻进了酒吧。

"也许你只是太胖了。"

"喂,好过分。不过——"她想了想,"也许不算过分,你不知道我的故事,所以情有可原。好吧,我收回,你并不过分。但我告诉你,我怀着孕呢,孕妇不能喝酒。不过,我还是想来杯你们这里最次的龙舌兰,不加青柠,但看上去要像加了青柠一样。"

"我可以给你调一杯鬼椒玛格丽塔。"

"我不要,我连那是什么东西都不知道。"

"不知道玛格丽塔?"

"不知道鬼椒。鬼椒是死掉的辣椒吗?"

酒保的耐心余额显然所剩无几,她抱起双臂粗声问道:"我说姑娘,你到底喝还是不喝?"

现在轮到米莉安不耐烦了,因为在不耐烦这件事上,她可不想让眼前这个粉色牛肉干似的女汉子赢过自己。"姐们儿,你还是没明白我的意思。我想要什么并不重要,因为反正也得不到。每个人都一样,谁都不可能事事称心如意。如果我想要什么就得到什么,那现在的我应该坐在美丽的沙滩上,喝着用椰子装的朗姆酒,肚子里没有孩子,我也没有天赋异禀,没有入侵者搅得我心烦意乱。我有没有说过我脑袋坏掉了?有没有说过我爱的人死了?或者有没有说过——"她发觉自己说话越来越快,越来越大声,所以急忙把后面的话给咽了回去,并咬紧牙关,防止再漏出什么胡言乱语,"不好意思,我想说的是,我不能喝酒。我会喝,但不能喝。我得负点责任。所以,我不要酒,我要的是信息。"

"我可不是你的搜索引擎。"

"我又不是向你打听吉布提的首都。我想问问你最近有没有见过一个人。"

那女人把一侧眉毛扬起近乎完美的角度。"我不能透露客人的信息。"

米莉安将一张二十美元的钞票从吧台上推过去。"现在呢?"

"那妞儿叫什么?"

"那妞儿?为什么是妞儿?"

酒保皱了皱眉。"因为这是拉拉酒吧。"

"是吗?"米莉安转身指了指里面那个老家伙,"那他是怎么回事?"

"那是桑德拉。"

听到名字,那老家伙——女人?——朝吧台方向晃了晃手指。"哦。"米莉安恍然大悟。

"有时候性别是很难看出来的,"酒保说,"尤其小孩儿和老人。"

米莉安耸耸肩。"酷。好吧,管他呢。我想知道你在这儿有没有见过一个男的。说不定你还认识他,他是个小明星,叫泰勒·鲍曼。年纪不大,身材不错,但有点猥琐。头发做过,嘴唇肉嘟嘟的,下巴很结实,不怎么爱说话,闷得像头驴。这家伙典型的四肢发达头脑简单,就像……一个活人版的苹果蜂餐厅。可惜白瞎了一副好身板儿。"

"我知道,演喜剧警匪片的那个。但我在这里没见过他。我们这里光顾过最红的人是猫女,就是那个整容把自己整得像猫一样的女人。她每年来这里一两次,找找乐子。"

"真搞不懂。"

"什么搞不懂?找乐子?"

"不,把自己整成猫。"

"呃,每个人追求不同嘛。"

"是。"米莉安沮丧地啃着手指甲,"这么说,泰勒·鲍曼没来过?该死。"她没有告诉酒保她很确定泰勒·鲍曼来过……哦,二十二分钟,就会出现,而且会死在这里。问题是,万一她搞错了呢?灵视的规则很简单:当她触碰某个人时,她能看到这个人在什么时候以什么样的方式死掉,但死亡地点却要靠她自己来判断。对于泰勒·鲍曼,她认为自己的判断准确无误。她在灵视画面中看到了一个镶着木板的办公室,一张陈旧的铁桌,桌上放着不同卖家开具的发票,而发票上的地址全都写着加州希斯皮里亚的美人鱼往生酒吧。但现在她有点怀疑了。如果她看到的那个办公室和桌子在别的地方呢?比如在老板附近的家里,或者数英里之外的城里,甚至有可能在别的州。她感到一阵恐慌,就像胸口被人插进了一根冰锥。

"你要是什么都不喝——"

"你们这儿有里屋吗？办公间？"

酒保缓缓点了点头。"有啊，怎么了？"

"我能进去看看吗？"

米莉安又推过去一张二十美元的钞票。

酒保的舌头把腮帮子顶得鼓鼓的，考虑了一下，她耸耸肩说："可以，来吧。"随后她起身向后面走去。

米莉安一脚踢开身下的凳子，跟了过去。

3 尿和醋

　　酒保推开一扇弹簧门，走到里面。米莉安跟了上去。此时她肚子里的孩子好像突然打起了嗝，一上一下的，恰好顶着她的膀胱。米莉安简直要崩溃，因为——重申一遍——她肚子里有个小人儿，而当那小浑蛋打嗝的时候她能清楚地感觉到，就像翻滚的香槟泡泡，让她肚子里直痒痒，同时又恶心想吐。

　　她担心的是孩子可能喝醉了，尽管米莉安还没醉。

　　更郁闷的是，现在她想撒尿。

　　这下好了，烧心的感觉也开始了。浓醋般的酸水沿着食管向上涌，她喉咙紧绷绷的，舌头上不时泛着酸，就像在舔硬币。

　　人们常说，怀孕是天赐的礼物，什么生命的奇迹、特别的时光，等等之类，所以要珍惜这段日子，因为你在创造生命。

　　然而在她看来，创造生命是件顶无聊的事情。它绝对没有天使大合唱那么美妙动人，倒更像科学怪人在一场夹杂着闪电、打嗝和泛酸的烟火秀中疯狂地把各种残肢拼凑在一起。

　　她们穿过一道门。厕所门上的木牌子上胡乱刻着一个没有性别指向的厕所标志。

　　"我得撒个尿。"米莉安说。

　　"哎哟，好吧。"酒保无奈地说。

　　米莉安用肘顶开厕所门，扭身钻了进去。所谓的厕所只是一个狭窄的小隔间,里面充斥着木头的干腐味儿和刺鼻的尿臊味儿。她侧着身子,让微微隆起的肚子错过水槽,而后扒下牛仔裤和底裤,坐在马桶上。讽刺的是,虽然尿意汹涌,但她努力了小半天却一滴都尿不出来。她蹙眉咕哝着:"来嘛来嘛来嘛。"在她毫无防备之时,尿说来便来了,像突然打开的消防栓喷射而出。这一刻,她畅快淋漓。看来怀孕也不是没有好处,至少它让撒尿变成了一种庄严,甚至神圣的释放。

酒保隔着门问:"你是洛杉矶来的?"

"是啊。"米莉安在里面回答,"我今天正好从那儿过来,但我不是那里人。"

"那你肯定知道明星收割机的案子咯?"

明星收割机的案子。

她决定聊聊。

"实际上,我就是为这个案子来的。"米莉安说。她的水枪还在冲刷着马桶壁。滋……她不得不提高声调以掩盖强有力的尿声。

"你说真的?"

"像快闪汉堡一样认真,双层牛肉,动物风。"老天,她现在爱死快闪汉堡了。整个加利福尼亚州死到太平洋里她都不在乎(那样至少可以扑灭山火),但得把这家汉堡店留下来。自从怀孕以后,她对他们汉堡的渴望赶得上小丑对孩子们恐惧的渴望了。

终于,泉水的叮咚声停了下来。

等等,还没——

再来两股激流。

滋……滋……叮咚。

好,终于完了。

啊……爽。

米莉安站起身,擦一擦,冲水,洗手,扭身出去。酒保还在原地等着。

"你是侦探吗?"酒保问。这问题也许不算古怪,却有点不合时宜。她们刚刚进行了一场史诗级的尿谈,米莉安颇有种凯旋的成就感,这让她不经意间放松了戒备。

"什么？你看我像侦探吗？"

"你刚才不是说你是为那个案子来的吗？泰勒·鲍曼和案子有牵连？"酒保眯着眼睛，一副打探消息的八卦样。

"是，我怀疑他有可能是受害者。"

"你怀疑他已经死了？"

"快死了。"

"噢。"酒保继续领着她朝走廊尽头的一扇门走去。然而来到门口，她的手已经放在把手上时，她忽然停住了。"那些传闻，都是真的吗？关于明星收割机，还有那些脸？"

"跟我床腿上的牙印儿一样真。"米莉安说。酒保一愣，半信半疑地看了她一眼。米莉安没有理会。"他把受害人的脸皮剥下来，当然，是活剥，那样剥完之后他还能向受害人展示他们自己的脸皮。对，脸皮，这是他自己说的。有时候，他会一边剥脸皮一边说些和虚荣、自恋以及自我有关的花里胡哨的话，可能他觉得那样显得有格调。他的作案工具通常是把剥皮刀——一种刀尖上带倒钩的卡巴军刀。他干活儿相当细致高效。完事儿后他会把脸皮举起来——就像理发师给客人刮胡子后用来敷脸的热毛巾——然后让受害人看一看。受害人通常都是明星，虽然是末流的，或者某些刚走红的。剥脸之后，他用刀子上的倒钩剖开他们的肚子，只一下，就像拉开行李箱的拉链，受害人的五脏六腑就会自己往外流。然后他会把受害人的脸皮重新贴到他们血淋淋的'脸'上，还要小心翼翼地拍打一遍，就像把沙司拍进比萨面团。做完这些他才会离开，让受害人慢慢死掉。"

酒保脸色煞白。"你好像很清楚啊。"

"直觉。"米莉安耸耸肩，"哦，嘿，也许我就是那个杀人犯。"

"也许是你，或者，也许是我。"

米莉安扬了扬眉毛，仿佛在说：是，是，一切皆有可能，随便啦，咱能继续干正事吗？至少她希望自己的表情能传达这样的意思。

酒保打开门。

米莉安走进一团漆黑的房间。酒保伸手到她身后按开关，但灯亮之前米莉安就已经看到屋里有个人影,一个男人被绑在一张办公椅上。那张椅子格外眼熟,它前面的桌子也很眼熟,还有椅子上的人……

灯亮了。看见米莉安时,泰勒·鲍曼恐慌的脸像探照灯一样亮了起来。他的嘴上贴着胶带,他想叫,但声音被闷在嘴里。他在椅子上左右挣扎,可惜他的手和脚也被胶带绑得结结实实。

哎哟,我去!

酒保一条粗壮的胳膊勒住了米莉安的脖子,随后另一只手拉着这只胳膊使劲往后勒,像锁一样越收越紧——

十五年后,在另一个地方。这里寒冷潮湿,周围松树环绕。酒保老了许多,也肥了许多,身上紧紧裹着防水夹克。她戴着帽子,没有打伞,站在墓地的一块墓碑前。渐渐沥沥的小雨变成了倾盆大雨,她对着坟墓说:"对不起,爸爸。我很想你。不过咱们马上就能团聚了。我的时候到了。你拦不住我。"说完她掀起一层外套,然后是下面的毛衣,直到两条花臂全都暴露在大雨中。她体内的纤维性肿瘤已经越来越密集,但它们还要不了她的命,至少今天轮不到它们,因为她手里的剃须刀片正跃跃欲试,而它马上就如愿以偿——两道刀口,一只胳膊上一道,从手腕直达胳膊肘,嚕……嚕……每条胳膊都像开膛的鱼。她坐下来,背靠她父亲的墓碑。雨水带走了鲜血,奉献给大地。她就这样死了。

——酒保锁喉的功夫十分到位,转眼间米莉安便尝到了大脑缺血、肺部缺氧的滋味儿。她猝不及防,伴随着窒息而来的是不断摇晃模糊的视线,黑暗像机油一样从视野周围向中间合拢。她抬起一只脚狠狠踩下去,可酒保不动如山,两只脚也稳稳地放在她够不着的地方。米莉安像垂死的猎物拼命挣扎着,她使劲往上伸了伸脖子,脑袋歪向一边,贴上酒保满是文身的胳膊,而后张开嘴,用了吃奶的力气咬下去——

嗷呜。一大口下去。牙齿深陷在皮肉里,鲜血充满口腔,又从嘴角溢出,顺着酒保的胳膊淌下去。可那女人依然毫不放松——

米莉安的脚后跟开始不由自主地磕打起地板。

哦,还有孩子——

她不知道缺氧会给胎儿造成怎样的影响,但她已经开始思考,难道今天之事就是导致他三个多月后死去的原因？今天的伤害导致明天的难产？

如果我缺氧，孩子也会缺氧……

"老实点！"酒保说道。

"哼！"米莉安勉强挤出一个声音。此刻黑暗变成了活的东西，攫住了她，拖着她没完没了地往下沉。这时米莉安忽然在酒保的胳膊上看到一个熟悉的东西——那是一处文身，被掩盖在其他文身下面。米莉安之前没有留意，但现在它近在眼前，米莉安不由得盯着它多看了几眼。

那是一只蜘蛛。

黑色的蜘蛛，背上有个白色的圆圈，圆圈里面有三条线，以中心为起点向外呈发射状。

她曾在一张纸牌上见过这图案。一个名叫伊森·基的人在临死之前，凶手把那张牌递给了他。

代表的是……

诺娜、得客玛、墨尔塔[①]……

"饶……饶命。"米莉安哀求道。

但已经晚了。

大脑缺血的最直接反应已经显现。

她只觉得脑袋轻得像个气球（通红的气球），仿佛要从她身体上飘走，越升越高，越升越高，然后砰的一声炸裂，随即开始坠落，坠落，以飞快的速度坠入黑暗。

---

① 命运三女神的罗马叫法。

第二部分

不得侵犯

4　该死的

彼时。

她的思路犹如一列飞速前进的长长的火车。一头狂奔的钢铁巨兽，黑得像魔鬼吐出的痰。它的轨迹呈螺旋状，车头一次又一次地经过车尾。我不能怀孕。米莉安心想。救护车在高速公路上疾驰，车轮又从一个小坑上颠簸着驶过。我不能怀孕，不能怀孕。呜呜，头脑中的火车在不停地奔驰。叮当，一阵晃动；哐啷，剧烈颠簸。双手之间的锁链摩擦着手铐。我不能怀孕，医生说我的身体已经毁了。她想象着自己的五脏六腑刚从干酪磨碎机中走了一遭：到处都是翻卷着的红色肉酱，看着像在血液中浸泡过的铅笔屑。我不能怀孕。我当不了妈妈。身体上不可能，精神上、头脑上、情感上也都不可能。这个世界如果还有那么一点点正义的话，它就不该，也不能让我成为一个妈妈。

当然，这就是她头脑中那列火车要去的地方，不是吗？

如今它驶进了一座车站，这车站告诉她：

一点点正义？不存在的。别说整个世界，就算一块碎片、一粒尘埃，或一颗分子中都不存在。整个宇宙都没有正义可言。

太不公平了。

宇宙间并不存在平衡力，债务和信用不可能自动抵销，跟盲目的女人讲分寸也纯属对牛弹琴。

既然世界是个蛮不讲理的地方，她决定就用蛮不讲理的方式看待周围的一切：凡是她认为不可能的事情，实际上该死的都是真的——米莉安·布莱克怀孕了。

孩子是路易斯的，可他死了。是被雷恩打死的，死在米莉安遁世的那栋小屋里。她曾把那里想象成一个可以隔绝尘世远离烦恼的雪景球，可事实上……如今雷恩不知所终，路易斯死了，他的未婚妻也死了，还有那个可恶的人类毒瘤哈里特——直到米莉安剖开她的胸膛吃了她的心才死掉。至于为什么要吃心，谁知道呢，反正不这样不行。

而今，米莉安怀孕了。

这是唯一合理的解释。在宾夕法尼亚与肯塔基两州交界的那个警局中，米莉安冲了个澡，走出淋浴间时，她忽然莫名其妙地看到了一幕灵视画面。之所以说莫名其妙是因为她并没有接触任何人。可她又确确实实接触了一个人，对吧？这个人就在她的身体里——也许他还不足以被称为生命，因为他还没有意识，还不够鲜活、不够真实，可对命运来说已经足够。因为这个孩子的命运已经像信一样签了名、盖了封印，寄出去了。而这个生命所有的时间并非呈线性存在，而只是许多瞬间集中在一起，像颗大头钉。在这些瞬间中有一个瞬间她早就见怪不怪——怀孕十个月后，这个孩子一出生便死去。好吧，有什么大不了的。这就是人生，这就是世界。婴儿死亡率的问题，她有什么办法？但这次不行。因为这是她的马戏团，这是她的猴子，她的小猴子。

一个注定无法存活的孩子。

还没见到光明便落入死神之手。

*又一次。*她想。

和她一起坐在救护车里的是那个小胡子警察，他叫斯塔基。确切地说是亚伯·斯塔基警官，但她还是想叫他小胡子，因为他鼻子下面像鞋刷一样的胡子实在是夺人眼球。他盯着米莉安，不像老鹰在观察自己的猎物，倒像一只狗好奇地研究一条章鱼。在他眼里，米莉安一定像个外星人，一个来自其他世界但沦落至此暂时由他看管的异类。

救护车又颠了一次。米莉安差点从白色的金属长凳上跌下来。救护车司机是车上唯一的医务人员。夜里这个时候，加上临近假期，医院实在抽不出多余的人手。所以，他们只好让小胡子随行。

"我怀孕了。"她忽然说道。小胡子莫名其妙地皱了皱眉，嘴巴顿时藏到了长长的胡子下面。他无动于衷，所以米莉安便说了下去，否则她还能干什么呢？总比自己胡思乱想好一点，要知道她的脑袋是有毒的，如果她有脑子的话。"我怀孕了，我不知道该怎么办。我不该怀孕的。我不能怀孕。"

小胡子只是安抚似的耸了耸肩。显然米莉安挑起的这个话题让他浑身不自在。终于，他还是开口了。"我相信你会想到办法的。"尽管他很清楚这样的安慰无关痛痒。有什么办法可想呢？她怀孕了，戴着手铐，坐牢几乎是没跑的了——不管她犯了什么事儿，或他们认为她犯了什么事儿。

除非——

万一这就是孩子死亡的原因呢？

万一孩子的死就是坐牢引起的呢？以监狱里的恶劣条件，婴儿的死亡率不升上去都难啊。或许他们只是在她行刑的前一晚把孩子给打掉了？以她犯的罪，多半会死刑吧。他们认为她砍下了一名前FBI探员的脑袋——她的盟友格罗斯基。更不必说她替雷恩背的那些黑锅，那可是连环杀人，要命的是她都承认了。天啊，我都干了些什么呀？

但也许是另外一种情况：也许因为她逃掉了，所以孩子才会死。毕竟挺着肚子亡命天涯可没那么容易。天天东躲西藏，谁来照顾她？她也不敢去医院生孩子，只能在荒山野岭找个蹩脚兽医将就着接生——那些乡巴佬平时只会骟马或者给牧羊犬挤肛门腺。他们会用给牛接生的钳子直接夹着孩子的头盖骨往外拖。

然而这一切都无所谓了，对不对？因为她的超能力只能告诉她一件事。

她能看到死亡。只需轻轻一碰，便掀开命运的面纱。

死亡通常无法挽回，除非她用另一个人的死亡来冲抵。所谓一命换一命，她宁可牺牲那些作恶者。这就是宇宙万物的平衡原理：世上有受害人，有行凶者；倘若米莉安杀死行凶者，受害人便可得救。这道理简单得就像夏天出汗的味道。如果有个姑娘会被汽车轧死，出事之前干掉司机？醉酒的丈夫失手把妻子推倒在暖气片上撞死了，那就干掉醉酒的丈夫？抱歉了，白痴。虽然你死了，但你老婆却能活下来。

可如果在一个死亡事件中并不存在作恶者，那就有点……棘手了。

比如加比的自杀。虽然还没有发生，但时间正慢慢靠近，而米莉安束手无策。她没有坏人可以阻止。那个给加比留下满脸伤疤的浑蛋阿什利已经死了，被米莉安操控的一群塘鹅给吃掉了。（时至今日她嘴巴里依然能感觉到他油腻的血腥味儿，还有哈里特心脏的味道。它们就像享用过的大餐的幽灵，依附在她的舌头背面，不时跑到上面来游荡一番。）加比自杀之事当真无可挽回吗？有没有办法可以不交人头税就能让命运高抬贵手？

米莉安也不知道。反正到目前为止，答案一直是否定的。

还有这腹中的孩子——

她该如何拯救？

她要拿谁的命来献祭？有人需要对孩子的死负责吗？

是医生的错吗？或某个护士？

会不会是因为米莉安自己？毕竟她早已是百毒之躯。长久以来，她抽烟、喝酒，自甘堕落。她的身体早就腐朽不堪。

这些念头全被她大声说了出来，因为她的脑袋就像个茶杯，念头装满之后就会从杯口自动溢出来。

"也许我不想救这孩子。"她脱口而出。小胡子再次斜眼看着她。但她旁若无人，继续说了下去。"反正我没资格当妈妈。我？当妈妈？还不如把孩子交给饿狼呢。要是我都能当妈妈，那我妈妈都可以当圣母了——我告诉你，不管她怎么看自己，反正她绝对不是圣母。"唉，又一阵伤感。她妈妈是另一个迷失在毁灭之路上的灵魂。**你就是一块破碎的小饼干，米莉安，你已经烂到骨子里了。**"我不该有孩子。"

"我有个孩子。"小胡子忽然开口说。

"哦。"米莉安微微蹙眉，"是个女孩儿吗？你喜欢她吗？"

"是男孩儿，叫科迪。他很乖。"小胡子耸耸肩，"有时候也很皮。但我小时候就很皮，我爸爸小时候也很皮，不知道你信不信，我想这应该是遗传吧。"

该是什么就是什么。她妈妈挂在嘴边的话。

"你应该是个好爸爸,呃,我猜。"

"嗯。"

"嗯?"

"哦,我是说,谁知道好爸爸是什么样呢。反正科迪活得好好的,也没有走上歪路。倒不是因为我教子有方,多半是因为我的工作。在教育孩子上,他妈妈功劳更大。我不打他、不骂他,我带他去钓鱼。如果你现在问他,他肯定认为这是一种惩罚,而非奖赏,但我觉得他小时候是很喜欢的。但我也有很多问题,最主要就是脾气不好,酒也喝得太多。"

她尴尬地笑笑。"咱俩半斤八两。"

"养孩子不容易,"小胡子继续说道,"但值得。这样才能后继有人嘛。我想每个人都需要后代。"

"鉴于目前我坐在救护车上,还有警察护送,我想我已经有后了。"

"有道理,小姐。"

"还有,今晚早些时候我吃了一个女人的心。"

小胡子眯起眼睛。"我觉得我们还是不要再说话了。"

"好吧,这似乎很公平。"

她安静地坐着。

但过了一会儿,小胡子又开口了。"你不会有事的。车到山前必有路,虽然不一定会称心如意,但事情总有解决的办法。低调一点,别干傻事,那样你们就能母子平安。很多事忍一忍就过去了。"

忍一忍就过去了。

为了孩子,她可以忍。为了路易斯,她也可以忍。但她不会喜欢。她会吗?这辈子她对任何人或任何事动过感情吗?有。她知道她爱路易斯,也许还爱加比。她当场决定要不顾一切拯救这个孩子,哪怕为此牺牲自己也在所不辞。换作路易斯就一定会这么做。在某种意义上,路易斯已经这么做了。

"谢谢你。"她说。

小胡子点点头。

救护车在颠簸中又走了一段,忽然它一个急刹,在刹车片尖锐的啸叫声中，米莉安失去平衡向前倒去。随后，车子稳稳停住。

车内二人面面相觑。

小胡子皱着眉头说："可能撞到小鹿了。"

"哦。"但米莉安觉得不对劲。她后脖颈和胳膊上的汗毛全都像士兵一样立了起来。她安慰说是自己神经过敏——因为痛苦，因为夜里的经历，还有那让她遍体鳞伤的悲痛。况且她真的有伤。她左腋下面被哈里特的子弹开了一道沟。

小胡子若无其事地坐了一会儿，但很快也不耐烦起来。他侧身经过米莉安，在她身后隔开驾驶舱的车厢板上用力拍了拍，喊道："吉米，撞到鹿了吗？"

另一边毫无反应。

现在米莉安的心开始不安地跳动起来。她身上开始出汗，皮肤上感到阵阵刺痒。有些汗流进了腋下的子弹沟，火烧火燎的，就像在伤口上倒了杯酸橙汁。

小胡子走到车尾，打开后门，警告似的瞥了米莉安一眼说："你待在这儿别动。"

"我老实着呢。"她不耐烦地说。

"你的意思是不会乱动咯？"

"对。"

"那好。"他跳下车，绕过车角，转眼消失了。车门洞开，寒风灌进车内，像一只冰冷的大手紧紧抓着她。她猛然想到，都快圣诞节了。

今年圣诞老人会给你带来什么礼物呢？

哦，那个专门爬烟囱的红裤子大肥佬对我真是好极了。他让我胳膊下挨了一枪，送了我一次豪华监狱游，还有一个短命的孩子。这该死的圣诞真快乐！

车外除了风吹过树林的声音，一点动静都没有。

"小胡子？"她喊道，"斯塔基？大家伙？"

一片死寂。

嘿。

她犹豫着站起身。

这时黑暗中钻出一个身影,起初她以为是小胡子。

但实际上不是。

吸进肺里的空气就像掉进塌方矿井里的矿工。她只觉天旋地转,不由得重新坐回长凳上。这时路易斯从车尾走了进来——她的路易斯,死了的路易斯——庞大的身躯挡住了出口。

但她很快就明白,那不是她的路易斯。这个人没有假眼——黑洞洞的眼窝上依旧贴着肮脏的胶带,组成一个大大的×。而且这个路易斯的脑袋一侧有个窟窿,那是雷恩一枪打在他的太阳穴上留下的。窟窿里还隐隐冒着烟,就像烟灰缸里有个尚未熄灭的烟头儿。

入侵者咧嘴狞笑,黄色的牙齿上有几只球潮虫在爬来爬去,仿佛他的牙是一块腐烂的木头。他把虫子舔进嘴里,香喷喷地嚼起来,嘎吱,嘎吱,嘎吱。

她的胃一阵翻腾,因为愤怒和恐惧。

"你!"此时此刻她仅能说出这一个字,因为哪怕多说一个字她都会呕吐不止。她扑向这个时有时无的幽灵,这个看似实体的东西。直到最近她才隐约意识到,这个幽灵是她想象的产物——入侵者。她想掐住他的脖子,虽然她也不知道这东西有没有脖子。

"这会儿见面真有点不合时宜。"入侵者一副幸灾乐祸的口吻,"听说你去了,还被搞大了肚子,怀了个猪崽子。哼哼,哼哼。"

"是你,这一切都是你干的。"

"这一部分跟我可没关系。"冒牌路易斯咂了咂舌头,"是你自己一手造成的。但其余的部分,可以算在我头上。我放好了多米诺骨牌,它们倒了……倒的地方也大体让我满意。"他用一只完好的眼睛盯着米莉安的肚子,脸上露出嫌恶的表情,"我很高兴你收到了我的消息,米莉安。"

"仅此而已吗?"她火冒三丈,"就一条消息?"

"对,就一条消息。"

"那你告诉我,你这个混账东西,到底是什么消息?我头有点晕。我的脑袋被撞的次数太多了,不记得你都写过什么。"

5 傻兔子,骗小孩儿的把戏

枪声吓了米莉安一跳。

这个夜晚发生了很多事,可谓惊心动魄,九死一生——不到八小时之前,她还像丧家犬一样被打不死的哈里特在林子里追着逃命呢,嗖嗖的子弹不止一次与她擦肩而过。当时她连眉头都没皱一下,可是现在呢,一声枪响差点吓得她魂不附体。她浑身每一个部位都紧张起来,耳朵里嗡嗡直响。

她费力地咽了口唾沫,伸出戴着手铐的双手,利用尾门保持平衡,迈着不怎么灵活的双腿来到破旧的公路上。更多的雪花飘落下来,在风中打着旋儿,像白色的飞蛾。她用肩膀抵住救护车尾部,探头朝司机的位置望了一眼——

小胡子仰面朝天躺在路上。风吹乱了他的胡子,一双眼睛死死瞪着天上的星星。他额头中间有个洞,像开了第三只眼。

他脑袋下面,是淌了一地的脑浆。

尸体跟前站着一个人,那姿态活像个耀武扬威的征服者。此人正是吉米,那个开车的医务人员。他手里拿着一把短管左轮手枪。而小胡子那把方方正正的警用手枪还安逸地待在枪套里。看来吉米自己也带了枪,不过在这一带米莉安倒是毫不奇怪。

吉米像个弱智一样咧嘴笑了笑。他眼睛很大,但白多黑少。黑头发被寒风吹得凌乱不堪。吉米长了一颗硕大的龅牙,给他弱智一样的笑容增添了一丝阴险和滑稽。

米莉安不知所措。

"为什么?"她问。她的声音有些沙哑,还有些犹疑。

"我说过我还有别的手段。"

那声音。不,这不是吉米在说话。他有着米莉安十分熟悉的南方口音。这是路易斯的声音。缓慢、柔和、曾经那么抚慰人心。但如今,它只会让人毛骨悚然。

是他。入侵者。

那个魔鬼、幽灵,随便他是什么,总之他在这名医务人员的身体里。他附了他的身。

"又是你。"米莉安说。不管她之前还抱着什么希望,现在都渺茫起来,就像把手放在打开的手电筒前阻挡光芒。

吉米耸耸肩。"又是我。"

"你对萨曼莎也是这么做的,对不对?你附在她的身上,操纵她做你想做的事情。"

"她倒挺费功夫的。"吉米说着,玩世不恭地耸了下肩,但他的身体语言却明在说:咳,小菜一碟。"不要觉得意外,她是我的第一个。她的灵魂上有漏洞,我可以像老鼠一样钻进去。"傀儡吉米抬起另一只空闲的手,用手指模仿老鼠跑动时的小短腿。"叮叮叮!吉米就容易多了。我不费吹灰之力就附了他的身。吉米有了心理阴影。他爸爸对他不好,以前经常揍他、虐待他,最后还抛弃了他。可怜的吉米。他恨自己到了极点,把自己搞得千疮百孔,我随随便便就能乘虚而入,为所欲为。我在想,我是不是已经可以轻易附到任何人身上了?我们很快就能见分晓,你说是吧?"

"别再纠缠我。也别再纠缠他们。"

"除非咱们两个把账算清楚了。"

"我们已经结束了。"

吉米哈哈大笑,那笑声响亮且令人讨厌,在树林中久久回荡。"我会盯着你的,米莉安。"

随后吉米用左轮手枪抵住自己的下巴。

米莉安大叫着扑过去,用戴着手铐的手去夺他手里的枪——

"别为吉米感到难过!"他喊道。

枪响了。吉米的脑袋像树上摇摇欲坠的椰子晃了晃,鲜血和脑浆从天灵盖上喷溅而出。

他的身体轰然倒下,左轮手枪啪嗒一声掉在柏油路上。

6　剧透：她骂了句脏话，便逃之夭夭

米莉安在原地愣了足足十秒钟。

十秒钟，一滴眼泪也没有流下。因为她的眼泪早已流干。

十秒钟，她盯着死在自己眼前的两个人。他们一个倒在自己的脑浆里，另一个瞪着无神的双眼，面对着救护车车身上狼藉的一片血肉。

十秒钟，她思考了那些血肉和脑浆要用多久才会冻住。

十秒钟，她必须得决定是要留下来，报警，等待警方前来处理？——这是明智的做法，也是阻力最小的一条路，反正她没有嫌疑，枪上没有她的指纹——还是干脆骂一句去他的吧，逃之夭夭？

第十一秒钟，她有了主意。

她有个机会。孩子就是她的机会。这个孩子，不管他或她有什么样的未来，都将是她的出路。孩子是把钥匙，能帮她打开一把顽固的锁。

诅咒必须化解。让入侵者见鬼去吧。

买张票，管他天涯海角。

她决定开始逃亡。

米莉安冲到小胡子跟前，在他所有的口袋里摸了摸，直到摸出一串钥匙——手铐的钥匙也在其中。找到了，叮叮当当地开了锁，手铐哗啦一声掉在地上。米莉安甩甩胳膊，让血液回流到手上。经历了一番酥麻痛痒之后，两只手总算苏醒过来。

接着，她在小胡子的另一只口袋里找到了手机，没想到还是一部老掉

牙的翻盖手机。抱着试试看的心态,她又去翻吉米的口袋。这就对了,他用的是苹果手机。米莉安对电子产品虽然不甚了解,但她起码知道苹果手机比那翻盖机要高级得多,当然也容易追踪得多,所以她把翻盖机装进了自己口袋。

天很冷。雪还没有完全覆盖路面,但恐怕也要不了多久。她打了个寒战,意识到自己仅靠双脚逃不了多远。这意味着——

"看来只能把救护车开走了。"她说道,尽管除了森林中沉睡的动物,没有人会听见。

但偷救护车实在是下下策。

问题是眼下她别无选择,要不然就只能冻死在这荒山野岭里。

所以,米莉安一跺脚便爬上了车。

7 咖啡和香烟

日出时，米莉安已经到了马里兰州。在经过一个名叫曼彻斯特的小镇时，她把救护车丢在了镇北一家封闭式加油站的后面。雪已经停了，风却不依不饶，她一下车便领教到了。

救护车是个麻烦。她不清楚这种车有没有防盗系统，或者他们会不会有什么秘密的办法追踪它的位置。但从车况看，这辆救护车至少已经开了十年，里程表上已经跑了二十五万五千英里。这样一台破车失踪了，她只希望别那么快被人发现。

米莉安走在刀子一样的寒风里。

她从救护车中顺了一条毯子裹在身上。每一步都痛苦万分，腋下的伤口很疼，哈里特殴打的地方很疼，头也疼得仿佛要裂开；她的心也很疼，因为此时此刻，她已经一无所有。她失去了一切，人或物。

除了加比。

她希望加比快点来找她。

她走了大约一英里，路两边全是灰色的带护墙板的房子。半个世纪前，它们代表着一个繁荣的美国，而今却像废墟一样破败不堪。又往前走了一段，她看到一家卡车小餐馆。就这里吧。她用小胡子的手机给加比发了条短信，告诉她餐馆的名字。随后她关掉手机，在餐馆后面一个锈迹斑斑的垃圾箱上砸了几下才丢进去。

餐馆里面暖烘烘的，装修很简陋。所有的东西要么是破油布，要么是廉价塑料。墙上挂着乡土味儿很浓的装饰品,还有些过去用的旧物件:笼式漏勺、筛子、搓板。中间点缀着以螃蟹为主角的涂鸦:一个戴着厨师帽的螃蟹,一个手拿刀叉的螃蟹,一个躺在锅里的螃蟹,螃蟹们高高兴兴地吃着螃蟹,螃蟹们高高兴兴地被螃蟹们吃着,等等之类。

米莉安没带钱包,也没带身份证,她现在真算得上是风吹鸡蛋壳了。但她还是硬着头皮走进店里,找了个座位,尽管那些人像看叫花子一样盯着她。(她现在也确实像个叫花子。)她坐下来,点了咖啡和一大盘培根鸡蛋,而后像饿死鬼投胎一样扫荡一空。

咖啡像兑了电瓶水的柏油,这正合她的口味。培根有点咸,鸡蛋还好,反正她狼吞虎咽的时候也顾不上品味儿。吃完这些她意犹未尽。靠近柜台的地方有个旋转玻璃盒,里面摆着许多派和蛋糕,于是她又要了一份苹果派和冰淇淋。侍者是个年轻的黑人姑娘,扎着一头小花辫子,俯身续咖啡的时候,米莉安假装无意地碰了下她的手——

三十年后,这女人的手上已经满是皱纹。她有点喘不过气,正颤巍巍地把手伸向氧气瓶。可她够不着挂在床头柜旁边钩子上的鼻导管。不远的地方有包烟,烟散落在外,像一根根指骨。氧压机呼哧呼哧地叫着,可她却无法呼吸。她感觉自己被封闭了起来,一双无形的手扼住了她的咽喉,一箱看不见的书压在她的胸口。血液流淌的声音在耳朵里清晰可闻,甚至比氧压机的动静还要大。呼——哧——呼——哧,氧压机徒劳地努力着。她不由得想到,溺水一定就是这种感觉吧?她的肺失去了动力,生命到此为止——

米莉安浑身一震。灵视对她的冲击还不如一支烟,但就目前而言,她已经别无所求。她清了清嗓子,直截了当地说:"你该把烟戒了。越早越好。"

女侍者转过身,一脸惊讶。"多谢你关心,"随后她狐疑地凝视着米莉安(绝对合情合理),"但我不抽烟。"

米莉安耸耸肩。"你抽。我能在你的手指上闻到烟味儿。小姐,实话告诉你,现在要是能给我一支烟,你让我淹死一只小猫我都愿意,可我不能抽烟,所以我就戒了。我跟你说的这些你都明白,你知道总有一天抽烟会要了你的命。也许你在乎,也许你不在乎。大概像我这种萍水相逢的食客不管说什么对你而言都像放屁,但我只想说一点,尽早戒烟吧,说不定能让你多活几年。"

女侍者站在原地,皱着眉头。"如果生不如死,多活几年又有什么意思?"

"你说什么?"

"快死的那几年是最可怜的。我宁可不要那几年,趁现在想怎么活就怎么活,想抽烟就抽烟。"

米莉安又耸了耸肩。"我懂,真的。以前我也是这种想法,现在偶尔也会那么想。问题是,这种想法愚蠢透顶。每个人都有死的时候,谁都逃不掉最后的那几年,不管你抽不抽烟,不管你活到一百岁还是活到二十一岁,可如果临死前的那几年你摊上癌症、肺气肿或者肺功能衰竭,那你这几年会比其他人要惨得多。我也就这么一说,听不听是你的事。"

"我会考虑的。"侍者谨慎地说。

"好。"米莉安说。她相信这个姑娘。她会考虑,但她不会改。因为命就是命。

"除了人生忠告,你应该会照常给我小费吧?"

"当然。"米莉安骗她说,实际上她身无分文。

女侍者走开了。米莉安看到餐馆门被推开,门上的铃铛发出丁零丁零的脆响。

米莉安的心像小鸟一样飞了起来。

是她。

看见加比,就像在狂暴的大海上看见一座小岛。这一刻她终于平静下来,甚至可以假装所有发生过以及正在发生的事都无关紧要。加比是她的锚,是她风暴中的港湾,她的绿洲。加比,染成金色的头发耷拉着,仿佛要遮住她满是疤痕的脸。加比,一身臃肿膨胀的棉衣,走起路时会发出啾啾啾的摩擦声。

米莉安猛地站起来，腋下的伤处发出撕胶纸般的声音。她不得不像折翅的小鸟一样半抬起胳膊，这时她发现加比已经注意到了。

"你在流血。"加比低声说。

"是吗？哦。"米莉安把胳膊抬高一点看了看。她的腋下就像被人泼了一杯红酒。"就当是排毒吧。现在很流行呢。巴西莓灌肠和放血疗法。"

"米莉安，咱们得离开这儿。"

"我没钱，刚吃了东西还没付账呢。"

加比僵硬但又充满同情地笑了笑，随后带着圣人的耐心把钱放在桌子上，又搂住米莉安的肩膀。"走吧，布莱克小姐，该上路了。"

"我还要了派呢，咱们能不能等派好了再走？"

"恐怕咱们等不了了。"

"真该死。"她咧着嘴说，"我们要去哪儿？"

"还能去哪儿？"

"哦，拜托你告诉我是一家廉价寒酸的汽车旅馆。"

"就是一家廉价寒酸的汽车旅馆。"

米莉安在她脸蛋儿上亲了亲。"我想你了，加比。"

8 床单和血迹

关于廉价寒酸的汽车旅馆，或许这里有必要介绍一下。

你如果住真正的宾馆、假日旅馆或星级酒店，那里面所有的用品都是整洁干净、密封完好的。新鲜的床单，柔软的地毯，安静的环境，水管不漏，马桶不堵。

酒店对你会表现出关心，哪怕是假装的。他们希望给你带来宾至如归的感觉，就像豌豆钻进了豌豆荚。安全，无忧，一种上帝般的体验。

汽车旅馆才不管你呢。他们抠门儿得很，该省的不该省的原则上都省。前台没有小饼干，没有夜床服务，没有自助早餐。室内装潢一切从简——地毯十年以上，木墙板二十年，墙上随便挂着的一幅从跳蚤市场买来的灯塔油画已经是非常奢华的装饰。床板硬得像石头，电视里总能看到毛片儿，如果信号不好，还可以隔着像纸一样薄的墙壁听其他房间里的人生百态：妓女卖力地叫着床，只为了从卡车司机身上挣点儿可怜的生活费；处在离婚边缘的度假夫妻，每一句话都可能是一场战争的导火索；四十来岁的两兄弟喝醉了酒，互相指责对方高中时候上了自己心仪的女生。在这种地方，水槽里发现阴毛的概率很高；床下地毯上可能有古老的血迹；床垫的边角中藏着臭虫。但这里起码有热水可以洗澡，房费也不贵。有时候甚至还能遇到主题汽车旅馆：圆锥帐篷，维多利亚风，美洲风。米莉安在堪萨斯州还住过一次毛伊岛风格的汽车旅馆，他们大概希望你在寒冷荒凉的美国中西部也能体验一把夏威夷群岛的度假生活：旅馆里的所有陈设几乎都和椰子、菠萝有关，毫不起眼的扬声器里播放着尤克里里琴①音乐，墙壁刷成海洋的颜色（油漆脱落，露出里面的煤渣砖）。空气中透着股尘土味儿，厕所里喷了浓浓的香草味儿空气清新剂，否则不足以掩盖你在隔壁夏威夷烤吧吃完饭后上吐下泻的腥臭。想想就觉得恐怖，米莉安讨厌这种地方。

可她又乐此不疲。

低级、庸俗、肮脏、冷漠的汽车旅馆。

但它们真实。这便是它们存在的理由。

（像我一样。有时候米莉安会这么觉得。垃圾，但又忠于自我。）

可是这一家，该死的，却有点让人失望。为什么？

因为这是一家连锁汽车旅馆——速8。也许它曾经也和其他汽车旅馆一样充满了风尘味儿，但如今它属于一个更大的连锁酒店，所以就有了土鸡变凤凰的感觉。这里的床单很干净，装潢透着时髦的怀旧风（老爷车、山杨、黑白霓虹招牌，让人一看就想拍照）。走进房间时，加比一定注意到了她的闷闷不乐，于是安慰似的说道："嗯，我知道，这是家速8。"

"这房间应该没死过人。"米莉安说。

"这让你觉得很失望？"

"呃，有点儿。"

"你见过的死亡还不够多吗？"

一阵战栗像移动的影子一样传遍全身。"也许吧。"

她一屁股坐在床沿上。加比站在那儿一动不动，像个因为受伤而缩不回来的大拇指，外套也没脱。她似乎有点无所适从，仿佛不确定自己是否属于这里。米莉安低着头，眼睛却在往上瞅，看着加比。

"你真的怀孕了？"加比问。

"你就想问这个？"

"这不就是你找我的原因吗？"

"是，对，我怀孕了。"

加比抱起双臂，厚夹克发出窸窸窣窣的摩擦声。"你怎么知道？"

---

① 尤克里里琴：夏威夷的一种四弦琴。

"我……我就是知道。我看到灵视了。我能感觉到。"

"我以为……那样……你不可能。"

那样。听着像是某种负担。而加比的口气则像个男人。当然，米莉安也是同样的看法：怀孕，啊呸。这是不该有的状况。是诅咒，和她的其他诅咒一样。"那是他们说的。说我的子宫里有瘢痕组织。"

"可结果——"

"结果我还是中招了。时代在变嘛。"

她躺倒在床上。

加比龇牙吸了口气。"你会把血染到床上的。"

"这房间有点血迹也好，不然太没个性了。"

"你需要去医院。"

"我需要的是……躺一会儿，不是去医院。"

"你的伤口需要缝合。"

"我需要……"

她似乎没有说话的力气，眼睛也闭上了。她的脑袋离枕头还很远，双脚垂在床沿。加比喋喋不休，但米莉安已经充耳不闻——她知道她让加比为难了。她们平时不常联络，甚至联络不上。可在她最需要的时候，加比还是义无反顾地来救她。但此刻她累极了。全身每一个原子都像铅一样沉重。她好似一堆被丢进水中的子弹，身不由己地往下沉。黑暗渐渐将她包裹，疲惫推着她，一点一点把她推向睡眠——

9 无 梦

她应该做梦的。意识深处的某个地方,她很清楚——可她唯一的梦是她意识到自己并没有做梦。通常这该是米莉安自己的意识作怪的时候,就像幽灵出没于鬼屋的走廊——或者,也许入侵者该跳出来,奚落她、催促她。在没有梦的黑暗中,她应该听到婴儿的哭声,应该感受到一把红色雪铲打在背上的分量,她应该去追赶一个正在喧嚣的马路上追逐一个红色气球的男孩儿。可这些噩梦全都没有出现。在疲惫的状态中,连幽灵都不来搭理她了。平日里骚扰她的魔鬼全都偃旗息鼓,也许被驱逐了,也许暂时被遏制了。

但在休息的过程中,尽管身处无形的虚空的黑暗,失去了时间的界限,但她还是明白了一件事:

我并不孤单。

这是一种存在。不是指加比。而是一种不同的声音,不同的气息。一个捉摸不定的形体,藏在她紧闭的眼睑背后,比其他东西都要暗淡。是孩子吗?她想。真是荒谬,目前孩子才多大?像鹿蜱虫那么大?不,是一个人。就在她身边。

该死!

米莉安猛然惊醒。

果不其然:她不是一个人。

有个男人坐在另一张床上,面对着她。他穿着黑西装,打着黑领带,感觉像是要去参加葬礼似的。两只手指尖相触放在大腿靠近裆部的位置。他皮肤黝黑，乌黑的头发有些凌乱，但又似乎是故意为之——就像有些人偏爱的凌乱美。

"你醒了。"他说。两人相距不过几英尺，这距离让米莉安感到恐惧。他会不会伤害她？也许他正有此意。阳光透过百叶窗射进来，给他的身体镶了一道明亮的金边，使他看起来就像驭光而来的黑暗天使。

米莉安嘴里臭烘烘的，就像刚刚亲过美洲驼的屁股。她缓缓坐起来，和陌生人面对面，膝盖几乎碰着膝盖。

"醒了。"她说，声音有点颤抖，"你是真的吗？"

男子似乎有些惊讶，他在自己身上迅速拍打了几下。"应该是。你呢？"

"真的跟过山车一样，伙计。"

"那就好，你好，米莉安，请允许我自我介绍一下，我叫戴维·格雷罗。"

"嘿，戴维·格雷罗。"她说，嗓音沉静得有些怪异，"认识你很高兴，你是来杀我的吗？"

"不是。"

她勉强笑笑。"那我问你，我有个朋友，叫加比。她还在吗？"

"别担心，她在外面呢。"

仿佛约好的一样，一个影子从窗户前飘过。

我在做梦吗？难道这是从黑暗中升上来的梦境？

"我想见她，确定她没事。"

戴维犹豫了一下，随即点头。他起身走到门口，打开了门。米莉安听到一阵低语。戴维站在门口，外套微微掀起，露出挂在后腰枪套里的手枪。

米莉安全身紧张。看来此人是联邦探员，不是杀手。或者，是假扮成联邦探员的杀手。哈里特和弗兰克就这么干过。

他衣冠楚楚，风度翩翩，甚至过分体面了些。格罗斯基也是探员，但他就邋遢得要命。

她忽然感到莫名的伤感。她怀念格罗斯基。毕竟他人还不赖。因为她,他丢了脑袋(是真的丢了脑袋)。跟我有关联的人全都死了。她的存在就像慢性毒药。她是个放射源,一个行走的、会唱会跳的切尔诺贝利。她又想起自己肚子里的那个小生命,他像烛火一样忽明忽暗,摇曳不定,九个月后便会被两根残忍的手指掐灭。

格雷罗返身回来,加比跟在他后面。她外套的扣子扣得严严实实,在外面冻得还有些发抖。她抽烟了,米莉安闻得出来。坦白说,这让她伤心不已。

微不足道但又显而易见的背叛。不过她也意识到了,抽烟还不是唯一的背叛。

米莉安在阳光下眯着眼。"嘿,加比。"

"嗨,米莉安。"

瞧,加比声音中带有明显的内疚,就像小孩子做了坏事被人逮住一样。这说明加比确实做了让她心虚的事。不是抽烟,那——会是什么呢?

哦。"你是联邦探员吧?"米莉安对格雷罗说,随后她转向加比,"是你让他过来的?"

加比一言不发。格雷罗重新坐下。"米莉安,你猜得没错。我确实是联邦调查局的探员。"

"这么说,你是来抓我的。"她又扭头瞪了一眼加比,"你出卖我。"

"我没有——"加比正欲解释,但格雷罗打断了她。

"我不是来抓你的。确切地说,也不是加比叫我来的。你给她打电话正好被我听到。我没有给她别的选择。我之所以来是因为我想和你谈谈。"

米莉安如坐针毡,胸口发热,浑身不自在,感觉就像踮脚站在悬崖边上。他们休想控制我,休想剥夺我的自由。她已经开始盘算逃跑计划。加比的车钥匙就放在门旁边的小桌子上。如果她过得了格雷罗这一关,那她就能抢到钥匙,以最快的速度开车逃走。

可她有伤在身,能快到哪儿呢?想到这儿,她下意识地把手伸到衬衫里面,摸摸哈里特给她留下的伤口——

可她的手指碰到的却是光滑的皮肤。

她不由得头皮发麻,血液像万马奔腾一样流过耳朵。

一定是另一边腋下。

她换只手,摸了摸另一边。

依然没有伤口。

两边都完好无损。她也没有再感觉到疼痛,只是微微有些发痒。

她有点蒙了。脚下的地板感觉像液体一样软绵绵的。空气在晃动,房间虽然没有旋转,却在左右摇摆。冷静,冷静,没事的,这是正常现象,不要担心。你已经痊愈了。好好把握。把握机会逃出这里。

格雷罗继续说道:"米莉安,我有个提议——"

她忽然伸手去拿床边的台灯,准备用它砸格雷罗的脑袋,可是……可是那该死的台灯是固定在床头柜上的。

她又试了试,台灯纹丝不动。格雷罗眯眼瞧着她。"你没事儿吧?"

该死,在低级汽车旅馆就不会发生这种事。在真正的汽车旅馆,她随手就能把台灯扔出去,而且拿起台灯时,十有八九还能在灯座下发现用过的避孕套或一根手指头,那几乎是传统了。

"我想拿台灯砸你的头来着。"她坦白说。

"我想应该是有螺丝固定着的。"

"还用你说,福尔摩斯。"

"你闹够没有?现在我们可以聊聊了吧?"

米莉安轻叹一声。"好吧。"

他开口刚要说话——

嘭,她抬手就是一拳——

脑袋里忽然响起静电声,就像打开了收音机却没有调到任何一个电台,噪声中有模模糊糊的说话声。

——格雷罗的头向后仰去,米莉安很清楚她该抓住这个机会冲向门口。可她没有。加比目瞪口呆,格雷罗从容地用手背擦着嘴角的血,米莉安一动不动。她就站在那儿,攥着拳头,手却在发抖。

"你和他们是一伙儿的。"她说。

"你该说我们。"他说,他放下手,用舌头舔了舔破裂的嘴唇,"我们是一伙儿的。"

"你也是异能者?"

"对。"

"异能者可没几个好鸟。"

"那你呢?"

米莉安泄了气,重新坐下来。她的手再次下意识地伸到腋下。她本该摸到凹凸不平的疤痕,一条可以用手指探索的沟,可伤口已经不复存在。

"你不是来抓我的?"她再次确认。

他哼了一声。"就冲你打我这一拳我就该抓你。乖乖,你下手可真够狠的。毫不留情是吧?"

"是。"她的手还在隐隐作痛。

"我不是来抓你的。我来是想给你一个机会。"

"说吧。说完就走。"

他微微一笑,露出带血的牙齿。"这才像话。"

10 机 会

"我在组建一个团队,想让你加入。"格雷罗说。

"我不干。"

他眨眨眼睛。"你还没听我细说呢。"

"我不在乎。我自己的事还操心不过来呢。我总是操心别人家的厕所,结果自己的马桶都快堵死了。所以你的提议我没兴趣。"

格雷罗很失望,甚至有些恼火。沮丧的气息像狐臭一样从他身体上释放出来。"这是一个由你我这样的人组成的团队。"

"你就算说出花儿来、说破天,我的回答还是不干。"

"这么坚决?难道我就没机会说服你了吗?"

"你可以威胁我,你可以说如果我不合作,你就逮捕我。这是你的权力啊,探员先生。"

他愣了愣,好像真的在考虑。"我知道,很多事情人们以为是你干的,可大部分都不是。"

"是不是我都没关系。我的灵魂有账要还,这我清楚。如果有来世的话,只要能让我把欠的债都还上,就算让我舔恶魔的屁股也没问题。但是现在,我没工夫在乎那么多。我只关心我眼前的事。"还有我肚子里的孩子。

他往前探了探身子。格雷罗显然充满了渴望,他的热切让米莉安有些害怕。但她又很理解格雷罗,因为她自己也是个不达目的誓不罢休的人。

而与此同时，加比站在离厕所不远的地方，一动不动。

"我可以销掉他们对你的所有指控。"格雷罗说。

"米莉安，听他的吧。"加比向前一步说，"这个对你是真有好处。"

"我不需要。我更希望他从我眼前消失。"

探员先生思忖了片刻。一分钟后，他脸上的表情出现了古怪的变化，好像他嘴里含着一根骨头，需要搅动舌头调整方位才能把它吐出来。他的脸扭曲成一团，显然米莉安的决绝出乎他的预料。

他束手无策了。他快被气出内伤了。

很好。米莉安喜欢跟他这样的男人置气。

（实际上，她喜欢跟所有的男人置气。）

（得了吧，她喜欢跟所有人置气。）

但这时他站了起来。"我不会威胁你。我可以那么做，但我不会。我还是希望你自愿加入。我是君子，不是小人。"随后他叹了口气，丢给米莉安一张名片。名片落在她的腿上，随后她把它扫落在地，仿佛那是一片玉米片。

"不好意思，我不跟君子打交道。"她说。

"改主意了打电话给我。"

"祝你好运，君子。"她用四根手指给自己的话加了双引号。

格雷罗点点头，似笑非笑地看了她一眼。

随后他便转身出了房间。开门时，一股冷风灌进屋里，他走之后，屋里又归于平静。

加比耷拉着脑袋，仿佛脚上有什么东西值得研究。

米莉安凝视着加比。

"我能感觉到你在盯着我，别盯了。"加比说。

"我在想象我有一双激光眼。"啾啾啾。

"嗯，我也能感觉到。谢了。"加比迎着米莉安的目光抬起头，她的眼睛闪闪发亮。因为愤怒，她绷着脸，纵横交错的疤痕让人感觉像在看一面破裂的镜子。"你怎么一点良心都没有。我不是非来不可，你以为我乐意管你这些破事儿？"

米莉安站起身。"你也没必要把那个浑蛋带过来。"

"那个浑蛋想帮你!"加比伸出双手,好像要从空气中抓点让米莉安信服的道理,"他有一个很庞大的计划。他有办法帮你,帮我们。你还不明白吗?他能把你拉出火坑,米莉安。你,你……你的生活就像从孤儿院刮过去的一场龙卷风。你所到之处房倒屋塌、血肉横飞,而那个家伙,他想帮你结束这种日子。让你重新掌控自己的生活。"

"喊!随便。天上不会掉馅饼。别以为我没听出你的言外之意,帮我们。你到底是为我还是为你自己打算的,你心里应该很清楚,别装得跟天使一样。"

"我没装!当然,我也有为我自己考虑,可谁不会呢?我想帮你,可我不想为了帮你把自己也搞得遍体鳞伤。至于代价……"加比哈哈大笑,可她的笑听起来并不欢乐,倒更像歇斯底里的尖叫,"该死的,你要是能多给他半分钟,他就会告诉你需要什么代价了。米莉安,你真是不可理喻。"

"不不不!他不会告诉我的。也许他会漏点口风,但那就像二手车销售员一样,你交的只是预付款。没人会告诉你隐藏条款,因为一旦说出来就不是隐藏的了。不会有人告诉你真正的代价。而我付出的代价通常都是加倍的,因为他们通常会坐地起价,一次次加价。他该死!你也该死!爱谁谁去!"她坐到床上,气愤难平,胸口剧烈起伏。她突然想来支烟,再来杯便宜的冰威士忌,这欲望就像淤泥一样吸着她,把她拖向更深的地方。安静了一会儿,她接着说:"你至少可以提前告诉我他要来。"

"我是打算告诉你的,可你受伤了。"

我的伤已经好了。"我不喜欢突然袭击。"

"如果我们来这里之前就告诉你,恐怕你根本就不会见他。"随后她又仿佛喃喃自语般说道,"反正见了你也没给他机会。"

"你疯了。"

"我没疯。"

"你生气了,你刚才冲我吼了。"

"我……没有。那没什么。"

可事实显然并非如此。该死的。

米莉安轻轻叹息。"你有理由生气。"

"什么？"

"我丢下了你。我去了佛罗里达，让你带着艾赛亚独自上路。我抛弃了你们去找路易斯。随后我们惹了一堆麻烦，要命的是，哈，真是奇迹中的奇迹，我居然怀孕了，然后我又觍着脸来找你。你看啊，现在的我像个船锚一样绑着你的脚踝，拖着你跟我一起沉入黑暗的水底。对不起。我不常说这句话，尽管说了也无济于事。"她又叹了口气，"我真的很抱歉，加比，是我又把你拖进了火坑。"

加比松开抱着的双臂，半信半疑地把米莉安上下打量了一番。"小米莉安开始长大了。"

"别激动。我依然有求于你。另外，不要假装你刚才在外面没有抽烟。"

"我有求必应。我是说帮忙，不是指抽烟。"

"别帮我。你没理由帮我。你应该一溜烟儿地跑得远远的。回去找你姐姐吧，和她一起抚养艾赛亚。回佛罗里达，找个小岛，找座大山，或者找个地洞，离我越远越好。"

加比走上前坐在她身旁。她拉住米莉安的手。她的手热烘烘的，而米莉安的手则凉冰冰的。"孰是孰非我看咱们就不必再讨论了，反正来来回回每次都是这样。也许我是个傻瓜，也许我需要你和你需要我是一样的。我不知道，也不在乎。所以咱们干脆跳过这个部分，直接说你需要我的帮助而我也愿意帮助你吧。"

"我需要帮助。"

"我知道，所以我才叫了那个联邦调查局的探员。他是个好人。"

"没那么好吧。"

"如果你不愿意和他们合作，那我也不知道该怎么办了。"

"我也不知道。我没钱，也没朋友。我妈妈没了，格罗斯基死了，路易斯也死了。"我让雷恩活着只是因为我不想再看到死人。"我原本有只猫头鹰，现在猫头鹰也不在了。我不知道该怎么办，加比。通常我总是知道下一步该干什么,可是现在……"

这一段坦白之后——她眼睛里火辣辣的,几乎要流下泪来——扛在肩膀上的木头好像不见了。如释重负的感觉真好,虽然她并没有觉得轻快,或觉得快乐,但她忽然放松起来,好像再也没有负累。

她把头枕在加比的肩上。

加比抚摸着她的头发。"我们会一起想办法。"

但愿吧,米莉安心想。加比就像一根明亮的绳索,横跨在充满死尸和黑暗的大峡谷之上。米莉安拉着加比的手,把它拉到自己微微隆起的肚子上,停在了那里。

第三部分

钥匙和锁

11 雪鸟

彼时。

"好热。"米莉安把胳膊伸到车门外。汗珠沿着胳膊滚到肘部,挂在那里,像个命悬一线的攀岩者。她们停在一处空荡的停车场,让马达保持着空转,一边是大海,另一边是一栋斑驳的两层办公小楼。海鸥在头上飞来飞去,好像它们被无形的绳子系在了云朵上,怎么都飞不出头顶这片天空。

"这里是佛罗里达。"加比说。

"我知道,可现在是冬天啊。"

"我知道,可这里是佛罗里达。"

"我讨厌佛罗里达。"

"那你还来?"

加比言之有理。离开马里兰州那家最不像汽车旅馆的汽车旅馆已经一周。米莉安有些迷茫,不知道该去哪里,也不知道该干什么。加比说她在佛罗里达群岛认识一些人,她们可以去那儿避避风头。米莉安觉得这主意欠妥,而实际上却只是因为佛罗里达会让她想起自己的妈妈,还有格罗斯基。况且佛罗里达比桑拿房还要炎热潮湿,简直就是职业摔跤手的股沟。

但她们还是来了。加比找了个认识她叔叔查理的退休渔夫,那人帮她们在基拉戈岛租了艘便宜的船屋。船屋小得可怜,也就鞋盒子那么大(且里面带鞋子)。米莉安连觉都没法睡,因为这玩意儿摇摇晃晃的,像醉鬼的脑袋,但是……

(该是什么就是什么。她妈妈的幽灵在米莉安的记忆深处说。她就像个山寨版的上帝,给我力量去接受我无法改变的东西。)

安顿妥当后,米莉安说:"我得去看医生。"

加比问她是不是要看腋下的伤,她撒谎说:"不是,那个……呃,恢复得还不错,而且原本也没有看上去那么严重。"她在伤处贴了几张创可贴以掩饰伤口痊愈的真相,因为眼下她实在不想和加比讨论这个问题。原因多半是她也不知道该如何解释,她甚至无法确定这是不是真的。匪夷所思的事情太多了,她一次只能对付一个,但这次不是这个。"我要去塔图因①看看妇产科,检查一下这对天行者双胞胎的情况。"她拍拍自己的肚子。然后模仿尤达的声音说:"他们从来都是两个人。"

"这段台词改得倒挺应景,"加比说,"但如果你说的是找个妇产科医生看看你的……"她不屑甚至略带嫌恶地指了指米莉安的肚子,就像指的是一个翻倒的垃圾箱或一只正在舔自己屁股的狗,"那我就无能为力了。一艘小船屋我还能勉强搞到,妇产科医生,已经超出我的能力范围了。"

米莉安觉得去医院不太合适,因为她很可能正被警方通缉。加比提醒她说:"我们现在还有机会与联邦调查局合作。我们用不着自己扛着。"

"我不相信他们。"米莉安的声音像唱歌一样,"别忘了,和政府机构的人打交道我从来就占不到便宜。考尔德克特,格罗斯基和他的搭档,哈里特和弗兰克曾经假冒联邦探员。他们把我对政府机构的信任等级拉到了最低。"

"好吧,但我们总得找个人帮忙,你不能一个人干。"

米莉安心想:也许我需要一个体制外的医生,比如在业余时间碰巧学过妇产知识的兽医或船舶修理工,或者找个黑道医生。

黑道医生。

这想法有意思。她知道一个人,或许会认识这方面的人物。

想到这里,米莉安用她们在迈阿密郊区买的一次性手机给她的老邻居

---

① 塔图因:《星球大战》中天行者家族的故乡行星。

丽塔·谢尔曼斯基打了个电话。丽塔住在劳德代尔堡,和米莉安妈妈以前住的地方不远。她曾声称年轻时混过黑道。好像是犹太人的黑帮?不知道是不是真的。但那无关紧要,要紧的是,丽塔似乎人脉很广。她曾和米莉安搭伙儿偷老年人的药(更正:是死了的老年人),并把药卖给其他苟延残喘的老年人。丽塔接了电话,语气中没有半点惊讶的意思。哦,是你。

"你回来了,娃娃?"丽塔问,"怎么没见你啊,我一直看着呢。"

"不,我没有回去。我……遇到麻烦了。"

"你不是遇到麻烦,你就是麻烦本身啊。"电话那头传来她掏出维珍妮牌女士香烟的声音,"难怪有人在你们家附近鬼鬼祟祟的。我让他们滚,还举着提基火炬①赶跑过一个。"

"他们没把你抓起来吗?"

丽塔的笑声湿答答的。"我只是个疯老太婆罢了,他们哪会用手铐招呼我啊。"

"我想请你帮个忙。"

"说吧。"

米莉安说她需要一个医生,一个能处理怀孕问题的人。

"呃,是那种处理吗?做掉?"

"不,要真正的医生。"

"你有了?"

"我想应该是。"

又是一阵阴森的大笑。"看来你现在没办法逃避人生了吧,娃娃?"

"可不是嘛。"

"我这就打电话问问,我会给你找到人的。"

一天后,丽塔给了米莉安一个名字和地址。

那人叫理查德·比格尔。地址不远,就在佛罗里达群岛,塔威尼尔的跨海公路旁。

---

① 提基火炬:一种烧气或烧油,安装在地面长灯杆顶上的室外灯。

她拍拍自己的肚子，挤了挤眼。

"你早不找晚不找，偏要挑今天来找我。"他说。

"是啊，怎么了？"

"今天是圣诞节啊。"

米莉安蹙了蹙眉。"净胡扯。"随后她扭头向加比确认，"等等，今天是圣诞节吗？"

"我今天已经跟你说过三次了。"

"哦……唉。"她叹了口气，对比格尔说，"真不好意思，那你不应该……陪你的家人逛逛街之类的吗？"

"不用，我是犹太人。晚一会儿我会去张氏王朝杂货店买份芥蓝牛肉捞面，吃过饭也许会看个老片儿。我没有家人，至少没有愿意和我联系的家人。我谢你的关心了。"

"嘿，又不是我把你的家人气跑的。"

"对，可你非要哪壶不开提哪壶，现在我很伤心。"

"那你先哭会儿吧，哭完咱们再说话。既然你不用陪家人过节，那我今天来找你也就不算打扰嘛。"

他耸耸肩。"可这毕竟是圣诞节。"

"喂，外面热死人。你到底能不能帮我？直说吧。"

"五百。"

"五百什么？贝壳吗？还是酒瓶盖儿？"

"五百块钱。想进来就是这个价，小姐。"

"我可拿不出五百块。"

"那就别想进这个门了。"说完他就要关门，但米莉安把她的杂牌马丁靴及时伸进了门缝，然后用胳膊猛地把门完全推开。比格尔抗议道："喂！"

"我们有——"她扭头看着加比，"我们有多少？"

"大概五十块。"

"我们有五十块，算是首付百分之十吧，剩下的我可以回头补上。"

比格尔阴沉着脸。"不行，该多少就多少。你的联系人应该告诉过你。没得商量,也没有折扣,更没有分期付款这回事。我这儿不是家具店,你也不是来买红木床头柜的。"

"丽塔没提过——"

"丽塔?哪个丽塔?"

"丽塔·谢尔曼斯基啊。"

这家伙顿时僵住,喉咙上下蠕动,硬生生地咽了口唾沫。"谢尔曼斯基?"比格尔张着嘴,舌头在里面搅了几圈,眉毛差点没皱到一块儿去。"谢尔曼斯基。好说,好说,请进吧。"

"请进?"

"是,圣诞快乐,进来吧。"

13 洞中蝙蝠

该如何形容他的房间呢？它看起来就像一个医生办公室和一个小型公寓，生出来了这么一个不伦不类的杂交品种。房间里有张桌子和一堆文件，看起来是个办公的地方，但显然也是理查德·比格尔睡觉的地方。屋里有张折叠沙发，一个轻便电炉，小牌桌上放着一台电视机，正在重播着《价格猜猜猜》。附近地板上铺着一张宠物垫，上面明显有泡尿。但撒尿的小狗不知去向，米莉安不由得怀疑比格尔这里是不是没有厕所，所以他也会像狗一样直接尿在地板上。

比格尔用脚后跟拖出椅子。米莉安注意到他穿了一双橙黄色的鳄鱼牌胶凉鞋，鞋子奇丑无比，关键连他的脚后跟都包不住。加比示意米莉安先坐，自己又拉出另一把椅子。

比格尔坐在她们对面，两条胳膊支在桌子上，十指相扣，手背像吊床一样托着下巴。"说吧，你想怎么办？要把洞里的蝙蝠清理出去吗？"他大概注意到了米莉安茫然甚至有些恐慌的眼神，遂解释道，"我是说，你想打胎？这就是你来找我的目的，对不对？"

"不是。"米莉安扮了个鬼脸。

"不是。"加比郑重地强调了一次。

"不是？"他问，"那你们来干什么？通常来找我的人都是为了打胎，倒不是因为合不合法的问题——尽管控制这个国家的那些浑蛋巴不得恢复过去的法律——而是因为我嘴巴严，可以做到神不知鬼不觉。让她们的男朋友或者家长都抓不到把柄。既然你不想打胎,那你找我有何贵干?"

有什么东西在蹭米莉安的双腿。

她大惊失色,尖叫着从椅子上跳起来。

比格尔耸耸肩。"不好意思,大概是雷克斯吧。"

一个光秃秃皱巴巴,仿佛天外来客一样的啮齿类动物从米莉安的椅子下面探出脑袋。它长了一嘴尖牙,但每颗牙都朝着不同的方向。它的上嘴唇向后翻卷,仿佛那嘴牙齿让它引以为傲,所以要故意露出来。它一只眼睛得了白内障,眼角全是黏糊糊的眼屎,看着就像长满水藻的池塘里丢了一具苍白的尸体。它的另一只眼……哎哟,倒也没什么毛病,就是像颗弹珠一样暴突出来,藏在皱皱巴巴的脑袋上耷拉下的一丛软毛里。

这贼眉鼠眼的小东西偏偏长了一条长长的舌头,像生意人脖子里系的又长又宽的领带。

"这是什么鬼东西?"米莉安问。

"是只狗。"

"是狗才怪。"

"它就是狗。"

"哪有这么猥琐惊悚的狗?"

"这是冠毛犬。没事,它很温顺。坐。"

米莉安重新坐下来,那条狗却纹丝不动。它卧在她的椅子下,用那只没毛病的眼睛不知道在盯着什么发呆。

"你怀孕了,而且你想要这孩子。"比格尔说。

"不,我不想要。"

"可你说不打胎。"

"对,是不打胎。"

他挠了挠鼻尖。"所以你想要这孩子。"

"不。"米莉安好像也蒙了,"我不想要孩子,但我又需要这孩子。我要把他生下来,我需要知道他是不是健康,还有……我再说一遍,我不要打胎,这孩子我要生下来,所以——"她咬紧了牙关,她没想到这件事为何如此难以启齿,她不喜欢低声下气地求人,哪怕想一想都浑身难受。可她又实在没辙,"所以,请你帮帮我。"

"你确定自己怀孕了吗?"

"我用验孕棒验过,结果是两个加。"

"为什么不去找正规医生?"

"因为我犯了事儿。"

一秒钟都没有耽搁,他紧接着便问:"犯了什么事儿?"

"坏事儿。"

他叹了口气。"好吧。到检查床上去吧。"

"等等,什么?"米莉安慌了,求救似的看着加比,"不,我不。在这儿不行。我只是来……你们的说法叫什么来着……来咨询的。"

"对,但那也得检查。"

"你要是敢逼我,我就把你这只畸形的狗塞进你的屁股里。"

加比温柔的抚摸让她冷静了下来。"米莉安,如果你想知道胎儿的情况,就必须得检查。但如果你想走,我们现在就可以走。"

她的目光从加比移到比格尔,又从比格尔移回到加比身上。此刻她的心跳如万马奔腾,虽然屋里比外面凉爽得多,但她还是出了一身大汗。"好吧。"她说。

上检查床。

插 曲

医 院

医生唠叨个不停。但他并非在和米莉安说话,而是和伊芙琳。拘谨的伊芙琳,沉默寡言的伊芙琳,一身打扮如同参加葬礼的伊芙琳(在她心里,此时就是葬礼)。

医生是个体形浑圆的胖子,头顶上的头发好像都搬到了他的眉毛和鼻孔里。他正不厌其烦地啰唆着流产的影响。

"流产是由内伤引起的非自然生产。"他声音粗鲁,像狗叫一样。汪汪!

伊芙琳纠正说:"是外伤,我女儿被人袭击了。"

"是,是。"他说,依然没看米莉安,也没和她说话,"导致了大出血和感染,结果是……她身体里产生了瘢痕组织。"她。米莉安在心里大叫:我在这儿啊,你可以直接跟我说!求你跟我说吧!"人们把这种情况叫作阿谢曼综合征,或叫子宫腔粘连综合征。我们做了个子宫镜检查,确定瘢痕形成的范围和严重程度,结果是不容小觑的。至于究竟有多严重,我们现在还不好说,得等她长大一点,身体发育更加成熟的时候才好确定,但从现在开始她需要留心这个问题。"

"她还能再怀孕吗?"伊芙琳问。

米莉安不想让医生继续和她妈妈说话,有什么事可以直接找她谈。她对这个医生已经有所了解,只是她对自己了解到的情况十分困惑,因为她发现七年之后,在一个寒冷的冬夜,医生会因为心脏病发作死在这家医院的停车场上。他的死亡是一个缓慢的过程,尽管身在医院,附近又有那么多人,但没有一个人会发现他,救他。

"我就在这儿啊。"米莉安小声说。

她妈妈嘘了她一声。

医生舔了舔嘴唇。"很可能不会。即便她真的怀孕了,她的身体也无法满足胎儿生长的需要,再次流产的可能性会非常高。"

"那她成功怀孕产子的概率有多少?"

我就在这儿。我就在这儿。我就在这儿。

"呃……我不想骗你。"他说,"答案是几乎不可能。因为没有可行性。"

伊芙琳一眼也不看米莉安。她低头盯着自己的双膝、双脚,最后盯着地板。透过地板,在一个遥远的地方,这一切都没有发生过。她的女儿没有给她丢人现眼,没有给她的家带来永远无法洗脱的耻辱。米莉安知道,对于女人今生今世在这个世界中的角色,伊芙琳自有她的一套观念。

而米莉安与她的观念格格不入。

我得走。我得离开。

这些念头像咒语一样在她头脑中不断重复,尽管医生已经转身出去,尽管她的妈妈正默默坐在一旁生闷气。

14 种 子

她在哭。

这可不像她。

不可否认,最近几年她似乎越来越爱哭了,但即便如此,她依然觉得哭是一件很丢脸的事。米莉安一向以玩世不恭的女汉子自居,我行我素,谁都不在乎。冷嘲热讽和竖中指就是她的招牌。这对我来说本不算什么呀。她想。她是米莉安啊,子弹打不死,炸弹炸不烂,生活对她无可奈何。她见过许多丑恶,许多鲜血,许多被死神提前夺走的生命,因此很久以来她就认为自己的心早就死了。

可现在她却哭得像个孩子。

她坐在比格尔的厕所里。谢天谢地他有个厕所,不用她尿在宠物垫上,或蹲在垃圾桶上。实际上,这里倒挺干净,卫生级别的干净。意外的是,诊断室里也很干净。她以为这里会脏得像内华达州低等妓院里的高脚凳,可实际上这里的卫生程度与正规医院不相上下。一切井然有序,处处一尘不染。(看到她震惊的表情时,比格尔说:"我是个真正的医生,或者说曾经是。")

此刻她坐在厕所里,内裤脱到脚踝处。十分钟前她就尿完了,可她还一直坐在这里,像个窝囊废似的哭得稀里哗啦,涕泪横流,差点用光了一整卷厕纸。

检查过程枯燥无聊。首先是一堆让人浑身不自在的提问:"你的例假怎么样?"(像《闪灵》里的电梯。)"你抽烟喝酒吗?"(我以前像个大烟囱,酒嘛,我比沙漠里的骆驼还能喝。)"你做什么工作的?"(哈哈哈,工作?你真会开玩笑。)"你用什么避孕措施?"(呃,洗澡和祈祷?)然后就到了最有意思的那个问题:"你以前流过产吗?"

所以才有了前面的插曲。她不得不告诉比格尔,还有站在一旁的加比。

她告诉他们,她如何在十几岁的时候怀过孕。

告诉他们,把她肚子搞大的那个男孩儿的妈妈,如何用一把雪铲在他们中学的洗手间里将她暴打一顿。

告诉他们,她如何流了产。

还有她如何伤心欲绝,流了多少血。

以及医生说她得了阿谢曼综合征,那意味着她这辈子都可能无法再孕。所以她才从来没有采取过避孕措施,毕竟,何必叫花子守夜多此一举呢?

(这时加比去拉她,米莉安却躲开了。这是另一件她需要道歉的事,如果她有勇气的话。对她来说,道歉就像排出肾结石。虽然有时候很有必要,却疼痛异常,犹如从身体里排出一块乐高积木。)

这之后是验血、验尿、子宫颈抹片检查。

最后一项是经阴道超声检查。(大哥,都要看人家的那里了,难道你不该先请我吃顿饭吗?或至少在自动唱机上为人家放首歌吧?)

检测期间,米莉安一直在想,也许她并没有怀孕。也许这一切只是虚惊一场。假如她没有怀孕,那表明她暂时还无法跳出困扰她的诅咒——郁闷的是这诅咒到现在还没有让她看到比格尔的死,因为医生都会戴一种叫作手套的东西。尽管她渴望摆脱这种超自然的能力,但假如她的身体真像火星上的大峡谷一样不适合孕育生命,那她也没办法。这不能怪她。这就是人生,这就是命。该是什么就是什么,米莉安。

"你说你有阿谢曼综合征?"比格尔疑惑地问。

"是啊,怎么了?"

"可我没发现症状啊。"

"没发现症状——什么?这怎么可能?"

"你做过矫正手术吗?"

米莉安皱起了眉头。"没有啊。"

"这种病很难会自动痊愈的。"

自动痊愈……

就像她腋下的伤。她正欲开口反驳——

但这时她看到了他。她看到了种子。

"在这儿。"比格尔说。屏幕上有个点,像只虫子。"现在只比芝麻大一点。"他说。

"那是什么?"

"那是什么?"比格尔不敢相信地扬起眉毛看了她一眼。

加比的手再度落到她的肩上,这一次,米莉安没有躲闪。"米莉安,那是胎儿啊。"

"那是……"我的孩子。"好小啊。"

"哪能一开始就是个娃娃呀。"比格尔说,他的口气听上去有些恼火,"这个阶段他们还只是……一团分裂中的细胞。正在形成神经——那儿,看见了吗?"那颗芝麻好像动了动,就像一颗遥远的星星眨了下眼。"那就是心跳。"

那就是心跳。

此刻在厕所里,她脑袋里不停地想的就是这件事。

那是最触动她的地方——毫不起眼的心跳。现在他有自己的定数了,就像刚刚拥有了社会保险号:那颗心开始跳动了,他有了生命。可他在这个世界上的命数并不长久。该死的,他甚至没能真正到过这个世界。他在前往这个世界的路上时就死了。生下来便没有了生命,冰冷、安静,甚至没有来得及感受光明,或看一眼周围的生命。所有生命都有死亡的一天。她想。

她早已习惯了死亡的现实,对这不期而至的生命之光没有一丝防备。这光芒令她目眩,使她双眼溢满泪水。她感到疲惫、茫然、困惑、绝望。

她又去拽厕纸,发现棍子上只剩下一个光秃秃的卷芯。她徒劳地转了几圈卷芯,咬了咬牙,强迫自己不再胡思乱想,不再哭泣。

有人轻轻敲门。

"米莉安?"

加比的声音。

"我在撒尿,干什么?"

"你进去好大一会儿了。"

"我……我尿多。"

"我能进来吗?"

"呃,好吧。"厕所不大,她一探身便能够着门锁。加比从门缝里闪身进来,而后又轻轻关上门。场面一度很尴尬。米莉安半裸着身子坐在马桶上,加比站在她前面,两人的膝盖几乎抵着膝盖。米莉安哼了一声。"别骂我,我知道你想骂我。"

"我发誓,我没想骂你。"

"我不是在尿尿,进来这么久我根本就没怎么尿,虽然偶尔也挤出几滴。"

"我知道。"加比忧伤地看了她一眼,"你心里很烦。"

"是,是,该死的。"

"你不想失去这个孩子。"

"我并不是因为他是我的孩子才这么在乎,而是因为他是我摆脱诅咒的唯一方法,是我挣脱牢笼的钥匙。这是玛丽·史迪奇告诉我的。只要我能把这孩子平安生下来,一切诅咒就都结束,我就能重获自由了。"

加比忽然加重了语气说:"可他毕竟是个孩子,是条生命。"

米莉安用手背擦了擦眼睛。"打住,别再给我上课了。我知道生命的意思,生命……根本不值得,懂吗?人生下来就是奔着死亡去的,就像缓缓走进碎木机。婴儿并非因为他们是婴儿才特别,他们只是相对真正的人类而言更加脆弱、无力、肮脏,而所有的人类都很愚蠢,所有的人都会死。"她叹了口气,"我说的是不是太过分了?"

加比用拇指和食指比了大约一英寸的距离。"有点儿。"

"该死的。"

"是啊。"

"我在乎这孩子。它不单单是个孩子。它是颗种子,你明白吗?我在乎。我不想在乎，可我真的在乎。"

"会没事的。"

"不，孩子死了。这是注定了的。甚至很难说是夭折，它的生命几乎还没开始就结束了。"她忽然想到了路易斯。如果知道她怀了他的孩子，他该多么高兴啊。可转念一想，失去孩子又会让他多么痛苦。由此及彼，想到失去他，米莉安不由得悲从中来，心如刀绞。

加比扶她起来，安慰道："你以前也救过人啊。"

"这不一样，我不知道该如何拯救这孩子。就像我不知道该怎么……"她没有说下去。她用不着。

因为加比替她补上了后半句。

"就像你不知道该如何拯救我。"

"对。"

"我不需要拯救。"

"我们都需要拯救。"

"我不会自杀的。"

哦，你会的。我在灵视中看到了。这是命里注定的，加比。命中注定你会吞下一大堆药，让你的心脏停止跳动，就像咔嗒一声按下秒表。

加比摇摇头。"我不信。我不会有事。这个孩子也不会有事。来——"加比蹲下来，帮米莉安提上内裤。米莉安能感觉到她的鼻息喷在自己小腿上，尖锐的发梢刺着她的膝盖。

"不好意思，我自己会提内裤。我肚子还没大到看不见脚趾的程度。我还弯得下腰。"

"我想帮忙，你就让我帮嘛。"

米莉安答应了。她站起身，仰头盯着厕所天花板上的灯。

"哦，天啊，我怀孕了。我知道我怀孕了，但我说的是我要真的和我的好身材说再见了。这颗小种子会变成一个大西瓜。"

然而这时加比好像发现了什么，低头专注地盯着某个东西。

她弯腰捡了起来。

那是个创可贴。

米莉安贴在腋下伤处的,尽管伤口莫名其妙地消失了。它一定是从她袖子里漏出来的。

"你的创可贴掉了。"加比说。

"应该不是我的——加比,你怎么能随随便便从厕所地上捡创可贴呢?小心感染埃博拉病毒。"

但加比可没信她的鬼话,她像个母猴子一样轻轻抬起米莉安的胳膊,眼睛趴在袖口上往里窥探。

"我怎么没看到血啊?"加比说。

"我知道——不是——"

"等等,是这条胳膊吗?难道是这边?"

"是,不,这个——"

"你该让医生看看,我知道他不是什么都能看,可他好歹是个医生,既然我们来都来了——"说话时,加比已经掀起了米莉安的T恤,米莉安想过拒绝,可有什么意义呢?纸是包不住火的,加比迟早会知道。真相就像尸体,藏得再久也有暴露的一天。

这时只听加比说道:"你的伤已经好了。"

"……是吗?"

"是吗?当然是。听口气你好像早就知道了。"

"我……可以那么说。"

"米莉安,那可是枪伤啊。"

"是啊。"

"一周前还惨不忍睹呢,你那伤口里塞得下一大把硬币。"

米莉安耸耸肩。"但现在好了。耶!这事儿过去了。"但加比显然还不满意。她抬起米莉安的胳膊,仔细端详着她的腋下。米莉安故技重施说:"我没发现你对腋窝也有特别的嗜好,你怎么不早说。这没啥不好意思的。在床上我们都有各自的小癖好,加比——"

"没有结痂,也没有留疤。"

"是,我……也注意到了。"

"可你还在上面贴着创可贴。"

米莉安像个犯错的孩子似的低下了头。"是。"

"为什么?"

"因为……"米莉安竟编不出合适的理由。

"因为你想糊弄我。"

"对,糊弄你。等等,不是,不是为了糊弄你,不全是——"

"不全是?"

解释的话像竹筒倒豆子。"我觉得很奇怪,所以不想提起。挨了一枪几天就好如初,这件事太离奇、太匪夷所思了,我自己都快被它搞疯了。"

"只用了几天?"

"也许更短,在速8酒店睡醒之后我就发现伤已经好了。"

加比瞪大了双眼。"这速度也太快了。"

米莉安轻叹一声。"谁说不是呢,我的护士小姐。"

"快得有点离谱。"

"我知道!我就是这个意思啊。我不知道这意味着什么,也不知道它为什么会发生在我身上。我不知道今后还会不会再遇到这种情况,或者这一次只是侥幸,哦对了,万一我连死都——"

她忽然停住,剩下的话生生堵在喉咙里,像困在袜子中的老鼠。她在脑子里重新想了想这个念头:万一我死不了呢?

像哈里特那样。

"我要去找你啦。"哈里特说,"我要吃掉你的心。一个动物吃掉另一个动物的能力。"

米莉安的舌头上又泛起哈里特心脏的味道。

她扭头趴在马桶上,吐了起来。

15 神奇的自愈

呕吐物犹如吵闹鬼身上的黏液粘在她舌头的背面。米莉安被加比领着,像个僵尸一样摇摇晃晃走出厕所。比格尔问她怎么回事,她依然像个僵尸一样咕哝了几句谁都听不清楚的话。好在加比替她圆了场,说她只是紧张。

比格尔医生滔滔不绝地对她说着各种事项,可她充耳不闻。她满脑子都在想着那天晚上的事——虽然过去不久但感觉却像上辈子——她挖出哈里特·亚当斯的心脏,生生吃掉。为什么要吃掉心脏?因为只有如此才能真正杀死哈里特。那臭婊子居然死而复生,对米莉安穷追猛打。她的复活也许是因为入侵者,或者,也许因为她身体里同样有个入侵者。

那是干掉她的唯一方法。哈里特像个女巫一样刀枪不入,什么都奈何不了她。第一次她追杀到米莉安家的老房子时,米莉安踢断了她的腿骨,让大角猫头鹰把她的脸抓了个稀巴烂,可那女巫却像个打不死的小强一样一直追着她。米莉安从窗户里逃出来,哈里特像野兽一样手脚并用跳下屋顶,只是她落地时摔断了胳膊,连骨头都翘了出来。可再次见到那个怪物时你猜怎么着?哈里特安然无恙,浑身上下看不到任何受伤的痕迹。腿好好的,胳膊好好的,脸上也好好的。

所以为了能杀死她,米莉安只好挖出她的心,然后吃掉。

不过吃心这种做法可并非米莉安原创。哦,绝对不是。这个创意她是学来的,她的老师就是哈里特本人。那个拥有不死之身的臭婊子不小心说漏了嘴。她对米莉安说：

我要砍下你的脑袋。

然后我要挖出你的心。

你的脑袋我会留着，好让它看着我吃掉你的心，那样我就能得到你的能力。这就是我征服的方式。

吃掉对手的心，获得对手的能力。

所以米莉安吃掉了哈里特的心，虽然初衷并非为了获得她的什么能力，而只是单纯地想要她的命。

看来结果倒是歪打正着。没错，她阴差阳错获得了哈里特自我疗愈的超能力。而同时哈里特也终于死翘翘，死在寒冬中的树林里，死在冰冷的雪地里。

但现在米莉安还不确定她是否真的拥有了哈里特的全部能力，自愈的能力、不死的能力。

而她完全不知道这意味着什么。

米莉安蹒跚着走向门口，随即来到佛罗里达喷射着复仇怒火的残酷的骄阳下。她听到医生在身后说了些什么，便咕噜着转过身——他在和她说话。"一切正常，你很健康，胎儿也很健康。一周后来拿验血结果，另外——"

他终于满足了米莉安的心愿。他向她伸出了手。

没戴手套。

他摸了摸她的额头，于是——

插　曲

医生之死

　　理查德·比格尔,里奇,已经不再是医生,他躺在检查床上,浑身赤裸,像只地鼠。他大部分身体都处在阴影中,但有盏卤素检查灯对着他的方向,使他看上去像聚光灯下的明星,或马戏团中央荡秋千的演员。

　　他的嘴被黑色的胶带封着,头顶应该受过伤,一条弯弯曲曲但已经干涸的血迹从眉宇之间一直延伸到鼻子上。他灰色的鬈发脏兮兮地粘满了血,发梢粘连在一起贴在脸庞和太阳穴两侧。

　　一道影子从理查德·比格尔身上晃过,显然有人从明亮的台灯前走过。

　　比格尔扭动身体,但他的双脚被黑色胶带固定在检查床上,双手贴在桌面,手腕上套着长长的锁链,而锁链固定在他肥硕的屁股下面。

　　凶手缓缓进入视野。那是个女人,满脸疤痕,仿佛一个破碎的花瓶重新拼凑起来,只是裂缝处用的不是胶水,而是粉红色的疤痕组织。

　　加比对比格尔说:"米莉安,我敢打赌你能听到。米莉安,亲爱的,我的生命之光,我希望你能听到我的话。我要杀了他,我要——"

　　加比喘了几口粗气,发出一阵恐怖的狂笑,随后举起一把手术刀在比格尔的胸前挥舞了几次——嗖嗖嗖,他胸口顿时出现几道不规则的伤口,鲜血直流。比格尔疼得呜呜直叫。血迹斑斑的额头上冒出许多豆大的汗珠。

　　"对,我要杀了他。"她继续说道,"你应该已经想到。这是他的大限之日。他的临终时刻。我可以折磨他——"

她熟练地扭转手术刀，让刀背贴着皮肤划过比格尔圆溜溜的大肚腩，经过肚脐下汗津津的灰色体毛，来到他茂盛的阴毛处。她用刀尖轻轻戳了戳，像个调皮的孩子试图用别针戳破一个气球——比格尔瑟瑟发抖，皮肤上冒出一颗圆圆的血滴时，他像杀猪一样痛苦地号叫起来。随后，加比的刀继续向下，偶尔停下来戳一次，血滴渐渐连成了线，顺着他的身体流下来。戳戳戳。擦擦擦。加比用刀尖围着一圈皮肤轻轻刮着，不破皮，也不流血，刮的时候她还忍不住吃吃地笑。

"也许我该好好折磨一下他。他的灵魂上也有漏洞，我能感觉到。他是个坏人。他浑身上下都散发着羞耻，就像新鲜的大便冒着腾腾热气。你知道他是怎么丢掉行医执照的吗？啊，亲爱的米莉安，他还试着给人接生呢，关键词，试着。那孩子的妈妈叫保拉，是个很好的女人，可他搞砸了。好消息是，孩子活了。坏消息？唉，妈妈死了。那孩子是剖腹产，你应该知道那意味着把肚子拉开，欸，欸——"说到这里，她挥刀狠狠地划下去，比格尔顿时膛开肚破。鲜血汨汨而出，比格尔隔着胶带惨叫不止。他的肠子像青蛙嘴中蠕动的蚯蚓从开口中翻滚而出。"然后他们会把肠子移开，好从子宫里取出胎儿。唯一的问题是，比格尔误伤了膀胱，而他自己甚至都没有意识到。为什么呢？因为他是个半吊子啊。结果他们就直接缝合了肚子上的开口。可那女人的肚子里还流着血呢。产后出血引起了败血症，结果她就死了。"

接下来的部分可谓一气呵成。加比将手术刀刺进他的内脏，一次，两次，三次——再来，而后向上，刺入他的胸膛、他的喉咙、他的脸。一刀又一刀，一声惨叫接着一声惨叫，很快比格尔就被扎成了马蜂窝，直到致命的一刀——一道血流从他脖子里的伤口中喷射而出。

"我在帮你，因为我知道你肯定不希望让他给你接生，对不对？就当这是我给你的另外一条提醒吧，来自未来的提醒，亲爱的米莉安。我们有事要做。在你决定之前，我会一直在这里晃动你的锁链，好提醒你，你还没有摆脱身上的枷锁。"

16 一事无成

米莉安想吐，却无物可吐；想哭，可泪井已干。所以她只是站在那里愣了几秒钟，感觉与生活、与这个世界断了线。就像她是一个恐怖片的观众，看着剧情在她眼前的银幕上缓缓展开。可这不是电影，而是现实，是切切实实发生的——或终将发生的。

它发生在三个月后。

"你没事吧？"比格尔问她。

"没事。"因为呕吐和哭泣，她嗓子嘶哑得厉害。加比用手掌轻轻抚摸她的后背，帮她平静下来。

"最终一切都会好起来的。"他说。

医生，你开的这是空头支票。

但她并没有说出心里的想法，而只是点了点头。

"谢谢你愿意帮忙，剩下的钱我会补齐的。"

他摆摆手。"别放在心上。结果出来后我给你打电话，也许要过一两周。我得把样本送到别的地方化验。你也知道，我这里没资格。"

"没关系，我冒昧地问一句，你是因为什么丢掉执照的？你以前拿过执照对吧？"

他犹豫了一下，随后说："我确实拿过，也确实丢了。"

"出事了？"

她以为比格尔会撒谎，因为每个人都会撒谎，让自己脸上无光的事谁都不会愿意提起。这是人性的特质之一，也是大多数人不值得同情的原因之一。

但比格尔却是个例外。

"我在给一个女人接生的时候出了意外，大人没保住。"

米莉安耸耸肩。"生死有命，这就是人生。没理由吊销你的执照啊，对吧？"

"我当时嗑了药。她的死跟我有很大关系。"

"哦。"

"是啊。"

"你现在还嗑药吗？"

"从那以后就再也不碰，现在戒毒已经十一年了。"

"好样的。"

他皱了皱眉。"也许吧。所以等时候到了，我可以为你接生，不过也许你希望找一个手比我更稳当的人把这孩子带到世上。"

"我会考虑的，谢谢你，医生。"

"等我的信儿吧。"

"我知道。"

我每次闭上眼都会听到你撕心裂肺的惨叫，医生。每一次，当加比——被入侵者附体的加比——用手术刀戳你的身体时。

17 小盒子

假装一切正常很难。

米莉安感觉不到正常,她的人生中似乎永远充斥着不正常。但此刻这种感觉更进了一步,她仿佛和任何正常的状态都隔离了。她是个骗子,是个偷渡者,是个被抛弃的人,普通人的感官尽数离她而去。她的头脑充满恶念,像只趴在颈动脉上大快朵颐的蚊子。路易斯死了,给她留下一个注定无法成活的孩子。她是个逃亡者。刚刚遇到的这个医生不久之后就将死于加比之手。加比,很可能是被入侵者附体的加比,有朝一日因为心灰意懒而自杀的加比。米莉安意识到了这一点,因为就连她自己也无法抵挡入侵者的纠缠。

她是困在瓶中的蚂蚁,不顾一切地想要逃出去。

船屋左摇右晃。

加比悄悄走到她跟前。她手里拿着一个礼物,包装精美,比面包盒小一些,一只手托着刚刚好。

"呃,好歹是圣诞节。"加比说。

米莉安还想来老一套。她想对加比发火,用愤怒掩饰自己的焦虑。什么狗屁圣诞!我现在可没心情过圣诞。我什么都没有给你准备,我也不配要你的礼物。可这时,加比之前挂起的闪灯亮了起来,灯光映射在她满脸的疤痕上,看起来居然很漂亮、很天真、很完美。米莉安意识到她不能那么做。她得克制,得学着成长,至少不能比现在更让人讨厌。别扫兴。她告诫自己。

这一次,她做到了。

她微微一笑,接过了盒子。

"我……我什么都没有给你准备。"她对加比说。

"我知道,你一大堆烦心事呢。我希望你不要因为这个礼物感到内疚。你可以回头再送我。别急,我不会再唠叨谁好谁坏,我们两个一样好,也一样坏。其他的什么都不必说了。"

"还是你了解我。"

"是啊,就是不知道是真了解还是假了解。你打开礼物我们就知道了。"

"那咱们瞧瞧。"

米莉安很想像个兴奋的孩子一样三下五除二地撕掉包装纸,打开盒子。但她没有,她拆得慢条斯理。一开始,她只是故意做给加比看——*你瞧,我也可以很淑女*——然而当手指碰到蝴蝶结并轻轻解开纸上的带子时,她发现自己竟很享受这一刻。不,她开始陶醉其中了。耐心与关心,这两种特质与米莉安一向格格不入,很多时候她都表现出它们的反面,可如今它们突然显现,且非常意外地让她感到欣慰。

盒子露出来了。

是个首饰盒。

她用拇指推开盒盖,发现里面的衬布上躺着一只银光闪闪的"猫头鹰"。"是银质的。"米莉安拿起来时加比说道。它不是那种萌萌的睁着两只大眼睛的猫头鹰,而是一只展翅飞翔的猫头鹰。它利爪前伸,喙张开着,仿佛在扑向看着她的人。

"你说你有一只猫头鹰。"加比解释。

"厄运之鸟。确实,我挺想它的。"

"嗯,虽然不能像真的那样给你带来安慰,但是……"

米莉安在她脸上亲了亲。"谢谢你。"

"我在基韦斯特的一个小店里买的,卖给我的那个女人说,猫头鹰代表的意思是能看到别人看不到的东西。她还说这种鸟象征着混乱和改变,它能识破谎言，看穿人的面具。听起来和你很像。"

"这些我倒不知道，但混乱对我来说特别贴切，而且我也能看到别人看不到的东西。"

"你喜欢吗？"

"喜欢个屁啊，我爱死它了。"

"圣诞快乐，米莉安。"

"圣诞快乐，加比。"

她们抱在一起。这一刻——至少有那么一会儿——米莉安真的感觉自己变正常了，没有假装，没有面具。好像她成了另一个人，她的人生也不再比嗑药的黑猩猩还要疯狂。

18 黑暗中醒来

米莉安醒了,且每根神经都警觉异常,尽管时钟嘀嗒嘀嗒才刚刚迈过午夜。猫头鹰银吊坠放在胸口,凉凉的、沉甸甸的,偶尔她会用手摸一摸,使劲往下按一按,几乎要按进皮肉,直至疼得受不了。(可这疼痛又让她满足,就像用舌头舔一处口腔溃疡,或顶一颗松动的牙齿。)水波轻柔拍打着船身,但她心烦意乱,脑袋里仿佛有无数蚂蚁、蜘蛛和蛇在蠕动。她努力把它们清理出去,且暂时起到了效果。她把精神集中在呼吸上。(天啊,真想来支烟。)她放空大脑。(入侵者在外面游荡,他可能是任何人,该死,他到底想干什么?他究竟是谁?为什么要苦苦纠缠于我?)她摒弃所有心结和欲望。(我想路易斯,我想亲吻加比。我爱我的猫头鹰项链,谁都别想抢走我的猫头鹰项链,否则我会用摔烂的威士忌酒瓶捅死他们,还要喝他们的血。)当然,这些都没用。大多时候她只是躺在那里,盯着黑暗。

终于,加比翻了个身。

她也醒着。

"睡不着的话,可以跟我聊聊天啊。"加比说。

"嗯,我知道,不用了。"

"你想他了对吗?"

"想谁?"她问,尽管她心知肚明。

"路易斯啊。"

她轻轻叹息。"嗯,我是说……对。"虽然周围黑黢黢的,但米莉安还是用手掌根狠狠按着双眼,直到她在眼睑后的黑暗中看到了雷射光。"他太善良,我不配拥有他,这个世界都不配拥有他。失去他我有些无所适从,感觉就像一栋房子没了门。"

"我很抱歉。可你救了他。那是很了不起的。"

"别夸我了。"米莉安说,"我救他是因为我把邪恶带给了他。我那叫救他吗?我把他推下悬崖然后又一把拉住他?遇到我是他最大的不幸,这不是夸张,也不是比喻,而是真的。在我出现之前,他日子过得好好的,可我打乱了他的整个人生。"

加比的手攀上她赤裸的肩膀,停在那里。"你也不能肯定。也许那就是他的命。说不定你还让他多活了几年呢。"

"这样理解未免太一厢情愿了,但我希望你说的是真的。"

"我不会碍手碍脚,你明白吧?"

米莉安坐起来。"什么碍手碍脚?"

"你和路易斯啊。"

"他已经死了。"

"可他也没死。他还活在你的记忆中,活在你的心里。"

"我只是需要时间来适应。"

"我知道。"加比说,但听起来很忧伤。

"这件事和你没关系。因为……太冒险了,你懂吗?就像湍急的河流中有很多嶙峋的怪石,我不想拖着你穿过这些石头。"她心里想的却没有说出的话是:我也不希望你成为我不得不绕过去的河里的石头。

"哦,好啊。"

"你疯了。"

"我没疯。"

"你伤心了。"

"我没伤心。"

"越是嘴上说没疯和不伤心的,通常都已经疯了,而且很伤心。"

"那如果我说我疯了,或者我很伤心呢?"

"那我会相信你。"

加比叹了口气。"我说不过你。"

"这不是逞口舌之快。我只是不想让你现在担心这些。"

"你的意思是,你现在不想担心这些。"

"是。不是!不全是。但又……等等,是,是。我现在确实不想担心这些。我已经快疯了。"

"是我把你逼疯的吧?"

"加比,别这样——今天是圣诞节啊。"

"昨天,现在已经过了午夜,理论上圣诞节已经过去,假期也算结束了。"她翻了个身,"晚安,我得睡会儿了。"

"加比——"

"晚安,米莉安。"

加比拉起毯子蒙住头。

米莉安却在黑暗中依旧醒着,一遍一遍地咒骂自己,尽管她知道自己身上已经承受了太多诅咒。

19 伤口中的血

加比睡着后，米莉安从厨房抽屉里拿出一把带锯齿的牛排刀，来到船屋所谓的前廊。这里有两张沙滩椅，有栏杆，可以凭栏欣赏月光笼罩下的墨西哥湾。也许这里是佛罗里达湾？她也不确定。

船轻轻摇晃，她在思考该割哪里。

电影里的那些白痴总喜欢割自己的手掌。米莉安实在想不通为什么要那样，干吗跟手过不去呢？手是用处最多的部位啊。

下刀的部位必须不容易被人发现，对她又不会造成太明显的影响。手指、脚趾、脚、脸。这些地方都不行，既要隐秘，又要显得偶然。

米莉安看中了肱二头肌。她卷起袖子，把刀抵在皮肤上。

她深吸一口气，屏住不出，没心没肺地想着此刻要是有包烟抽就爽了。她在心里默默数了三个数。

一。

水波荡漾，船身摇晃。

二。

星星在头顶眨着眼睛。

三。

她用刀在胳膊上猛地一划。为了不吵醒加比，她忍着叫。血从伤口汩汩而出，像小溪一样淌下胳膊。

"祝我圣诞快乐！"米莉安像唱歌一样对自己说。

20 自愈

到了早上,伤口已经不见了。除了血迹和皮肤上隐隐的痛感,什么都没有留下。

21 倾 诉

过了一周她才对加比掏心掏肺。

当然，不是像可怜的医生那样掏心掏肺。

一天夜里，外面下着雨——佛罗里达大雨。雨滴像钢珠一样噼里啪啦地砸在船屋的顶上和船舷上。这场雨，像这里的每场雨一样，必将来也匆匆去也匆匆。大雨过后的潮湿空气会凝重得连斧头都劈不开。但是现在，雨神仿佛喝多了，正不顾一切地发着酒疯。

有过圣诞夜里的那次对话，两人之间好像出现了罅隙。表面上她们并没有闹翻，更不至于恶语相向大打出手，虽然米莉安更希望那样。这是更微妙的冷战。加比像只猫似的，总是鬼鬼祟祟，用眼睛余光偷瞄她。米莉安需要在火上浇点油，所以她决定把真相告诉加比。

谎言就像撬锁的工具。熟练的老手能用它们轻而易举地打开门。真相也能打开门，只是其力道犹如狂暴的公牛，难免会造成破坏。两种方式，米莉安都有天赋，但撒谎劳心劳神，反倒说出真相简单省事儿。

她只需敞开心扉。

这天晚上，加比坐在沙发上，喝着科罗娜啤酒。瓶子里的酸橙片释放出串串气泡，咝咝地往上直冒。船屋空间狭小，米莉安却很喜欢。也许是因为怀孕的关系，她总感觉这里就像个子宫。很多很多温暖的木头，很多很多枕头靠垫，所有东西都凌乱地挤在一起。你无法在这里跑动，因为抬不起腿。船屋好似一张大床，你在哪里都可以躺下睡觉。仿佛它能包裹你、吞掉你,将你埋在深深的遗忘里。

"你也可以来一瓶。"加比喝了一大口之后说,"书上说孕妇也可以喝啤酒,只要不喝醉。"

米莉安坐在船屋上芥末黄色的活动躺椅中,把自己裹得严严实实。她膝盖顶着胸口,双臂抱着膝盖。她知道要不了多久她就再也别想做出这个姿势了,因为肚子里的那个寄生虫会一天天变大。这会儿,她从两个膝盖之间注视着外面。

"啤酒难喝得要命。"米莉安说,"像猫尿。我宁可喝红酒,那样起码显得有品位,因为人们常说,红酒是装在杯子里的忧伤。你看过介绍威士忌的东西吗?孕妇能不能喝?龙舌兰呢?如果我在里面加点橙汁是不是就没问题了?"

加比探询似的瞥了米莉安一眼,仿佛她不确定米莉安是不是在开玩笑。(米莉安心里想:我没开玩笑,给我倒杯威士忌吧,我要威士忌。)"我那本书上没说。"

"书?什么书?"

"《孕期完全指导》。"

"你买了本书。"陈述,而非疑问。

"是,我买了本书。"她的鬃毛已经竖起来了,很好,"怎么了?"

"怀孕的又不是你。你也不是我妈。你自己都没生过孩子。"

加比坐直了身体,就像闻到捕食者气息的小动物。"我知道。那又怎样?"

"那又怎样?我是想说——"

"你想说这一切都和我没关系。"

"怎么会没关系呢。你是见证人啊。当时你在,现在你也在。你脱不开关系。"

"但关系还没有硬到可以买本书。你希望我留下来帮你,但不希望我成为这个孩子的亲人。"

"对,就是这个意思。"

加比始终直挺挺地坐着,砰的一声,她把啤酒放在起码有半个世纪那么老的咖啡桌上,瓶子里冒起大团泡沫,甚至从瓶口溢了出来,但加比毫不在意。

"好。"加比说,"非常好。"

"你干吗非要和这孩子扯上关系呢?加比。我现在还不想给你贴什么标签。这不是你的孩子,我也不想要你负什么责任。我甚至不知道他能不能活下来。你听着,我要告诉你一件事——"但加比不想听,她好像钻进了牛角尖。

"我不想置身事外做个旁观者。正如你刚才说的,我在这里呢,不是吗?"

"为什么,你为什么要在这里?"

"因为我爱你啊,你这个白痴。"

"哦⋯⋯"

"而且我相信这个孩子能活下来。你能让他活下来。我了解你,米莉安。"

"就像我能让我妈妈活下来那样?还有格罗斯基?路易斯?"

"米莉安——"

"路易斯死了。我救不了他。"

"我知道,对不起,我的意思是——"

"没关系。"她仍然把头扎在两个膝盖之间,用腿紧紧挤压着自己的脸。她的腿凉冰冰的,脸也凉冰冰的。阴云笼罩着她,无形的手试图把她拖向荒凉且无穷的绝望。但她偷偷往外瞄了一眼,加比的表情拯救了她。那是充满希望的表情,与她们周围令人窒息的现实截然相反。加比黑色的眼眸中闪烁着光彩。终于,藏在心底的话自发地从嘴里冒了出来——她的脸被膝盖挤压着,所以说话有点含含糊糊,但她说出来了。"我需要你。行吗?在这一切结束的时候我需要你陪着我。"

"什么?"加比探身过来,"不好意思,我没听清。"

米莉安重复了一遍。"我需要你——"

"不行,你把头抬起来。你嘴里像含着豌豆泥似的。"

米莉安抬起头。"脸埋在两腿之间,多好的黄笑话素材,不过出于对你的尊重,这一次我决定不开玩笑。"

"有话快说。"

"我、需、要、你。"米莉安一字一顿,就像拿叉子敲一个高脚水晶杯,叮叮叮,"在这一切结束的时候我需要你陪着我。这是我的真心话……不管结果如何,不管这孩子是生是死,不管将来会变成什么样,我都需要你。"

"我不会走。我也需要你。"

她们在沉默中坐了一会儿。随后加比向后仰躺,伸展双腿,并用光脚去搔米莉安的小腿。她把酒瓶斜过来,表情色眯眯的。

"先是腋窝,"米莉安说,"现在又改恋足了?"

"我对你的腋窝和脚不感兴趣。"她的脚趾一点一点地往上移动,一直爬到米莉安的膝盖上。勾一勾,蹭一蹭,"我喜欢的是你。这是咱们的二人世界,我们想怎么鬼混都可以,就像我们是世界上最后的两只小兔子。是谁说把脸埋在两腿之间的?"

米莉安用手指轻轻玩弄着加比的脚,感受着连接脚趾的一根根骨头。

(像小鸟的骨头。)

"我是孕妇,你不会喜欢的,我现在是头可怕的野兽。"

"你怀孕还不到十周呢。胎儿才一丁点儿大。"

"你瞧,我已经胖了一丁点儿了。"

"矫情。闭嘴。"加比重新把啤酒放回咖啡桌,依旧放在之前溢出的那摊水上。她站起身,走过来,弯下腰,吻上米莉安的嘴。她的嘴唇十分柔软,灵巧的舌头像如入无人之境的侵略者伸进米莉安口中——

(入侵者。)

两只手滑向米莉安的腰部,手指从两侧向后探寻,最终在背中央相遇。稍一用力,她把米莉安扳了起来——

米莉安的手找到了加比的脸,捧着它——

(一张疤痕组成的网。)

(一面破碎的镜子。)

(药品柜。)

（自杀。）

该死的！

加比在笑，咧开的嘴像把邪恶的镰刀，眼睛里激荡着情欲。但米莉安咬了咬牙，低沉地呻吟一声说："我得告诉你一件事。不，实际上是好几件事。"

"现在？"

"现在。"

加比扫兴地叹了口气，挪开身体。她坐在沙发扶手上，不解地问："你就不能等到快活之后再说吗？"

"不行，我怕我等不了。"

"这么重要？"

"对。"

"那你说吧。"

"全部？"

加比摆出一副放马过来的姿态。"全部。"

"我……我知道我是怎么怀孕的了。原本我是不可能怀孕的。"

"哦。"

"我……呃，是这样的。我杀了哈里特·亚当斯后，有可能获得了她的某种超能力。她好像有自愈的力量，受伤之后总能自动痊愈，而我……"她皱着眉头，心里有些纠结，或许现在还不是解释她为何要吃掉那女人心脏的时候，"我怀疑我也拥有了那种能力。"

"哦……你胳膊下的伤口。这就说得通了。"

"是。"米莉安挽起袖子，露出上臂，只见二头肌上有一道隐隐约约的伤疤，"看到这条疤了吗？"

"嗯。"

"这是我昨天夜里割的。当时皮开肉绽，鲜血直流，可是现在你看。"

加比俯身趴在她的胳膊上仔细观察，脸上露出惊讶的神色。"这看着就像……几年前的。甚至像小时候的旧伤。"她用手戳了戳，米莉安急忙抽回胳膊，不是因为疼，而是因为痒。她怕痒，被人胳肢比要她的命还难受。"对不起。"

"所以,我怀疑是哈里特的超能力治好了我,让我能够成功怀孕。就是不知道会不会流产,但灵视证明我没有流产。"

"天啊,米莉安,这——这是好事啊,对吧?简直是奇迹。"

"可以这么说,毕竟我现在还没有流产。"米莉安犹豫了下,"还有件事。"

"是我想知道的吗?"

米莉安摇摇头。"不是,正因为此我才要告诉你。你知道入侵者吗?我看到的那个东西?又像实体又像魔鬼的存在,谁知道该死的他到底是个什么东西。但他变厉害了。我之前跑路时开的是辆救护车,知道为什么我能搞到车吗?因为司机杀了押送我的警察,然后自杀了。"

"天啊,米莉安,你从来没告诉过我。"

加比的那一吻,在米莉安嘴里留下了科罗娜啤酒的味道。短暂的甜蜜冲淡了回忆的恐怖,却为她的讲述增加了一丝陌生色彩,仿佛那是别人的故事。"问题是,他已经不是他自己了。他被……被附了身,被入侵者附了身。我之所以知道,是因为入侵者会用一种很特别的方式挑衅我。那浑蛋非常与众不同,但我知道是他,而且他很愤怒,因为我的怀孕,还因为我找到了一个摆脱诅咒的方法。"

"好吧……"加比说,显然她还是有点蒙。

深呼吸,米莉安,全说出来。

"上一次在医生那里的时候,我……我们走的时候医生碰了我的胳膊。我看到他的死亡场景了。"

"很糟吗?"

"很糟。"

"有多糟?"

"你杀了他。"

加比不屑地笑了一声,但见米莉安一脸严肃,她不由得蹙起了眉。"等等,你不是开玩笑?我干吗要杀他啊?"

"你不会,尤其不会那么残忍。你用一把手术刀扎他、折磨他,把他开膛破肚。关键是，行凶的并不是你本人，是那个魔鬼，那个入侵者。"

"我……我没听明白。"

"他附了你的身。"

她看到了加比恍然大悟的过程，就像一团乌云遮蔽晴朗的天空。"和救护车司机一样，还有那个警察，天啊。"加比惊呼。

"情况越来越糟了。"

"我有点想不通。"加比抓耳挠腮地说。

"我想我明白你为什么会自杀了。你说的没错，你绝对不会自己吞药。"

加比的表情说明她已经明白了这其中的缘故。"可如果我被附身……"

"对。"

加比的双眼泪光闪闪。"我不想被附身。这……这太不可思议了。也许是你搞错了，也许这一切都不是真的。"

"是真的，我没搞错。我就是知道。"

"哦，该死！"泪水溢出眼眶，一滴一滴，滚过疤痕形成的沟沟坎坎。"该死！"

"这就是所有的坏消息了。"

"都这样了，哪里还会有好消息？"

"还真有。因为，如果是入侵者操纵你做出了这一切，那我就可以阻止他了。"她能感觉到心脏在胸口狂跳，仿佛一个小小的拳击手在那里对着沙包练拳，"我能保住你的命，只要我先除掉他。"

"除掉入侵者？"

米莉安点点头。"除掉这该死的入侵者。"

22 激情碰撞的小兔子

　　她们像世界上最后的两只小兔子一样进行了一场别开生面的狂欢。
　　它的潜台词：也许全世界只剩下我们两个，我们的其他同类都死了，过不了多久我们可能也会死。所以，不需要保证，不需要承诺。它还包含另一层意思：不甘。她们还拥有未知的潜能，还有活着的机会。欲望的潜能在身体里涌动。既然还活着，就好好享受。所以她们才能不顾一切疯狂至极。因为不管明天会怎样，不管什么样的命运在前面等着，她们至少还有希望，还有其他可能。两个肉体紧紧缠绕，纵情翻滚。对于已经遭遇的和即将遭遇的随便什么样的厄运，她们都敢于目中无人地朝它竖起中指。
　　这场肉体的大战充满了愤怒的气息。它像是复仇，不是针对彼此——不，她们怀着同等的愤怒。复仇的渴望使她们的心更加靠拢。皮肤摩擦着皮肤，牙齿温柔地撕扯着下嘴唇，手死死抓着对方，恨不得掐进肉里，只为了让对方靠近自己，仿佛只要有足够的热量和力量，她们就能合二为一。两只凤凰在热情的火焰中比翼双飞。
　　这场游戏就像一首歌，在轻柔舒缓中展开，随后一点一点呈螺旋状冲向高峰。一时间，吉他，鼓啊，铙啊，钹啊，纷纷加入，炮声隆隆，房倒屋塌。
　　她们忘记一切。它是声音，是汗水，是拖着口水的嘴巴吻过肌肤。雨声是鼓点，是心跳。海洋是动作。犹如大炮轰鸣，她们尖叫、颤抖，继之而来的平静，耳朵里依旧在鸣响。

她们筋疲力尽,心满意足,像两条蛇缠绕着躺在船舱里,最后打破沉默的是加比。

她说:"我们能做到。"

"我们能做到。"

"求你告诉我你已经有主意了,是吗?"

"我有主意了。"米莉安说。她依旧喘息着,亲吻着加比。她从脸前撩开一绺湿漉漉的头发。

"什么主意?"

"天一亮我就打个电话。这就是我的主意。"

23 鸡尾酒和海鲜

　　米莉安坐在基拉戈岛海螺之家的后院里,向后侧着身子,好让女侍者给她端上一盘像卵石一样的海鲜:炸海螺丸子。这已经是第二盘了。"我是一张嘴管两个人吃饭。"她对侍者说。这个四十岁的中年妇女九年之后会因为喝醉了酒而淹死在自己家的游泳池里。

　　她放下盘子,问米莉安还有没有别的需要。"再来点儿蘸酱吧。这玩意儿就像液体海洛因。过了今天,我怕是得去参加脱瘾互助会了。"

　　"好的,亲爱的。"女侍者说。显然她已经习惯了和形形色色的人打交道,对什么情况都能波澜不惊。她的态度让你挑不出任何毛病,对什么似乎都无所谓。就算米莉安脱掉鞋子用脚指头吃饭,她也会说一句"好的,亲爱的"。好像这没什么值得大惊小怪的。

　　女侍者刚走开,就来了一个新人。

　　联邦调查局的戴维·格雷罗。

　　谢天谢地他没有西装革履,而是穿了一件短袖衬衫,领尖带纽扣的那种。衬衫很紧身,肌肉的轮廓全都展露无遗。下身穿了一条卡其色工装短裤。墨镜黑得一塌糊涂,看着像两个黑洞罩在眼上。

　　桌子底下,米莉安拿脚蹬出对面的椅子。"坐。"她说着在橙色的酱汁中蘸了蘸海螺丸子,然后整个儿塞进嘴里,"谢谢你能来。"嘎吱,嘎吱,嚼得山响。

　　"又是佛罗里达。"戴维坐下来说,"你是杠上这地方了。"

米莉安眯起眼睛。"没错。而你一直跟着我。"

"追踪你的动向。你的……人生,差不多这个意思。"

海螺丸子把腮帮子顶得鼓鼓的,米莉安摊开双手。"哦,多好的人生啊,格雷罗探员。每天都有神奇的冒险。我的存在都赶上迪士尼乐园了。我就是迪士尼公主,特啦啦啦(唱)……每天早上起床时,都是黄莺和百灵鸟给我穿衣服呢。"她好像忽然想到了什么,"等等,嘿,我可以那样咧。这可就牛啦。"可随即她又面露失望之色,"唉,算了,鸟到处拉屎。让它们给我穿T恤,说不定会拉到我头上来。"

"你今天好像心情不错哦。"

"心情不错?真会说笑。"又一颗丸子塞进嘴里。她咧嘴一笑,露出半个丸子,"不管怎么说吧,你要是了解我,就会明白,我刚刚发现了新大陆。"

"炸海螺丸子?"

"没错。要不要尝尝?"

"好啊。"他用两根手指小心翼翼地捏起一个,没蘸酱汁,而是轻轻掰开。松软的丸子中冒出一缕热气,像海螺的幽灵。

"海螺肉很筋道,就像海味橡皮擦,是不是很好吃?就冲这个也值得来佛罗里达一趟。"她耸耸肩,"至少今天没那么热。"后院的景色也很不错,透着点儿热带风情。整个院子被一排棕榈树环绕着,它们像一群喝醉酒的老朋友,东倒西歪,勾肩搭背,也正因为此,院子里有了大片的树荫。

格雷罗吃饭的样子比女人还要淑女。他可不像米莉安那样整个儿把丸子塞进嘴里,而是轻轻地、慢慢地咬,有条不紊,充满仪式感。一次一小口,嚼得不紧不慢,嘴唇始终保持闭合,还要把头点上几点。"好吧。"终于咽下,用餐巾擦擦手指,他言归正传,"找我做什么?"

"你居然穿粉色衬衣?"

"怎么了,男人不能穿粉色衬衣吗?"

米莉安竖起一根手指。"正好相反,兄弟。粉色衬衣通常象征性能力不错,呃,至少不算差。虽然也不重要,但好多人似乎都很看重这个。

听说性能力不好的人一般打死都不会穿粉色衣服,至于为什么,我也不清楚,总之这一类的屁话不少。"

"也许我的不算多好,可我并不会因此难为情。"

她喝了一口冰茶,心想要是里面加了威士忌,或者干脆来杯威士忌就爽死了。"说得好。不过看看你,个子高高的,虽然不胖,但肩膀倒挺宽,下巴也很尖。我敢打赌你性能力不差。"

"也许我是同性恋。"

"你瞧,这明显是恐同啊。同性恋排斥粉色的东西。"

"可我不是坐在你面前吗?一个穿粉色衬衫的同性恋。"

她眯着眼。"哈,同性恋是吧?好得很。"

"粉色在过去是男孩子的颜色。二十世纪二十年代,粉色甚至还被视为男子气概的象征,蓝色才代表女性。粉色被赋予了力量、活力和潜能的内涵。"

"就像血,或者说被水冲淡的血。"

"也许吧。关键是,把任何东西性别化的做法都是荒唐的。这些都是题外话,我再问一遍,找我来做什么?"

米莉安坐直了身体。"我愿意和你达成协议。"

"达成协议?你是说,你愿意为我效力了?"

"不是效力,是合作。我不为任何人效力。你不行,上帝不行,就算——"她差点说出了入侵者,幸亏她反应迅速,临时改口说,"谁都不行。"

"好吧……"他说,听起来有些半信半疑。

"我还没说完。我是有条件的。"

"什么条件?"

"第一,我怀孕了。"

"哦。"

"哼,你没想到吧,自以为很聪明的家伙?我的苹果上生了虫子,所以我需要医疗保障。"

格雷罗微微一笑。"好,这没问题。"

"我要的是终生保障。"

"这个我就说不准了,但我可以保证为我做事期间你能得到所有的医疗保障。"

"是合作。"

"行行行,是合作。合作结束之后我还可以送你半年医保。"

米莉安咂了下舌头,想了想说:"好,那也够了。"

"还有其他什么条件?"

"你得给我报酬。"

"这本来就有,我没想让你免费为我们做事。"

"很好,我不贪,不会向你漫天要价。一点点钱就够我做很多事的。"

他点点头。"还有别的吗?"

这件事,米莉安有点难以开口。"我要一次葬礼。"

"葬礼?"格雷罗不解地重复了一遍。他自然不会明白。

"几周前,有个叫路易斯的人死在了宾夕法尼亚。他是和他的未婚妻萨曼莎一起死的。我估计现在他早就火化了。他没有家人,所以我想应该不会有人为他举行葬礼,所以我想让政府出钱为他办个葬礼,体面的葬礼。我想把他葬在北卡罗来纳,找个漂亮的小镇,选一处像样的墓地。就算把他和他的未婚妻葬在一起我也不在乎。"是萨曼莎毁了一切。可后来路易斯又莫名其妙地杀了她。但这些事不能全怪萨曼莎。米莉安嫉恨她也是不公平的,因为萨曼莎是另一个女人,但她不幸充当了腹语者手中的玩偶,成了入侵者的傀儡。是入侵者附了她的身,控制了她,让她去拆散米莉安和路易斯。

而有一天,路易斯因为这个理由杀了她。

可是后来——

头脑中闪过一个念头,她只感觉脚下的地板好像忽然塌陷,脑袋像气球一样轻飘(一个红色的气球)。

倘若入侵者控制了路易斯呢?有那种可能吗?路易斯的灵魂上是否也有漏洞?不。她不相信。路易斯杀死萨曼莎一定是情非得已,是萨曼莎逼的。他们仿佛在和入侵者下一盘残酷的大棋,或许普通人能走一步看三步,而那魔鬼却能看百步。

谁都猜不到入侵者的想法,除非直接问他。找到入侵者,把他按在墙上,逼迫这该死的浑蛋主动交代。

所以米莉安还有最后一个条件。

她费力地咽了口唾沫,格雷罗能看到她的身体明显在颤抖。他正欲开口询问,但米莉安打断了他。

"你说你认识其他人。和我们相似的人。"

"我有一支小队。"他说。

"我需要……帮忙。"

"帮忙?"

"我需要一个能看到某种东西,并能和它们交流的人。"

格雷罗不自在地扭了扭身体。"我没明白。"

"能够看到鬼、幽灵、恶魔,总之那些无形的东西。"

这会儿格雷罗真的开始不安起来。他坐得笔直,还左右看了看有没有人偷听。但周围没什么人。现在是下午三点,况且这一带人口本来就不多。坐在附近的人要么成双成对,要么三五成群,他们低头叽叽咕咕,说说笑笑,没人在乎某个女疯子在这里说什么鬼怪幽灵之事。(也许他们听得到,却没人在乎。佛罗里达群岛到处都是疯子,大家早就见怪不怪了。)

"我,哦。"他清了清嗓子,用餐巾擦了擦嘴,"也许我能找一个人。他不在我的小队,但他离我们要去的地方不远。我们有个名单,这人也在名单上。"

她探身询问:"咱们要去哪儿?"

"天使之城。加州的洛杉矶。"

"我还没去过那儿呢。"

"就我个人的经验,你要么会爱上那里,要么会讨厌那里,"他耸耸肩,"也许两者都有。"

第四部分 被收割的明星收割机

24　重返黑暗

此时。

米莉安醒了，头晕眼花，四周一片黑暗。她的脑袋像个装满湿水泥的玻璃鱼缸：这是被人下药的症状。她记得自己被酒保锁喉，但那顶多能让她昏迷五分钟，或许十分钟。她昏昏沉沉，每一个念头仿佛都要千辛万苦地穿过泥潭才能浮出水面。不管对方给她下了什么药，她只祈祷不会伤到肚子里的孩子。好似进水的大脑深处潜伏着一个朦胧的领悟，或许孩子的死就和这杯下了药的鸡尾酒有关？若果真如此，她逆天改命的机会岂不是已经生生错过？

她只期望自己最新拥有的自愈之力能帮助孩子挺过这一劫。假如她只需睡上四五小时就能让胳膊上的刀伤自愈，那么她希望自己的身体能把药物的毒性代谢干净。也许，只是也许，孩子也具有了她的超能力，毕竟他们是一体的嘛。

但这一切都是以后的米莉安需要考虑的问题。

而眼下的米莉安，正被困在一个难以辨认的狭小空间里。

被绑着双手。

但双脚尚可自由活动。

她伸脚试探，空间的边界并不远。身下有振动的感觉，机械的振动，明显但不均匀。时而下降，时而颤抖。

我在一辆行驶的车子上。

很可能是后备厢。

她的手反绑在背后，行动都不方便。但不平常的人生经历给了她不平常的生存智慧，所以她的反应比普通人要更快些：

当今汽车的后备厢里，都有一个可以从内部开启的拉杆或按钮。

这可不是瞎掰，因为很多被绑架的人质都被藏在后备厢里，汽车厂商在设计车辆的时候不得不考虑到这一点。这是强制性的，就像很多产品上的警告标志，比如：洗碗机专用洗涤剂，请勿食用。它为什么要出现在产品身上？因为确实有人喝过那玩意儿。也许那人喝多了，也许是个脑残或者干脆想自杀，也许是个还不懂事的三岁小孩儿，仅仅因为洗涤剂的颜色让他感觉很好喝的样子。

原因不重要，反正有可能会发生这种事，所以，你必须得打上警告标志。

她翻了个身，脸贴在后备厢地毯上，撅起屁股，手指在黑暗中摸索。她摸到了后备厢盖，凉凉的金属。她不得不来回扭动身体以扩大搜索范围，直到她近乎麻木的手指碰到了让她欣喜若狂的东西：拉杆。

她反常的姿态显然惹怒了肚子里的娃娃，那小东西在里面又踢又蹬，甚至还想翻身打滚儿。最直接的反应来自膀胱，现在米莉安就想撒泡尿。

她想干脆尿在后备厢里算了。管他是谁绑架了她，恶心一下他们也无妨。对，他们。对方肯定不会是一个人。米莉安要找的是明星收割机，可现在来了个……有文身的酒保？这不合情理啊。还有那个蜘蛛文身，她在伊森·基的灵视画面中见过，那次是印在一张纸牌上，一个杀手递给他的。她百思不得其解，这表明还有许多秘密等待发掘。但后备厢可不是她发掘的地方，所以——

啪！

她扳动拉杆。风和光从缝隙中倾泻而入。

米莉安以为她会看到一望无际的白色沙漠，可不承想外面却是连绵起伏的绿色山丘。她看到车子一侧有许多缠绕的葡萄藤，随后发现他们正经过一处规模很大的葡萄园。那些葡萄藤看来已经颇有年头，藤蔓又粗又壮，像古树的根。

该死的这是哪儿啊？

我昏过去多久了？

当然，这都不是眼下最紧要的问题。

她现在最关心的是如何从车上跳下去又不被摔死。最简单的方法就是滚下去。她看了看后面，发现车子并非行驶在高速公路上，而是在一条蜿蜒的乡村柏油路上。这里没有单行或双行线，只有黑色的路面飞速向后退去。车速很快，少说也得有五十迈①。

我可以跳车。

换作从前，米莉安会毫不犹豫。她不是没跳过车，还因此磕破过脑袋，摔伤过腿脚。她喜欢那种简单直接的做法，因为可以给她带来痛苦，甚至还有死亡的威胁。遇到可怕的哈里特之后，她曾下定决心不会主动结束自己的生命，却从未表态不会接受被动的方式。

但问题是现在她长大了，也更明智了，而且她要为两个人考虑。

最近她已经渐渐确定，她拥有自我疗愈的超能力。哈里特拥有超强的自我修复力，甚至让人感觉她有了不死之身。

也许我该直接跳出去。

不行。因为她突然有了更好的主意。

她脖子上的汗毛像通了电似的竖了起来。她身体的每一个细胞、每一根神经都能感觉到，她的上方，虽然看不到，却切切实实地存在着。她感觉到了鸟群。

鸟群应该就在上方。她闭上眼睛，让意识飞到鸟群当中。那是一群浑身斑点的鸟，有灰色，有黑色，单调的色彩背后闪烁着隐约的绿色。这是一群椋鸟，规模有数百只。它们占据了一大片天空，阵形不断变换，像个整体，一个庞大的个体，超个体。

米莉安回到后备厢里，靠在车尾，随后她伸出一条腿蹬住厢盖的边沿。

腿猛地一拉，后备厢重新关闭。

接着她闭上眼睛，意识钻进群鸟的身体。

---

① 五十迈相当于八十千米每小时。

25 微 光

她的精神钻进一只鸟的头脑,随后两只,四只,十只,百只——片刻之后,所有的椋鸟都成了她凌空飞舞的奴仆。她的意识像手雷一样凌空爆炸,整个鸟群无一幸免。这些鸟失去了自我的意识,像机器人一样执行起米莉安的唯一指示:永远不要远离同伴,跟紧一点。翅膀挨着翅膀,喙连着尾。它们动作整齐划一,时而俯冲,时而爬升,时而滑翔。不,还不算完美,却像一张网,一会儿撒向这边,一会儿撒向那边。壮丽的鸟群没有头领,也没有单独的意识指引和统治它们。在天空某处,它们发现了一个捕猎者——那是一只凶猛的游隼,米莉安断定——于是它们团结得更加紧密,应对像游隼那样的捕猎者,这是最好的防御。

一如既往,这种动物的本能深深吸引了米莉安。她想留在椋鸟的身体中,尽管和留在猫头鹰的身体中相比少了点诱惑和激动,毕竟猫头鹰是捕猎者,可与鸟群为伍却也为生命增添了一种优雅的朴素。只是恰在此时,米莉安的人类意识冲破迷障提醒她:这游戏不可能永远持续下去,要不了多久群鸟就会栖息在树上或电线上。它们会分散,一部分会加入其他的鸟群中。

这就是它们的生存方式,没有什么是恒久不变的。凌空之舞该结束了。

现在就要结束。

这个决定她会内疚一辈子,但内心深处她又兴奋莫名,期待不已——

因为它能满足米莉安最原始的终结生命的强烈欲望。她是一位自杀代理人,不须亲身尝试,却能体验死亡的经历。

米莉安操纵鸟群飞向大地。

飞向公路。

准确地说,是扑向疾驰在公路上的那辆银色的雷克萨斯轿车。

它们敏捷地俯冲而下——她的时机把握得很准,因为鸟群并非径直扑向车子,而是扑向车子的前方,唯有如此,鸟群才能在恰当的时间与汽车会合,三秒,两秒,一秒——

第五部分

最后的天使之城

27 垃圾和诱惑

彼时。

她们有了一个家。

临时的,米莉安很清楚。这套公寓只是一个中转站,再无别的意义。可即便如此她也很满足,仿佛再次坠入了温柔乡,就像她和路易斯在宾州森林里那样:他们宝贵的雪景球,远离尘嚣,与世无争。天啊,她好怀念路易斯,就像怀念一颗门牙或一根拇指。但她现在有了加比。加比,从身后来到三楼阳台,俯瞰着外面唯一的一棵棕榈树,还有泳池,以及只穿了一件夏威夷花衬衫却没穿裤子漂在水上睡觉的那个家伙。

她一只手搭在米莉安的后背上,另一只手递上一杯热气蒸腾、黑得不能再黑的咖啡。米莉安接过杯子,凑近蒸汽闻了闻,而后才小心翼翼地抿了一口。

"天啊,这咖啡可真不错。"

"你也早上好。"加比说。

外面,旭日橙色的微光渐渐暗淡,很快便消失在一团像褪了色的劳动布一样的阴云中。可以预料,这阴云要不了多久就会弥漫整个天空。

"我该有宿醉的感觉才对。"

"好吧。"加比的口气既像逗趣,又像在等待她做出最终的解释。

好……吧。

"这座城市有种宿醉的感觉,好像一整晚都在饮酒作乐。香烟,廉别的人帮你对付入侵者，你那阴魂不散的幽灵说不定会附我的身，让我去干掉佛罗里达的那个医生，然后再吞掉一整瓶药自杀。"

"这么说，你的意思是，我应该去？"

加比瞪了她一眼，似笑非笑地说："你应该去。"

"好吧，老妈。"

她扭头向屋里走去，边走边灌下一大口咖啡。公寓房间四四方方，但又空空荡荡。白色的石膏板墙，白色的柏丽地板。家具是从西好莱坞一家旧货店淘来的，东拼西凑的玩意儿，风格、年代、颜色，没有一样搭调的。她一屁股坐在她们软绵绵的超细纤维沙发上，蹬上一条牛仔裤，套上一件白T恤。随后她来到卫生间，在头发上打了点摩丝。两人折腾了一晚上，头发早就乱得不成样，看着像科学怪人的新娘子。也许，米莉安心想，她该照着那样子染下头发。她现在的头发黑得像焦炭，要是挑染几绺银色，说不定倒漂亮些。

"真专业。"加比揶揄说。

"我就是专业的。"

"上学愉快哦，亲爱的。"

"嗯。你今天干什么？"

"我打算去找份工作。"

米莉安像皮痒似的做了个鬼脸。"天底下怎么会有主动找工作的人。"

"我喜欢被人需要的感觉。"

"我需要你啊。"

加比耸耸肩。"那你去做事的时候呢？你现在也算是个联邦探员啦。"

"我才不是联邦探员。我是自由通灵师。"

"你该把它印到名片上。"

"真的，别找工作了，我养你。在家老老实实待着，喝点香槟，吃点巧克力干酪。我回来后带你去吃韩国料理，然后咱再像初中生一样玩闹一番，直到在警报和直升机的声音中睡过去。"

"没想到你还是家庭型的，不过，抱歉，米莉安，我想找个工作。我不想无所事事。我不单单是你的，我是我，我是我的。我不能当个吃干饭的，我也要融入这个世界。"

"听起来真恶心，但随你的便吧，小姐。"

"去上班吧，不然你要迟到了。"

"我怎么去啊？"

"什么叫你怎么去？"加比笑着说，"坐车去啊。"

"可我们没车啊。"

"我说话的时候你但凡听一点就够了，昨天夜里不是告诉你了嘛，我已经在你的手机上装了优步和来福打车。"

米莉安蹙起眉。"你说的这两样东西我都不懂。我走路去不行吗？"

"你得沿着威尔夏大道走七英里呢，不累死才怪。况且这个城市里的人从来不走路，就算隔壁邻居串个门儿都得开车去呢。走路的只有流浪汉和连环杀人犯。"

"FBI曾经把我列为连环杀人犯。"

"别啰唆了。"加比说着拉住她的手，"咱们出去，我教你怎么叫来福车。"

28 叫 车

她们来到公寓前,加比拿出米莉安的手机让她看新装的应用软件。打开应用,屏幕上出现洛杉矶的城区图,纵横交错的街道上有许多小车子在缓缓蠕动,仿佛在逃避幽灵或贪吃蛇。系统给她们分配的是离公寓最近的一辆车,司机叫史蒂夫。随后加比在米莉安的脸上亲了亲,转身上楼去了。米莉安在她身后喊道:"我现在怎么办?"但加比已经进了屋,没搭理她。

她站在原地。她们叫的那辆四门起亚轿车好像一动不动。它离得不远,但显然停住了。

米莉安晃了晃手机。

车子还是老样子。

高科技都是狗屁。

身后的安全栅栏吱呀一声开了,有个人踩着人字拖走了出来。

是那个穿紧身短裤的家伙,不是汤姆·克鲁斯。

"你好啊,小短裤先生。"米莉安的口气仿佛在跟一个皇家送信人打招呼。

男子腿上和拖鞋上依旧水淋淋的。他从白短裤一侧取下墨镜——因为他还没穿上裤子——架在脑门儿上。

"是你叫的车?"他问。他声音嘶哑,好像喉咙里塞了只青蛙,一只前一天晚上喝多了的青蛙。

"你的墨镜是从内裤里掏出来的?"

"我马上就来。"他轻叹一声说。

他啪嗒啪嗒转过墙角,公寓前又剩米莉安一个人。她举起手机,斜眼看了看。

终于,车子动了。

屏幕上的车子刚刚开始移动,米莉安就见它从附近的街角转了过来。厉害。她知道这不是魔法,但感觉还是很神奇。也许是某种被禁止的魔法。可怕的巫术,令人着迷的玩意儿。她忽然意识到科技真了不起,它最终必将毁灭全世界。

小裤头降下车窗。"你要去威尔夏?"

米莉安眉头一皱。

"谁告诉你的?"

"你啊。"

"我什么时候说过?"

男子翻了个白眼。"手机,你把地址发到手机上了。"

"我没有啊。"一定是加比干的,"好吧,随便啦。"

她钻进车子。车不错,很干净。后排放着一个水瓶和一包口香糖。她甚至连安全带还没有系上,车子就起步了。

"你把墨镜藏在内裤里,"她说,"我估计钥匙也是吧?你把它们塞到屁股里吗?"

"当然不是。"他说着拍了拍胸前的一个兜,"我放这儿。"

"嗯。"她咕哝一声。

汽车开始疾驰,迅速穿过洛杉矶的一道道风景:棕榈树、公共厕所、观光客、飞舞的垃圾、文身店、电影广告牌。转过一个街角,她看见一个流浪汉正拿着一把破伞和美国队长干架,而《星球大战》里的黑武士和《芝麻街》中的埃尔默则站在附近旁观。她相信那一定代表着某种隐喻,只是她一时参不透。

"呃,"她清了清嗓子说,"你平时都待在泳池里等着别人叫车吗?"

"我在调班休息,但手机上说有人叫了我的车。"

"你什么都要听手机的吗？"

"能挣钱干吗不听。"

"你的车子是哪儿来的？"

"这是我自己的车。我把它停在公寓对面的停车场上了。"

"是你的车？"

他点点头。"我的车。"

"这可太离谱了，如此说来，这不是出租车咯？"

"不，是我的私车，顺风车。"

"而我坐在你的私车后排座上。"陈述，而非疑问。

"没错。"

"该死的！"她骂了一句，随即解开安全带，从前排中间的空隙爬过去。她跨过中控台，几乎跪在小短裤的肩膀上。他莫名其妙地抗议着。"喂！"但米莉安无动于衷，径自爬到了副驾座位，系上了安全带。

"该死的，你干什么呢？"他气呼呼地质问。

"我才不坐后边。这又不是出租车，也不是礼宾车。你只是一个让我搭顺风车的私家车主，不是我的专职司机。"

"我可不是让你免费搭顺风车，你要付钱的。"

米莉安微微蹙眉。"实话告诉你，我身上可没钱哦。"她该感到悲哀才对，可事实上她没有。

"你不用给我现金，得用信用卡。"

"哦，我也没有信用卡。"她笑着说，"银行就算把卡给一只浣熊也不会给我。对不起了，小短裤先生。"

"我叫史蒂夫。"

"这个没什么好争的，咱们求同存异呗。"

他发出一个非常无奈的声音。这声音米莉安非常熟悉，很多人只要一和她说话就难免发出这种声音。那是最克制的厌恶情绪的表达。米莉安对这声音不仅不排斥，甚至还怀有感情。她认为这是一个令人欣慰的信号，说明她还是她，并没有为了取悦任何人而改变自我。因为她是米莉安，那些条条框框都滚开吧！

"你怎么会没有信用卡？"他问，"难道你用比特币？我们也收比特币，还有莱特币。"

"我×，比特币是什么鬼东西？是……是巧克力金币吗？"

"什么？不是，是加密货币！"他长叹一声，身心俱疲，感觉像跟原始人说话，"那……车费到底谁来付？"

她耸耸肩。"大概是加比吧，说白了其实是FBI。"

"联邦调查局？"

"嗯。"

"你是受保护的证人吗？"

"不是。"

他明显开始慌了。刚才那股自命不凡谁都不在乎的劲头不知道跑到哪儿去了。很好，该死的。"你是外星人吗？或者机器人？你到底是什么人啊？怎么会没有信用卡，也没有听说过莱特币或优步。真的，你到底是什么人，从哪儿来的？"

"我叫米莉安·布莱克。我脑袋里有个魔鬼想要杀死我和我肚子里的孩子。我还是个通灵师，我能看到别人怎么死。我能控制鸟类，而且可能还有不死之身。"

史蒂夫目瞪口呆地盯着她。

但奇怪的事情发生了，他看上去不再慌乱，甚至有些如释重负的轻松。"这不就完了嘛，现在我知道你是什么人了。"

"你知道？"她问。

"对，你是LA。"

"什么意思？"

"我是说，你刚才那些疯话是很典型的洛杉矶人做派。我每天会拉形形色色的人，他们中有一半都疯疯癫癫，或者装疯卖傻。可能是太阳的原因，或者山火的烟吸多了，要么就是水里加了什么药。总之在这里待得久了，脑壳会坏掉。"

"也不瞧瞧你自己，还世人皆醉我独醒呢。你连裤子都没穿。"

"没错。"他说，"几天前我拉了一个家伙，他对天发誓说他是林戈·斯塔尔[1]转世。我跟他说林戈·斯塔尔还没死呢，就算死了也没有转世的价值。可他不听。他说话没有英国口音，长得也不像林戈·斯塔尔。浑身上下也看不出半点有音乐细胞的样子——不过话说回来，林戈·斯塔尔也是那样——可他张口闭口都是林戈·斯塔尔，除此之外便说他的猫。他有七只猫，全都叫米基·多伦兹。"

米莉安一头雾水地望着他。

"猴子乐队的鼓手。"他说。

"我才不在乎咧。我还在琢磨你刚才的话到底是恭维我还是什么。"

"不是恭维，也不是侮辱。就是一个说法罢了。"

"一个说法罢了。"

"嗯嗯。LA就是一个说法，但它的意思刻在每个洛杉矶人身上，还有你身上。"

"我来这儿还不到一周。"

他往下拉了拉墨镜，从镜框上面盯着她说："哦，亲爱的，那只能说明洛杉矶早就在你心里了。"

---

[1] 林戈·斯塔尔：英国音乐家、演员、鼓手、披头士乐队成员。

29 目的地

  他们驶过千篇一律的洛杉矶街道，就像进入不断循环的电影场景。好像这座城市没有那么多钱或土地去建设新的地标，因此便围着同一片建筑兜起圈子，并希望你没有注意到似的。每个街角都是一个小型商业区，每个商业区里的门面类型也大同小异：美甲店、寿司店、墨西哥卷饼店、按摩店、文身店。韩国料理、泰国菜、支票兑现、时髦的炸面圈店、急诊室。

  来到下一个地方，还是这些东西，就像重新掷了把骰子，布局变了，位置变了，但内容还是一模一样，如此循环往复。威尔夏的情况稍好些，景色不那么单调：这里的建筑更高大，有不少酒店和高尔夫球场，主要是联邦调查局的大楼就坐落在这里。那是一栋朴素的高层建筑，看着活像一卷卫生纸。

  "你没开玩笑，"小短裤史蒂夫说，"这里还真是FBI大楼。"他把车驶入停车场，停在安全闸门前的下车处，"你看着不像FBI啊，你到底是干什么的？"

  "我只是有不少异地朋友罢了。"她说。

  "你也不是洛杉矶本地人？"

  "不是，我是宾州的，不过现在四处流浪，但这里还是头一次来。"

  "这样的话，"他说着掏出一张名片。随后他把墨镜推到宽宽的额头上，用一双充血的小眼睛注视着米莉安，"听我说，打车应用是没办法指定司机的，但你收着我的名片，什么时候需要用车了就给我打电话，我随叫随到。你觉得怎么样？"

"你为什么对我这么关照？我刚刚说过我没钱，你还说我是外星人。"

"我喜欢外星人，有时候我觉得我自己也是外星人。"

"你可真会说话。"她接过名片，上面有史蒂夫的全名，"谢啦，史蒂夫·韦伯。说不定我会联系你的。"

"祝你在FBI过得愉快。"

"工作而已。"她说，尽管事实远非如此。她敢打赌，一般人可找不到这样的工作。你干什么工作？哦，我啊，我是FBI的通灵师。你呢？

她目送起亚轿车离开，没穿裤子的司机一只苍白异常的胳膊搭在车窗外面。这时她忽然有种想打退堂鼓的冲动。也许她不必如此。干脆放他们鸽子算了。找个泰国餐馆，喝点儿泰国冰茶，把这一天华丽丽地糊弄过去。可加比的提醒却像脑虫一样钻进她的耳朵：这份临时的工作非比寻常，尤其眼下，她需要格雷罗为她物色一个和她一样具有通灵异能的人，帮她揪出入侵者，好让她有机会除掉他，拯救加比，说不定还能拯救肚子里的孩子。为了这个目标，她不能轻言放弃。

压力来得迅猛激烈，就好像一只雷龙突然踩到她的胸口。她感到莫可名状的焦虑，仿佛肺里的空气全被挤压了出去，心脏瞬间就会像个西红柿一样爆成番茄酱。她站着没动，但头晕目眩。

振作点，米莉安。

你还有事要做。

她暗暗给自己鼓了把劲儿，收拾心神，像赶耗子似的赶跑那些乱七八糟的念头。这么想还确实管用。她很快就能正常呼吸，两条腿也通上了电。

她昂首走向保安亭。

"嗨。"她冲门后那个肥头大耳的秃顶男子打招呼说，"我叫米莉安·布莱克，我来找你们这里的明星特工戴维·格雷罗。我是来——"说啊，说出来吧，管他听起来有多恐怖，该死的快说呀。"——工作的。"

保安不清不楚地嘟囔了句什么，在一张夹着名单的笔记板上翻了翻。

"这上面没你的名字。"

"可我已经来了。"

"你稍等。"

他抓起另一个笔记板。

"哦,是有这人。"他最后说道,"你不在这栋楼里上班。"

"伙计,他们给我的就是这个地址啊。"

"你在街对面。"他用一根热狗似的手指给米莉安指了指路,"从那儿过去,穿过老兵大街,你会在405号立交桥下的停车场上看到一辆小拖车,那儿就是你要去的地方。"

"立交桥下,停车场,小拖车。"

"对喽。"

"规格真高。"

保安瞥了她一眼,没说什么。

"好吧。"米莉安说,"谢谢了。"

随后她按照胖保安指的路开始寻找目的地:她沿人行道走了一段,然后穿过老兵大街,走进坑坑洼洼的停车场。高架桥挡住了太阳,她前面一片昏暗。一百英尺开外停着一辆拖挂式轻型指挥车,灰色的车身像阴沉的冬日。

米莉安走到车门前,很有节奏地在门上敲了五下,她希望里面的人能心有灵犀地敲两下回应。

但对方直接开了门。那是个身穿灰西装的高个儿女人,鹰钩鼻子,眼睛藏在一头鬈发里面。"米莉安?"她一本正经地问。

"正是在下。"

"进来吧,戴维在车上呢。"她闪身让开一条路,米莉安侧身从她前面走过。那女人接着说:"我叫朱莉·安纳亚。"

"嗯,很高兴认识你?"米莉安说,她忽然有点难为情,仿佛她是班里新来的学生,不得不走过一排排座位,忍受每一个人注视的目光才能来到自己的位置,尽管车上连她在内总共才三个人。但滥竽充数的自卑感、开始新工作的新鲜感以及对新工作一无所知的迷茫感,让她忸忸怩怩无所适从，脑袋里仿佛有个破钟敲个不停。咚……咚……车里，戴维·格雷罗站在一张折叠桌前，面前摊着一堆文件。

"米莉安，"他说，"很高兴你没有食言。"

"我别无选择。"

"你总是有选择的。这不是监狱。"

"但监狱是监狱，这儿能让我不去监狱。"

格雷罗耸耸肩。"有道理。喜欢我们的办公室吗？"

她环视一周，统共三百平方英尺①的地方尽收眼底。三张桌子，文件柜，窗户上挂着的小空调发出咔嚓咔嚓的声音。"蛮豪华的，像电话推销员的格子间。"

"我们不讲究那些虚头巴脑的东西。"朱莉说，"工作才重要。"

米莉安瞟了她一眼。"你是……"随后她又确认似的看了眼格雷罗，"她是……？"

"通灵师？"他问。

"不。"朱莉回答。

"你相信通灵这回事吗？"米莉安问。

"我只相信结果。"

"要咖啡吗？"格雷罗指着一个小小的弯头水壶旁边的玻璃瓶问。那应该是个电热水壶，因为有根线连在墙上。"手冲的。"

"虽然不太明白，但还是来一杯吧，要黑的，最好像死神的屁股一样黑。"说出这样的话，两位观众并未惊讶，甚至没有表现出一丝异样。所以米莉安认为，要么这两个家伙都是一流的专业人士，要么他们突然间失聪了。通常，想要引人注意很简单——飙几句脏话、开点儿低俗的玩笑、谈谈性、聊聊死亡之类的，总之怎么雷人怎么来，每个人都有自己的敏感点。但眼前这两位似乎百毒不侵。

格雷罗接下来的举动只能用冥想来形容。他用手不紧不慢地磨好咖啡豆，把磨好的咖啡豆倒进一个金属滤网。烧水，然后把水以一种十分慵懒的手法打着旋儿倒进滤好的咖啡粉。热气像咖啡的幽灵蒸腾而上，须臾

---

① 接近二十八平方米。

间，米莉安便闻到了咖啡的香味。她第一次闻到这么香的咖啡，激动得差点没晕过去。

格雷罗把杯子递给她。

她尝了一口。

"和闻到的一样香。"她说。

"我可是专业的。"格雷罗说。

"我真想把这咖啡一口干完。"

"那你最好还是等它凉一凉。"

"言之有理。"

"我们开工吧？"

米莉安又哧溜哧溜喝了长长的一口咖啡，还闭上眼睛，一脸享受状。等她睁开双眼后，她问："我们从哪儿开始？"

30 从明星收割机开始

他们围坐在小折叠桌前,格雷罗把面前的文件整整齐齐地码成一摞。

朱莉递给他一个文件夹。

他从里面抽出三张犯罪现场照片,从桌子上推给米莉安。

若是平常姑娘看了这些照片,说不定会吓得头皮发麻,面无人色,忍不住浑身发抖,还要努力克制恶心的感觉,更糟的是,很可能克制不住,而会像个在联谊会上喝得烂醉的女生一样狂吐不止。

但她可是米莉安·布莱克,是见过一丁点儿世面的。她的神经没那么脆弱,胃也没那么浅。她能像解剖师一样在剖开的尸体旁吃三明治。假如蛋黄酱不小心滴到尸体身上,她还能轻松无谓地说句不好意思,然后伸手把蛋黄酱刮起来,重新塞到嘴里舔一舔。

米莉安见过尖刀插入眼窝,见过遍布疤痕的脸,见过一个家伙被电锯生生锯掉自己的脚。

她自己还吃过一个活人的心脏。

即便如此,这些照片还是让她感到震惊。

每张照片中都是一具死尸。男性,很年轻,但不是未成年人,也就二十多三十出头的样子。其中两张是白人、一张是黑人,三人全都躺在地上,全身上下除了脸都盖着白布单,或者说,他们已经没了脸。

有人割下了他们的脸。

他们都被剥了头皮。裸露的肌肉闪闪发亮,湿漉漉、血淋淋的。牙齿暴露在外，像抛过光的大理石。死者的头颅轮廓还在，只是没了脸部，仿佛生物课上的教学样本，告诉学生们人类的脑袋只不过是在头骨外面包了几层肉和一层皮。死者的眼球惊恐地瞪着上方，好像它们目睹了天底下最残忍、最恐怖的事——这还用说吗？他们脸上没了皮，眼睛没了眼睑，那两颗用来窥视世界的小珠子除了骇人的恐惧再也无法流露任何情感。话说回来，也许死者真的目睹了凶手剥下他们脸皮的全过程呢。米莉安正这么想着，格雷罗又滑过来三张照片。

那是被找到的三名死者的脸。

"死者的脸皮就放在尸体旁边，"格雷罗说，"像展览一样，非常小心地钉在墙上或附近的什么东西上，好像要故意让他们看到。"

照片中的脸看上去更像一张张面具，因为它们没有眼睛。哦，眼睛，米莉安心想，眼睛当真是心灵的窗户。那里潜藏着生命的光芒，没有了眼睛，剥下的脸也不再是脸，只是一张血淋淋的皮罢了。脸皮的边缘已经起皱翻卷，生出了黑斑。看得出来，尽管脸皮剥得有些粗糙，但凶手的手法却堪称娴熟。脸皮边沿匀称流畅，并无参差不齐的地方。而且下刀准确，干脆凌厉，少有失误。

"剥皮应该不是他们的死因。"米莉安喝了口咖啡，淡淡地说。

格雷罗点点头，又推来三张照片。

在这些照片中，尸体上没有覆盖白布单。死者的身体像被拉开的行李袋，整个腹腔和胸腔都是敞开的，里面的五脏六腑胀鼓鼓的，争先恐后地向外溢出。

"剥皮之后凶手把他们开膛了。"格雷罗说，"但这可能还不是致死的主因。我们在死者的血液中发现了药物残留：琥珀酰胆碱氯化物，商标名叫琥胆。这是一种麻醉药，或说骨骼肌松弛药。注射部位在脖子一侧。我们现在还不清楚明星收割机给他们注射药物是为了开膛剥皮的时候少些干扰，还是说这些药物就是他们最终死亡的原因——"

"也许两种情况都有。"朱莉插话说。

"不好意思，你刚才说明星收割机？"

格雷罗点点头。"那是这个连环杀人犯的外号。"

"这兄弟给自己起的外号?"

"这兄弟?你认为这个连环杀人犯是个男的?为什么?"朱莉问。

"大部分连环杀人犯不都是男的吗?而且是白人?"

朱莉把脸一板。"这倒未必。所有的杀人案中,女性行凶的比例占到了百分之十,而在这中间更有百分之十七都是连环杀人犯。这表明和偶然杀人与激情杀人相比,女人更容易成为连环杀人犯。"她看米莉安的眼神让米莉安忽然意识到她的话另有深意。朱莉,外表冷酷,一本正经,不苟言笑,但目光却像好斗的螳螂,正贪婪地注视着米莉安。那是捕猎者看见猎物时的眼神。

"你在暗示我是一个连环杀人犯?"米莉安说。

"不,我只是建议你改变这种观念。女人更容易成为连环杀人犯,因为她们聪明、能干、不容易被抓到。"

"或者,"米莉安情绪激动起来,"也许男人的脑袋都被困在充满硬汉和性爱情结的粪坑里,他们深陷其中无法自拔,只要他们一张嘴,大粪就灌进嘴里,进入他们的身体,感染他们,让他们的血变得又黑又臭。那些当爸爸的还把他们的儿子也拉进坑里,把他们的头按进粪水,好确保他们知道大粪的味道。也许男人都是该死的窝囊废,你没这么想过吗?"

"你说当爸爸的,实际上你指的并不是爸爸,对吗?而是他们的妈妈。失踪的爸爸和不称职的妈妈。"朱莉眯起眼睛,仿佛在射出两道雷射光。她那双眼睛就像两把射钉枪,试图把米莉安钉在墙上。"你知道这用来形容谁最合适吗?不称职的妈妈,不知所终的爸爸?"

"这话题我不想聊了。你这娘们儿居然还搞性别歧视。"

砰。

格雷罗一拳砸在桌子上。

"咱们来这儿可不是为了讨论男人的,也不是来争论米莉安是不是连环杀人犯的。那不是我们今天的工作内容。我们的目标是抓住一个叫作明星收割机的真正的连环杀人犯。他叫这么个名字是因为他总以好莱坞那些鲜肉小明星为作案对象。这外号并不是我们取的,而是一个名叫杰克·艾里森的制片人。他说很可能是某些追星族干的。好莱坞到处都有失败的演员,而演员一旦过气,粉丝就会把他们一脚踢开。"格雷罗看着眼前的一份文件,"这名字在调查局里越叫越响,就沿用了下来。我并不喜欢这名字,可每个连环杀人犯都得有个顺口的代号不是?所以就这么着吧。"

米莉安挑衅似的盯着朱莉,哪怕在和格雷罗说话时也没有扭头。"媒体反应强烈吗?"

"到目前为止媒体还没有闻到腥味儿,但这事儿瞒不了他们多久,迟早会曝光的。"

"案子发生多久了?"

"三个月。每月一个受害者。都是每月的同一个日子,十一号。而现在离一月十一号只剩三天。"

"所以我们还有三天时间抓住这个明星收割机。"

格雷罗点点头。"否则他很可能就会再次行凶。"

"听起来倒很有米莉安·布莱克的风格。"她说。

"没错,这意味着我们得抓紧时间了。"

她举起一根手指。"开工之前,我想先确定几件事。"

朱莉双臂交叉,摆出戒备的姿态,但格雷罗耸了耸肩。"说吧。"

"实际上,一共三件事。"每说到一件事,她就伸出一根手指头。一、二、三。"第一,我想知道你说的那个能帮我的通灵者的名字。你说你认识一个人,一个灵媒。我想知道这人是谁,以及如何联系。第二,我想知道你们是什么人。你,戴维·格雷罗,你同样拥有超自然的能力,我想知道你的能力是什么。第三,也是最后一个,我想和她握个手。"米莉安用三根手指同时指着朱莉,"我想知道你是怎么死的,朱莉探员。"

格雷罗隔着桌子俯过身来。

很平静地对她说:"第一件,不行;第二件,不行;第三件,还是不行。"

米莉安仰天大笑。

"你耍我。"

"我没耍你,米莉安。"

"你们需要我。这就是我的条件。"

"你已经提过条件了，我们也已经满足了你。钱，医疗保障，公寓。我们还让你免予起诉。别忘了那么多死亡案件都和你有关，其中还包括一个前FBI探员，更不必说你的前情人和他的未婚妻了。"

米莉安嗤之以鼻。"那我就走人。"

"你可以试试。你们的公寓租金只付到了月底，虽然这没什么关系。但我们晚上之前就能把你和你的女朋友抓起来。"

"你他妈的。"

"好好想清楚，米莉安。"

"好好吃屎吧，格雷罗。"她猛然站起，故意让膝盖撞到桌子，桌面倾斜，文件哗啦一声掉了一地。朱莉伸手抢救那些文件时，米莉安已经走向门口，一脚踢开门，从车上跳了下去。

去他的工作。

31 出 路

来到车外,尽管站在阴凉里,远处的阳光依然刺得她睁不开眼,仿佛它们能穿透立交桥的影子。她想起了小短裤史蒂夫,要是自己的内裤里也塞了一副墨镜该多好。可她没有,所以她只好举起胳膊,用手给眼睛搭个凉棚。

真是史上最短命的工作。她颇有些得意,就像她立志要做素食主义者时一样。

她有种重获自由的喜悦。就像看着一枚火箭飞呀飞呀,穿透一层层云彩,直冲极乐的太空,变成一颗永远闪烁的星星。

我想去哪儿就去哪儿。

我想干什么就干什么。

我不受任何束缚——

可是火箭出了故障。伴随着噼里啪啦的爆响,箭体开始倾斜、旋转,像块砖头一样重新穿透一层层云彩向下坠落。因为现实再次提醒她要负起责任。她一向目中无人,我行我素,无所顾忌。可是现在,加比的命在她手里,腹中孩子的命也在她手里,那是路易斯给她的遗产。即便为她自己考虑,这也关系到她能否打破诅咒,以及有没有可能,纯粹是可能,做一个更好的人,不同的人。

可要实现这些目标她唯一的选择就是与FBI合作。

万一这正是入侵者想看到的呢?她与格雷罗以及FBI合作?她现在会

不会又干了一件让魔鬼称心如意的事儿?

"该死!"她大骂道。

骂声惊动了一只乌鸦,它正在啄一个卡乐星快餐袋。那只鸟大声抗议着飞上了天。有那么一刻,米莉安能感觉到它的愤怒。她知道,乌鸦远比人们想象的要聪明。它们有记忆,能够记住你的脸。所以这只乌鸦肯定记住了米莉安的脸——这个在它吃饭时吓了它一跳的臭婊子。

身后,拖车的门打开了。

朱莉·安纳亚走了出来。

"我们愿意做出一个让步。"

米莉安瞥了她一眼。

"你可以看看我是怎么死的。"朱莉说。

"真的?"

"真的。"

"好歹也算你们的诚意。"

"你能到车上来吗?"

"我想现在就看。你的死亡。"

朱莉愣了愣。"要怎么看?"

"你知道的。"

她确实知道。因为朱莉伸出了手。

米莉安欣然握住。

插　曲

朱莉之死

坐在梳妆台前的朱莉·安纳亚注视着镜子中的自己。她对自己的变化惊讶不已。她已经瘦削得变了形。这不是她这个年龄该有的样子。她才六十岁，但时间已经收足了税，只给她留下一道道深深的皱纹和铺天盖地的黄褐斑，她的身上再无青春的痕迹。这一切都是癌症作的孽。乳腺癌正一点一点地将她吞噬。先是一个乳房，接着另一个。然后是头发，掉了两次——现在又开始长出来了，头顶上毛茸茸的一层发楂。放射治疗也给她留下了印记。目前癌细胞已经深度扩散：她骨头疼痛，夜夜失眠，时常疲惫不堪。而这种状况已经持续了十年之久。

但一切的痛苦都将在今天结束。

梳妆台上放着一把枪。

一小时前她接到特兰医生的电话，说癌症不仅没有得到遏制，反而出现了转移。现在癌细胞已经遍布她的全身，像入侵的杂草的根潜伏在她的身体内。他说他们需要对她动一次腹腔手术，因为她的骨盆中有颗肿瘤，而且她还需要接受新一轮的化疗和放射性治疗——

这个打击实在太大。但她没有向特兰医生透露半点情绪。她只是一如既往地应付着：嗯，嗯，对，对，好的，我们一定坚持到底，嗯，嗯。

可她是那么地言不由衷。

她已经斗志全无。

人们常说抗癌就是打仗，她完全赞同，尽管真实情况远比她一开始理解的要复杂得多。曾经,她相信自己是个勇敢的抗癌斗士,仿佛她和癌症在角斗场上狭路相逢,谁的信念最坚定谁就能站到最后。只要她不屈服,病魔就不能拿她怎么样。

可现实并非如此。

现实中,她并非斗士,倒更像战场。她是一座要忍受病魔狂轰滥炸的小镇。她是遍布弹坑和尸体的前线阵地。她的身体和精神就是被剧毒污染的沙子,落满弹壳的泥土,以及在无情的火力扫射下苟延残喘的破房子。

她撑不下去了。

她这块地已经彻底荒废,再也长不出任何东西。癌症还让她付出了额外的代价。她的丈夫离她而去,不奇怪,大难临头各自飞嘛。她无法工作,不得不搬离加州,因为那里仿佛没完没了的森林火灾制造了大量的烟雾,害得她无法正常呼吸。

她拿起枪,那是一把破旧的格洛克手枪,她一直保存在衣柜里。朱莉检查了一下枪,确保子弹已经上膛。接着她用拇指拨开保险,用枪口抵住下巴,然后——

32　另一条出路

朱莉抽回手。米莉安能感觉到她仿佛穿透一切的目光。枪声还在米莉安的耳朵中回响，尽管那发生在多年以后。

米莉安悄悄喘了几口气。吸气，呼气，吸气，呼气。来自未来的枪声渐渐弱了下去，取而代之的是现实的喧嚣：头顶的高架桥、远处的马路，城市无止境的自动化。不知何处又传来乌鸦的叫声：毫不掩饰的轻蔑。

"怎么样？"朱莉问。

"你想知道吗？什么时候、什么样的方式？"

朱莉毫不犹豫地回答："不想。"

"很好。酷。"

"得到你想要的信息了吗？"

"没有。"

"那你为什么想知道我是怎么死的呢？"

"有时候只是为了寻找刺激。有时候我可以通过灵视了解一个人。有时候我能发现一些秘密。还有些时候是为了寻找线索，比如和凶手或什么阴谋有关。但最主要的，我发现我不喜欢你，所以就想看看你是怎么挂的。那能让我感到满足和平衡。"

朱莉心不在焉地点点头，仿佛这件事和她无关。"那你满足了吗？我是说是不是心理平衡了一点？"

"没有。"

"真抱歉。"

"我也是。"

说完,两人转身上了拖车。

33 死亡游行

　　三小时后,她来到了卡尔弗城一处电影布景的外场地。人们都说这里是洛杉矶的城内之城,她也搞不懂是什么意思。但无所谓了,因为在左海岸这一带,很多事情她都搞不懂,不懂就不懂吧,也许这样更好。

　　此刻,她正独自面对一座运转着的工业机器。她不知道周围发生着什么,但她已经越来越清晰地认识到,电影是人类发明出的最伟大的幻象。米莉安知道出现在大银幕上的会是怎样的景象,它就在眼前,一个小小的盒子,看上去像布鲁克林公寓的前门台阶:它好似一幕没有边框的方形幻象,而为了这一小段影片,他们需要动用不计其数的设施设备。大型摄像机、摄像机轨道、收音设备、无处不在的监控器、戴着耳机的人坐在监视屏幕前、明星拖车、绿幕、剧务处、电缆、电线、吊杆座,谁知道还有别的什么她没看到?说不定附近某个地方还有个接待室,里面关着情绪治疗犬、成包的上乘可卡因。

　　而这一切仅仅是为了完成一个两分钟的片段。

　　(三个00后在公寓楼下的台阶上争吵的场景。)

　　这么大的阵仗,如此之巨的投入,只为编织一个华丽的谎言。

　　但米莉安心想,也许这就是谎言的本质所在,不是吗?真相只需要真相本身,但谎言却需要陪衬,需要庞大的支撑,需要其他谎言的配合,还需要巧妙的手法使之运转。所以说撒谎是个大工程:你得创造一整套假象才能让别人相信你的谎言是真的。

真相可以独立存在,但谎言却需要拉帮结派。

终于到了拍摄间隙,格雷罗和另一个男的走过来,他介绍说那人叫杰克·艾里森。

艾里森和她想象中的模样大不相同。在米莉安的观念中,好莱坞就是一个升级版的汽车销售员集中营。这里是中年油腻男人的圣地,他们举手投足都矫揉造作,嗜酒如命,最爱夸夸其谈,见谁都叫宝贝儿、老铁。但是这个艾里森倒颠覆了米莉安的印象。他穿着一件小毛衣背心,戴着透明大框眼镜,箭头鼻子,薄嘴唇像钱包一样紧闭着。

"布莱克小姐。"他首先开口说道。他说话鼻音不算重,但声音好像是从喉咙深处发出来的,听起来虽然不算惑,却有种轻蔑和过分冷淡的感觉。而且他习惯咬字,每一个音都发得清晰到位。"我叫杰克·艾里森,烈火影视公司的制片人。"

他没有要和米莉安握手的意思,但米莉安却眼巴巴地想知道这家伙会是怎么个死法。好莱坞制片人都是什么下场?天啊,她希望那会是一个刺激的故事——被一个化装成公牛的超模用铂金牛角戳死?因为吸食一种新型毒品(名字古怪得很,比如叫机器人、永久标记或戴夫)过量致死?在圣塔莫尼卡的地牢狂欢中被踩死?但她也担心他会像其他人一样死得平平常常,心脏病、癌症、车祸等等。

米莉安认为,没有比平平常常的死亡更让人扫兴的了。

"嗨,"她回答,"我是米莉安。"

"戴维说你知道别人会怎么死?"

"没错。"

"你知道我是怎么死的吗?"

"还不知道。看到死亡是有条件的,我需要和别人身体接触才行。比如握手、亲嘴儿,或者给你一个耳光。"

艾里森耸耸肩。"听着就像我的上一段婚姻。那咱们说正事儿吧?"

米莉安注意到了:这人并不想让我看到他的死。

有意思。

格雷罗大致解释了一通。"米莉安,这里,还有附近的摄影棚中有一批演员，他们的经纪人会把他们带过来，而你要和他们一一握手。利用你的超能力，也许我们能通过灵视找到那个连环杀手。谁知道呢，试试看吧。"

"那这些演员知道他们在干什么吗？一个一个排着队和我握手？我又不是给他们发新手机的。我不是想较真儿，可总得给他们一个合理的解释吧？"

艾里森的下嘴唇往前伸了伸，跟噘嘴似的，但她注意到了那只是他要解释一件事之前发出的身体信号。"布莱克小姐，演员其实跟猫差不多。也许你想说你不懂养猫，没关系，我来告诉你，养猫其实再简单不过了。你只需要打开一罐金枪鱼罐头，所有的猫就都听你的了，罐头往哪边它们就往哪边，就像你是摩西，它们是红海。这些演员会认为你是个大人物，而不是无名小卒，这意味着有朝一日你说不定能赏他们一口饭吃。他们不知道你是什么人物，我们决定保持这种神秘，因为神秘会勾起他们的兴趣，而好莱坞只给他们绝望，如今这令人绝望的兴趣就是最好的附加值了。他们会非常好奇，你是谁？你能为他们带来什么？问号为什么会像个钩子，不是没有原因的。有了这个钩子，你就能钓住他们，看看他们最后都是怎么挂的。"

他上下打量了一番米莉安，却蹙起了眉。他那挑剔的眼神像剪刀似的，仿佛要把米莉安剪成碎片。

"怎么了？"她问，"有咖啡渍吗？"

"你的打扮。有点邋遢。"

"去你大爷的！"她骂道。

"别误会，邋遢点也好，我们不能说你是制片人或经纪人，因为我们更讲究派头。但你可以是创意人员。"

"什么玩意儿？"

"比如导演，或者作家。创意人员的打扮都很……"他伸手指了指她，"像你这样。"

"我感觉受到了侮辱。"

"欢迎来到洛杉矶。这边请。"

他转身便走，米莉安给了格雷罗一个"在搞什么飞机"的眼神，格雷罗淡淡一笑，耸了耸肩。艾里森走向剧务处，像个施咒的巫师一样挥了挥双手。"要吃点什么吗？现在正是时候。我们供应素餐、无谷蛋白意面、海带沙拉、生鱼拌饭。旁边那桌是阿曼达·格里克斯的手艺，她是我们从温哥华请来的大厨。我推荐山竹、玛卡粉、小球藻、螺旋藻和冬虫夏草。她能用活性炭把所有吃的都做成黑色，应该是有一手的。"

"嗯，我不饿。"米莉安说，如此违心之语显然激怒了肚子，恰又不早不晚赶上孕吐反应，这一刻她恶心得想死。

但她还是咬牙忍住，跟在艾里森后面继续走。

艾里森进了一辆布置极为简陋的小型活动房车。车上有个小厨房，厨房里有台咖啡机。家具不多，且样式奇特，感觉像从某个冰岛建筑师的公寓里搬来的。椅子带有明显的斯堪的纳维亚风格——拉丝铝和苍白的木头。艾里森给她拉了一把，单看样子，恐怕不会比坐在树桩上更舒服。"你坐，我负责用金枪鱼引猫。咱们一个一个来，你和他们握手，看能有什么发现。"

"嗯。"米莉安说。她身体的每一个分子都想吐，感觉它们像坐在不同的船上，在孕吐反应的浪涛中左摇右晃。"好耶！老娘开心死了，来吧。"

死亡的游行开始了。

34 面　试

　　首先进来的是个眼睛天真无邪的阳光小伙儿。他自我介绍说叫迦勒·范德·沃尔德。他有一头金发，还故意让头发蓬起来，在可爱的娃娃脸上投下影子。他说话倒是开门见山："CW电视台根据青春小说《布里克豪斯家的男孩》改编的电视剧听说过吗？我要在下一季中扮演汉克·斯皮尔斯，不过我希望还能遇到更大的角色。"他的每一个字都透着加州口音，尽管他没有什么多余的杂音，但米莉安认为他的每一次吸气就是一种暗示，"我不想总是扮演同一类角色，不知道你能不能理解，那会限制我的戏路。没错，我可以扮演阳光男孩儿，但我同样也可以演坏小子，另外——"

　　"嗯嗯。"米莉安淡淡回应。她肚子里好似翻江倒海，有股气正逆流而上，她伸出手，仿佛要把这个嗝传递出去，随后她抓住了小伙子的手——

　　某个星期二，上午10:30，迦勒和一个同样一头金发且拥有一双冰蓝色的漂亮眼睛的小男孩儿——他的儿子——站在一座雪山上。他们在说话。"小家伙，想知道爸爸是怎么踩雪橇的吗？看着点儿。"说完他踩在木雪橇上，放下额头上的太阳镜，像离弦的箭一样冲下山坡。他兴奋地呼喊，大笑。这时雪橇颠了一下，他的方向微微偏向了左边，随后滑行的线路越来越偏，越来越偏，很快他就偏离了畅通无阻的雪道，冲向一片常青树林。他还在大笑,心里却想,哦,该死的,我要撞树了,这念头很快就从他脑袋里消失了,因为他在毫无制动的情况下迎面撞上了一棵松树的树干。他脑浆迸裂,头碎得像个鸡蛋。鲜血沿着树干流向雪地,就像从破碎的酒瓶里流出的红酒——

撞树的画面让米莉安打了个寒战。

迦勒盯着她,像条寻求关爱的流浪狗。

"记得给雪橇起个'玫瑰花蕾'的名字。"她说。

"好吧。"他显然莫名其妙,但又不好意思多问,免得冒犯了眼前这位创意人员。谁知道这是不是试镜咧。

艾里森来到迦勒身后,用一句干巴巴的"干得不错,范德·沃尔德"招呼他出去。

之后进来的也全是年轻人,大部分为白人。有些是猛男,有些是小鲜肉。有叫多利安的,有叫达希尔的,还有叫马尔科姆和罗根。但米莉安只把他们当作红鼻子驯鹿鲁道夫:你知道达希尔、多利安、马尔科姆和罗根,你知道康纳、斯宾塞、布里克利和其他笨蛋——但你能否想起,他们当中最有钱的那个白痴,哦对了,叫钱德勒,那个家里有信托基金的富二代,有辆特别拉风的保时捷,你要是见过那车子,十有八九是他酒后开车在圣塔莫尼卡大道上把你撞了。(她承认,那首圣诞颂歌在结尾的时候可能有点跑调。)

他们的死完全可以预见,就像他们的无趣一样明显。

喝酒,嗑药,彻夜狂欢,昏天暗地,极有可能意味着你的呕吐物会呛进气管,让你在睡梦中去见上帝,那倒也走得安逸——

耐药性淋病菌像国庆日的烟火扩散全身,所有器官像散场之后的舞台灯光,熄灭了——

保时捷在濒临悬崖的高速路上超速行驶,一颗从山上滚落的小石子导致车辆打滑,司机突然转向,躲开一个骑单车的大汗淋漓的男子,却撞上另一个骑单车的人。因为车速太快,车里的酒瓶四处飞撞。保时捷连同单车男一起冲出公路,跌落悬崖。但车子并没有像电影里那样轰然爆炸,它只是不停地翻滚,就像从屋顶丢下一个微波炉,直到最后滚入大海——

(嘿,那圣诞颂歌可不是她自己瞎编的。)

当然,这些死因当中,有可以预期的,也有不可预期的;有意外,也有非意外。比如癌症、心脏病、自杀。

每握一次手,便见证一种死法。她的肚子感觉越来越松弛,好像和她身体里的任何部位都失去了联系,只是……只是摇摇晃晃地挂在那里,五脏六腑也都移了位。

就是在这个时候,她遇到了泰勒·鲍曼。

她刚从一个年轻黑人演员的死亡场景中回过神来——十五年后,小伙子获得了他人生的首个演员工会奖,结果失足摔倒在一辆疾驰的礼宾车前面,脑袋被碾得像个被人一屁股坐扁的生日蛋糕——这时鲍曼走了进来。他的皮肤像卡通片里的小男生一样漂亮,头发跟咖啡一个颜色。他低头看着手机,嘴里喝着跟蝙蝠侠一样黑的果昔(原来那里也加了活性炭)。他走上前时,米莉安闻到了奶昔的味道。真臭,像夏天里一个礼拜没洗过的脚。她皱起鼻子,抬头看着他。

"是榴梿。"他含混地说。

"我已经见过多利安①了。"

"不,我说的是榴梿。一种亚洲水果。特别够味儿。要不要尝一口?"

"什么?不了不了。"她的喉咙都在禁不住发颤,"闻着就像有人在泡涨的尸体里塞了个烂了一半的洋葱。"

"真恶心。"他嘟囔说,随后他扭头对身后一个更年轻的小伙子,同时也对艾里森说,"我不需要这工作,管他是干什么的。我在CBS(哥伦比亚广播公司)干得挺好。我不需要什么展望地平线,因为我就是地平线?能这样说吗?我觉得没问题吧?"他吃吃干笑两声,好像自己也不确定这么说到底能不能表达他的意思,但他决定就这样敷衍过去,希望没人会揪着不放。"反正——"

哇!米莉安吐了他一身。

---

① "榴梿"英文"durian"与"多利安"英文"Dorian"发音相似。

她已经收到足够多的警告了。在呕吐之前,她舌根上已经泛起一股酸腐味道。她预感到会出现什么情况,却像只病狗一样舔了舔上颚。她能感觉到喉咙发紧,胃部收缩又舒张。然后……没有干呕预警,没有时间扭头。就是这么干脆直接,这么突如其来。也许她有可能掉转枪口,只是她认为没必要。不管怎样,她的嘴巴自动张开了,好像下颌脱了臼,接着便山呼海啸般地吐了。猛烈,滚烫,措手不及。像突然打开的消防栓,刚刚喝到肚子里的咖啡化作令人恶心的秽物喷向鲍曼的胸口和手机。他的手一哆嗦,手机掉下去,摔碎了屏幕。

他像挨了一脚的小狗大叫一声。

米莉安倒从容不迫。鲍曼慌忙后退时,她吐掉嘴里的残渣,从椅子里站起来。"你等等。"

随后她抓住了泰勒·鲍曼的手腕。

插 曲

脸上发光的家伙

啪!

一记响亮的耳光把泰勒·鲍曼扇醒了。他被绑在一把椅子上。应该已经绑了很久,因为他的手和脚都已经麻木得不像他自己的。周围很暗,但他仍能看清房间的大致轮廓。他看到一张桌子,看到了木镶板,还闻到了干枯和沙漠的气息。他在墙上看到一张旧海报,但上面没有名字,只是一个美人鱼打扮成啤酒广告女郎的样子,喝着一瓶啤酒。屋里地板上散落着许多纸张。

一个影子从墙角浮现。打他耳光的人,也是把他掳到这里的人。此人个子很高,体形偏瘦,戴着头套,脸部有什么东西微微闪光,看着十分诡异。但鲍曼又累又怕,根本搞不清楚是怎么回事。"她在哪儿?我看见她了。就在门口。我在哪儿?我……我只想……"他想什么?他为什么会被带到这里?他是怎么被带到这里的?他想要的是……

毒品。他要的是毒品。

他得到了。有人在他身体里注射了东西……使他的肌肉感觉像沙袋。

他拼命挣扎。那个一身黑衣的高个子,脸上发光的家伙走近他。此人手里有刀,一把带倒钩的猎刀。

"我戴着面具,你也戴着面具。"

他说话的嗓音低沉而富有磁性,是个标准的男中音。

"什么?"泰勒含含糊糊地问,"我不明白,求你了,放我走。

我有钱。我是个演员，演电视剧的，在电视上能看到。你要多少钱我都能给——"

"你是虚荣的象征。你是自恋狂的灯塔。你们正腐蚀这个国家。你们是极端自私自利的一代。普罗大众在挨饿、在死亡，而你们却在朋友圈里把吃饭当成一种时尚去消费，还在自己身上打各种各样的针，好让你们永葆青春。你们睡在金钱和名望的温床上。你们只顾自己，对其他人不管不问。我说的没错吧？"

"不，不，伙计，不是那样的，我不是——"

"你不相信我，那我就让你看看你的面具。"

"求你了，先生，别，别，别——"

"这得花点时间，我需要你保持安静。"

针头一闪。泰勒只觉脖子里一疼，随后便恍恍惚惚，整个世界也倾斜起来。但他并没有失去意识。男子给他注射的剂量恰到好处。他的身体与大脑失去了联系，但他的眼睛依旧睁着，依旧能看，只是他无法说话，只能淌着口水发出呜呜啦啦的回应。他能感觉到有东西在划他的侧脸，接着还有一通拉扯，渐渐地，他左眼的视线被什么东西挡住了，就像窗帘挡住了窗户，随后血流进了他的眼睛。同样的感觉在右眼也重复了一遍。慢慢地，但他可以确定无疑，有什么东西从他脸上揭了下来。他心里暗暗琢磨，那是什么玩意儿？是保鲜膜吗？是面具？这人说过面具……

脸上发光的家伙举起一条毛巾一样的东西。泰勒想笑，又想告诉对方，你让我看这个干什么？那东西上有窟窿，起码有三个。他想闭上眼睛睡一觉，可他闭不上眼。他的眼睑毫无反应。

这时他恍然大悟。

光线穿过眼窟窿。

穿过嘴巴的位置。

嘴唇的边缘历历在目。

左脸颊上的那颗淡淡的小痣。

那是他的脸。

他在看着自己的脸。

男子小心翼翼地把脸皮固定在桌子的边缘,让它依旧保持脸的形状垂下来,这样那空洞洞的眼窝就能继续注视泰勒。

随后泰勒的肚子上有种奇怪的感觉,仿佛被人生生拉扯。只见一条横线从左至右出现在他的腹部,长度触目惊心。接着,他忽然觉得身体轻了许多,但两条腿上却凭空多了点分量。

他低头一看,那脸上发光的男人正把什么东西放在他的腿上。那东西灰不溜丢,闪闪发亮,很大的一坨,上面斑斑点点,仿佛许多条蛇缠成一团。

我的内脏?泰勒心想。

那是我的内脏。

持刀男子将泰勒的脸皮重新贴回到他的脸上,还轻轻拍了拍。"我一般会把面具放在醒目的位置,那样你就能看着他死去,"男子说,"但这里黑黢黢的,我想放回原处倒更有欣赏价值,你说呢?"

"呜……嗯……嗯……"

"你的面具没了。现在可以开始你最后的表演了,鲍曼先生。摄像机会出现的,他们会拍到最真实的你。这是你这辈子最原始、最真诚的演出……"

在他的话语声中,泰勒·鲍曼渐渐沉入了黑暗。但意识深处,他希望这个脸上发光的人说得没错:他希望他能真正胜任这个角色,他希望人们永远不会忘记他的表演。

35 痛定思吐

稍后。米莉安独自坐在艾里森的房车里。原来这里还有个淋浴间,且大到容得下一个衣帽架,不过鉴于她现在肚子还不算太大,所以进来也不觉得局促。她要洗掉自己身上的呕吐物。

此刻她坐在一把让人难受的椅子上,仔细回想她在泰勒·鲍曼死亡灵视中看到的情景,再抽空琢磨一番自己的情绪。或者说,反思一下自己为什么心如止水。

因为说白了,米莉安并不在乎。

按理说她不该如此无动于衷。有人要死了,而且是被人残忍地杀害。可她对泰勒·鲍曼这个自命不凡的浑蛋很难产生同情。处理谋杀案并不是她的工作。入侵者一定希望她插手,他一向如此。他想把米莉安牵扯进去,想让她提前干预阻止谋杀,可她想不通为什么。要回答这个问题,她需要把那杂种按到墙上,逼他或她亲口说出自己的动机。这就是让她为难的地方了。因为要找到能帮助她和入侵者交流的人,她得首先帮格雷罗,而要帮格雷罗,她得首先解决这桩谋杀案。尽管她对这桩谋杀案毫不在意。

但她在意加比。

在意肚子里的孩子。

在意自由。

耳边又响起她妈妈的话。

该是什么就是什么,米莉安。

所以她不得不打起精神,把灵视画面在头脑中一遍又一遍地重复。格雷罗和艾里森上车时,她仍沉浸在灵视中,努力寻找有价值的线索。

"鲍曼气疯了。"艾里森吸着果昔说。那果昔和他的小胡子几乎一个颜色。他舔了舔嘴唇上的泡沫,接着说道:"但他本来就是个瘪三,还是个小瘪三。我邀请他参加我举办的派对了。"

"很好。"米莉安哑着嗓子说。

"你看到什么了,对不对?"格雷罗说,"在鲍曼身上?"

"对,明星收割机杀了他。"

"他就是我们要找的下一个受害人。"

但她不得不给他们泼盆冷水。

"什么?"格雷罗问。

"他不是下一个。按照时间顺序,他应该是第六个。"

格雷罗不由得握紧了拳头。"该死的!"随后他指着米莉安说,"你得加把劲儿!"

"我?我已经按照你的要求做了。你叫了一群小白脸来挨个儿跟我握手,我也已经查到了你想要的结果。"她从椅子上一跃而起,像头被逼入绝境的丛林狼一样恶狠狠地瞪着他,"该做的我已经做了,现在你不觉得你该报答我了吗?你欠我一个名字。我要见你说的那个通灵者。"

"不,现在还不行,你还没有详细告诉我灵视的内容呢。"

她如他所愿。"鲍曼死在一间昏暗的房子里。我看见了一张……好像是美人鱼海报?我也不确定。那房间看着像个办公室,有办公桌、有文件、有订书机之类的。他的被害时间是四个月后。明星收割机是个高高瘦瘦的男人,穿着一身黑衣服,脸上……会发光,不清楚是怎么回事。和你推断的差不多,他先用麻药把人麻醉,然后剥下受害人的脸皮,最后还是用同一把刀给鲍曼开膛破肚。这一次他不会把脸皮钉在醒目的位置展览,而是会贴到鲍曼的脸上。"

格雷罗踱来踱去。艾里森不声不响地站在一旁,像个事不关己的旁观者,边看边喝他的果昔。

要么利用别人，要么被别人利用。

他开车把米莉安送回了公寓，而不是他们停在高架桥下的拖车。时候已经不早了，将近晚上十点。他把车——一辆丰田Mirai电动车——缓缓停在她的公寓楼前面，随后说道："我向你道歉。"

"我不需要你的道歉。"

"你说对了。"

她往座椅上一靠。你说对了，这真是人类语言中最性感的一句话。"好吧，说下去。"

"我确实想向局里证明我的观点。但这件事压力重重。我没有正式团队。但在这座城市和这个州，我还有其他一些帮手，他们是我们的同类。你是我第一个正式合作的人。"

"你果真认识一个通灵师吗？一个可以帮我的人？"

"是的。我笼络了一批像你这样的异能人士。他就在洛杉矶。"

"告诉我他叫什么。"

格雷罗俯身握住方向盘，手不时在上面拧一拧，就像在旋转摩托车的油门。他鼻孔一张一翕地说："不行，我知道那么做的后果。我告诉你名字，你立刻就会人间蒸发。我了解你。你也承认过。告诉你名字，我就真的拿你没办法了。"

"所以你就打算拿这件事吊着我？"

"暂时而言，我别无选择。除非……除非我们查到更多实质性的线索。今天才是我们的第一天。"

"好吧。"她伸手开门，但车门锁着，"该死的解锁啊，你想让我一头从窗户上撞出去吗？"

他几乎一秒钟都没有耽搁。咔嗒。门开了。

米莉安钻出车子，格雷罗直接开走了。

米莉安忍了好几次才没有冲着汽车远去的方向竖中指。她认为这是自己成熟的标志。

这样想着，她进了楼，爬上楼梯，打开家门。公寓里黑黢黢的。加比在卧室，脸朝下趴在枕头上，没有打鼾，但呼吸声很重。米莉安很想跳到床上蹦几蹦，吼几嗓子"起床啦起床啦"，因为她现在毫无睡意。但她没有那么做。

还是那句话。她成熟起来了。

她考虑了几个选项。选项一：脱衣上床，盯着黑暗的天花板发呆。选项二：悄悄退回到客厅，然后怎样？她们没电视。她可以到阳台上去，干什么呢？通常她可以抽烟喝酒，可现在这两样她全都戒了。她该干什么？像个神经病似的盯着泳池？喝杯薄荷茶？妈呀，怀孕真难受。它能把你变成最无趣的人。

这就不难理解为什么那些怀孕的女人张口闭口净是怀孕的事儿。她们只知道这个，那是她们的全世界。她们被自己肚子里的绦虫修改了程序。那小小的寄生虫让自己成了宿主一切一切的焦点。我是说，你瞧米莉安啊，她现在满脑子也是怀孕的事儿。这真是……唉。

但米莉安，离经叛道才是她的作风。

她转身下楼，找出史蒂夫·韦伯的名片，给他打了个电话。他接了。"啥事儿？"他含混地问。

"穿上裤子，小短裤先生。该——"该什么？"该走了……有事儿。"

"什么？你谁呀？我已经下班——"顿了顿，"哦，原来是你。"

"是我。"

"好，你在哪儿？"

"在公寓，我那美丽的棕榈海岸别墅。等着你穿上裤子开车来接我呢。"

"二十分钟后在楼下等我。"

"十五分钟。"

"好吧。"

"啵。"她发出亲嘴儿的声音，向外面走去。

37 正义的嘲弄

"这只是果汁啊。"她趴在一个高高的提基杯上看了看说。那杯子造型奇特,就像某个愤怒的海岛怪物拉屎的时候被冻住了一样,"这只是……"她又看了看,垂头丧气地说,"果汁。"

"这是无酒精鸡尾酒。"史蒂夫说着端起他自己的提基杯抿了一口,但他杯子里装的绝对不是无酒精鸡尾酒。他还是那副庞帕多发型,但今天换了件夏威夷衬衫:这件是蓝色的,上面印满了绿鹦鹉。谢天谢地他穿了裤子:松松垮垮的卡其裤。脚上踩了一双勃肯拖鞋。他不时捋一捋嘴上的小胡子,好像非常引以为傲似的。

"这里面不含酒精。"米莉安说。

他舔了舔跟铅笔一样细的胡子。"对,因为你说你怀孕了,不能喝酒。"

"可这是纯果汁啊。"

"不单是果汁,里面还有杏仁糖浆呢。"杏仁糖浆,他说得像广告里的播音员一样字正腔圆。

"杏仁糖浆是什么鬼东西?"

"是……"他笑了笑,"我也不知道。"

他叫来一位女侍者,一个百无聊赖的哥特女孩儿。她显然已经放弃了部分哥特风,但并非全部。她穿了一条俗不可耐的草裙,戴着椰子胸罩。"干什么?"她不耐烦地问。米莉安喜欢这姑娘。

"杏仁糖浆是什么东西?"

"就是杏仁糖浆啊,加了一点橙花水和玫瑰花露,还有很多糖。"

"谢谢。"他说。女侍者摇摇晃晃地走了。

"所以说,这是水果和坚果汁。"她说。

"还有玫瑰花露。"

她叹了口气。环顾四周,这是好莱坞山上一间昏暗的提基(夏威夷风情)酒吧,名字叫汤加诺诺。这里的一切布置几乎都和竹子、棕榈叶、提基火炬和凤梨有关。酒吧里的味道比宫颈感染还要让人恶心。更郁闷的是,这里让米莉安不由得回想起曾在佛罗里达群岛发生的事。阿什利·盖恩斯就是在一家夏威夷风情酒吧找到的她。那天他在酒吧大开杀戒——呃,几乎干掉了每个人。其中一名幸存者就是萨曼莎,一个因为惊吓过度留下心理创伤的年轻女人,后来成了入侵者的傀儡。在入侵者的怂恿下,她结识了路易斯,并坠入情网,两人很快就订了婚。最后呢?哦,最后两人都死了。路易斯死于雷恩之手。

天啊,任何事只要和我沾上关系,就变得肮脏和血腥起来。

"我们该走了。"她对着自己那杯果汁大皱眉头。什么狗屁糖浆花露,"我不想在这儿待下去了。"

"我刚刚喝了僵尸鸡尾酒,你得走路回去了。"

"你那里面差不多加了四十七种朗姆酒。"

"实际上只有四种,白朗姆、黑朗姆、金朗姆和——"他皱起鼻子,额头上挤出一串V形凹痕,"和其他朗姆酒。"他乐呵呵地哼了一声,"很够劲儿。"

"哼,我想也是。可我就只能喝这种娘娘腔才喝的玩意儿。这叫哪门子鸡尾酒?"

"你说话可真刁钻。"

她痛苦地呻吟一声。"史蒂夫,清醒是很难受的。现在我明白为什么我一直讨厌清醒了。实在没意思啊,你完全暴露在——"她示意周围的一切,"所有人、所有东西,整个世界以及它没完没了的失望中。"

"真遗憾你怀孕了。我能这么说吗?会不会不礼貌?我知道怀孕是一件很特别的事情，所以……"他的声音弱了下去。

"没关系。这不叫无礼。我是说，的确算不上礼貌，但不礼貌在我这儿的门槛很高，也许你只有拿什么东西砸我的脑袋，比如——"红色的雪铲，"——棒球棒，那样我才会觉得你不礼貌。"

"你怎么会怀孕的？"

米莉安一脸惊讶，疑惑地注视着他。"呃，史蒂夫，当男人和女人干柴烈火，然后——"

"不不不，我是说，你和你的女朋友，或者是妻子？她是你妻子吗？"

"你说加比？"

"应该是吧。"

"不，她不是我的——"米莉安自失地笑了，"妻子？妻子。嘿，我想这世界上恐怕不会有人愿意娶我这样的女人。"然而心里面，她想起了那颗美丽的雪景球……"我是说，你逗我的吧？"

"那……就是女朋友咯。"

"啊，这个嘛。"她向后靠去。加比是她女朋友吗？当然不是，对吧？等等，不是吗？她从来没想过这件事。所以她结结巴巴地说："我们不喜欢给自己贴标签。"

"要孩子是你们共同的决定？"

"呃，不是。甚至连我的决定都不算。"她喝了一口冒牌鸡尾酒，露出一脸苦相，仿佛她刚刚舔了地铁站的旋转栅门，"我……我以为我不会怀孕了。医生说因为流产我的子宫里出现了太多瘢痕组织，基本上不会怀孕。我也没想到，这纯粹是个意外。所以你瞧，我现在只能喝这鬼东西。"

"孩子的爸爸是谁？不知道这么问会不会冒昧。"

她倾身向前，两个胳膊肘支在桌上，下巴趴在自己的两个拳头上。"我遇到了一个名叫路易斯的男人，他是个卡车司机，长得很魁梧，很性感，是巨人安德雷那种类型。我曾经从一个名叫英格索尔的欧洲毒贩手里救过他一命，不过他还是丢了一只眼睛，只能像海盗一样戴着眼罩，后来他装了只义眼。但问题是，我并没有救下他的命，只是把他的死亡时间推

149

迟了一点而已。我也说不上这是福是祸,这要看你如何看待咱们这个世界了,因为去年圣诞节前,他被一个姑娘给爆了头。那姑娘叫雷恩,是我救助过的一个女孩子,她把路易斯当成了别的东西,稀里糊涂就把他打死了。不过那时我已经怀了路易斯的孩子。他死了,雷恩逃了,从此不知所终。但现在我明白她遇到的麻烦比我们两个人都要大得多。她和我一样也成了某种力量的傀儡。不是说我已经原谅了她,如果今天见到她,说不定我会毫不犹豫地冲上去搞死她,好为我的路易斯报仇。这里唯一值得欣慰的可能就是路易斯留下的这个孩子了。现在我要做的就是把这小东西平平安安地带到世界上。这件事并不容易。"

史蒂夫盯着她。

一脸茫然。

他什么也没说,尽管他看上去似乎有话要说。

终于,他开了口。"对不起。"

"我也很对不起。"

"这……"他眨了眨眼睛,"不好意思,可这都是真的吗?你刚才说的这些?"

"都是真的。"

"你还对我说过你是通灵师。那是开玩笑的吧?"

她苦笑一下。"很不幸,不是。我被诅咒了,我有一种超自然的能力,就是能看到别人如何死去。这个能力是我上中学时经历了一次流产之后获得的。那个孩子的爸爸自杀了,他妈妈在卫生间里堵住我,用一把雪铲把我打了个半死。孩子没了,我却拥有了死神的眼睛。"

"天啊。"

"是啊。"

她能从他的眼睛里看出来——就像按下了电灯开关,啪嗒——他由怀疑变成了相信。她还能从他的眼睛里看出来他在她的眼睛里看到了真相。他们彼此注视了许久,让这一刻变得奇妙起来。

"这孩子,"他说,"你打算养着?"

"不知道。"她如实回答。

"你能看到别人是怎么死的?"

米莉安缓缓点头。"对。"

"这也太悲催了。"

"谁说不是呢。更倒霉的是它现在几乎成了我的背景噪声。我估计外科医生应该和我有相似的感受。死亡只是他们生活的一小部分。对我而言亦是如此。就像蛇一样,总不能没头没尾。"

他欲言又止,米莉安知道他想问什么。终于,他鼓足勇气问:"那你……知道我是怎么死的吗?"他声音极低,小心翼翼,仿佛在传播什么异端邪说,或者打听什么不该打听的禁忌之事。

"我没有碰过你,所以不知道。我需要皮肤接触才行。"她用让人发毛的眼神盯着他看了许久,"你想知道吗?"

"还不想。"他回答得很着急。

"什么时候改主意了告诉我。"

"天天过那样的日子,你确实需要喝点够劲儿的东西。"

"可不是嘛。"她喝光了杯里的果汁,然后说道,"我分享的已经够多了,该你说几句了,年轻人。"

他鼓起腮帮吹了口气。"等等。"他把杯子一放,叫女侍者再给他来一杯僵尸鸡尾酒,"好啦,我准备好了。你随时可以开始问了。"

"好吧,你什么来头?"

他眉头一皱。"这就是你的问题?我什么来头?"

"每个人都有来头啊。我已经坦白了,你呢?你犯过什么事儿?害怕什么?有什么秘密?你到底是什么人?"

"犯过什么事儿,说得好。"他迫不及待地接过女侍者端来的又一杯鸡尾酒,"等一下。"他喝了一口,"好吧,我的来头。嗯,我的来头。我……我的家人都恨我。这应该算点什么吧。毕竟我每天都会想到的事,而且会想很多次。"

"这倒挺郁闷。他们为什么恨你?"

"原因很多。但主要原因,我觉得有三个。"

"说来听听。"

"第一个，我是民主党人。"

"你说的是政党？"

"对，你不会连这都不知道吧？"

"我知道，我以为是什么新的流行语呢。怎么，你是民主党人碍着他们什么事儿了吗？"

"我是俄亥俄人，其实也算肯塔基人，保守的观念几乎已经刻在了我们的骨子里，所以，做民主党人是不被人理解的。不过这只能算个次要原因。"

米莉安点点头。"继续。"

"我……我无性。"

"什么？"

"无性。"

"你是说，你是……试管婴儿？"

"不，无性是我对别人没有性方面的欲望。我对性不感兴趣。别人也无法在这方面吸引我。才智，可以；感情，可以；但肉体上，我对男人、女人都没兴趣。"

米莉安凑过去，就像科学家在宇宙中发现新的物质力量一样眯着眼睛打量他。"你没做过爱？"

"做过，但不常做。"

"你喜欢做爱吗？"

"呃……还行吧。我也喜欢吃汉堡，但我并不想跟它们发生性关系。不知道这个比方恰不恰当。"

她"嗯"了一声。"不怎么样。不过也没关系，因为我是我，你是你。坦白地说，你想怎样就怎样，史蒂夫·韦伯。另外，告诉你，要真遇上好汉堡，我是不介意的。"

"你没吃过快闪汉堡吗？"

"没有，怎么了？"

他张大了嘴巴，也睁大了眼睛，浑身上下都放射出快活的光彩。"哦，嘿嘿嘿，我说米莉安，嗯，那味道好极了。"

"不就是快餐吗？"

"我带你去，喝完酒就带你去。"

"会不会让我失望？我是不是得喝醉了才行？"

"这可不是需要喝醉才能吃的东西。这是……这肯定会是你吃过的最好吃的汉堡。呃，也许有比它好吃的，但你绝对找不到比它更能让你满足的汉堡。"

"我深表怀疑，不过好吧。那第三个原因呢？"

"哦，第三个。"

"快说吧。"

"哦。"

"快点啊。"

"嗯。"

"别卖关子了，快说。"

"我……我变过。"

"变过什么？"

"变过性。我原本是个女人，但现在是男人。我出生时是女的。"

米莉安抿了抿嘴唇，随后耸耸肩说："好吧。"

"好吧？就这俩字儿？"

"是啊，好吧。"

"有些人一听说我是变性人就跟见了外星人似的，比如我的家人。"

"喂，我可不是装酷。你想想，我能看到别人怎么死的，我怀了一个男人的孩子，而这个男人被人爆了头。和我这些故事比起来，我觉得你应该没什么事能惊到我。"

"酷。"

"酷。"

"酷。"

38 等等，别告诉我

坐在车里，前往快闪汉堡餐厅的途中。周围是朦胧的好莱坞的灯火，如织的人群，和一辆接一辆密集得让人喘不过气的车子。米莉安说："等等，那你下边儿长的什么东西？"

"别问我下边长什么，况且，"他说，"这和下边没关系。和我是什么样的人才有关系。"

"什么事都能和下半身扯上关系。"米莉安说，"但我基本上还是个十二岁的少女，所以我会经常想下半身的事。"

他愣了愣。"我经常想到屎。"他一脸认真地说。

"天啊，我也是呢。每个人都要拉屎，这是生命统一性的纽带之一。说实话，我很不理解为什么会有人瞧不起屎。"

"是吧？！"

他们沉默了片刻，仿佛在思考这个深奥而又神圣的现实问题。

最后米莉安开口说："顺便告诉你，我还能变成鸟——呃，可以这么说。而且我受伤之后比普通人恢复得要快，甚至可以说非常之快。也许非常严重的伤也能复原，谁知道呢，这还是个未知数。"

"你真是个分享女王啊。"史蒂夫说。

米莉安点点头。"所有人都该到我的王国里当奴隶。"

39 广告中的真相

"该死的!"她一边嚼一边兴奋地骂道。

在快闪汉堡店后面的停车场,史蒂夫·韦伯和米莉安坐在他那辆起亚轿车的引擎盖上,正吃掉剩下的最后一点汉堡。不过对米莉安来说,这可不仅仅是汉堡。史蒂夫没有骗人,这汉堡可真不是吹的。他让米莉安点一个动物风的,谁知道那是什么意思,反正她照做了。而当她咬下第一口时,那鲜嫩多汁的牛肉像天使一样在她嘴巴里唱起了歌——一群牛歌颂幸福美味的大合唱。那汉堡里的肉肥瘦适中,与奶酪和沙司的搭配恰到好处。希腊人恐怕能从这汉堡中引出一门全新的哲学。嗯,这汉堡应该建立一个宗教。

米莉安倒有此意,她自己当教主。

"也许该叫女王国。"史蒂夫忽然说。

"什么?"

"哦,不好意思,我有时候会这样,隔了好久又突然提到之前的话题。来的时候我不是说你是个分享女王吗?你说所有人都该在你的王国里当奴隶。我觉得该叫女王国,因为你是女王嘛。"

她嘴里塞满了肉,无所谓地耸耸肩。"随便啊,老兄。"

"汉堡不错吧?"

"不是不错,史蒂夫,为了这汉堡说不定能引起一场战争,或者有了这个汉堡说不定能结束一场战争。这汉堡很可能是上帝对我们最大的恩赐，当然，也可能是魔鬼为我们制造的最大诱惑。倘若外星人入侵地球，我会让他们尝尝这个汉堡，好证明咱们地球人不仅值得拯救，更值得上升到一个更加高级的宇宙演化阶段。这不仅仅是汉堡，史蒂夫，它也不仅仅是不错。它堪称完美，无可挑剔啊。"

他点点头，用一张餐巾纸在嘴巴上擦了擦。

过了一会儿。

"但这里的薯条就没法说了。"他说。

"是不怎么样。"她极力赞同道，"我就纳闷儿了，汉堡做那么好，薯条咋就那么差劲呢？"

"也许就像，"他咽下最后一口，"他们可以选择把一件事做到极致，但如果选择两件，就只能做到平淡无奇。"

"所以，平淡无奇的薯条就是我们享用绝世汉堡要付出的代价。"

"想想似乎也可以这么理解。"

"谢谢你，史蒂夫。"

"我过得挺愉快的，有吃有喝。"

"我该回家了。"

他伸出手。"我准备好了。"

"准备好什么？"

"看看我是怎么……你懂的。"

"怎么挂的。"

"对。"

"怎么嗝儿屁的。"

他点点头。"没错。"

"怎么蹬腿儿的，怎么吹灯拔蜡的，怎么尘归尘土归土的——"

"对。"他把手又往前伸了伸，"来吧。"

但米莉安却犹豫了，她胸口发紧。

"怎么了？"史蒂夫问。

"我不确定我想这么做。"

"为什么？"

她扮了个鬼脸。"我也不知道!这种事还从来没有发生过。实际上我挺享受灵视的感觉的,我甚至能从别人的死亡中得到快感。可现在我有点喜欢你了,我怕你会死得很惨,或很快,那将是我的错。"

史蒂夫扭过头去。"为什么说是你的错?"

因为永远都是我的错,史蒂夫。

"我只是——还没做好准备。"

"哦。"

他收回手。

失望的情绪就像卡通片里臭鼬放屁的效果线从他周身弥漫开来。米莉安翻了个白眼。"那好吧。"

"不,算了,没——"

她伸手捏了捏他的脸,于是——

40 心之所向

"——关系的。"被捏之后他依然还是把话说完了。

米莉安缩回手,突然感到一阵寒意。

风吹着垃圾飞过停车场。一辆轿车经过,车里传出音响的重低音。有人对别的人大喊,一个友好的喊叫。一架飞机从头顶掠过。这一刻,史蒂夫的死在她脑海中重播了一遍。

好消息是,他的死和她无关。

破天荒了。

"怎么样?"他问。

"你……"她刚说了一个字,却发现自己喉咙紧绷绷的,不得不清了清嗓子,"你有心脏病?"

他眨了眨眼。

"是。"

"是心脏瓣膜问题。"她说得更具体了些。

他的脸色变得苍白。"对,但已经治好了。小时候我做过手术,而且我还在服用 β-受体阻断药和血管舒张药,以及——"

"你还是死在心脏病上。"

"哦。"他不安地笑了笑,"至少我有时间——"

"你还有三年时间。"

"什么?三年?就三年?这么少?"

"对，就三年。"

"我今年才二十七，三年之后也才三十，我只能活到三十岁？"

"是的，你数学不错。"

他沮丧地说："不可能。"

"事实如此。"

"我可以——我要去治病，再做一次手术。我不会死的。谢谢你的提醒。"

她难过地看着他，强迫自己笑一笑，尽管笑比哭还难看。"没用的，不管你怎么努力，最后的结果都将一样。命就是命，改不了的。有时候我能阻止这种事，但前提是这个人的死亡是由其他人引起的。如果你死于谋杀，那我可以在凶手杀你之前干掉凶手。拿一命换一命，好歹能平衡一下生死簿。但其他情况，只能听天由命。"想到肚子里路易斯的孩子，她打了个寒战。孩子的死亡同样没有凶手，那她该如何救他呢？绝望像饥饿的泥巴将她牢牢吸住。她必须克制，以免陷进泥潭。"我很抱歉。"

"三年。"他扭头望着远处，望着快餐店的方向，可他的眼睛里并没有快餐店。他的眼神是空洞的。

"我是……突然就死了？就像上厕所或干吗的时候？"

"不，你死在医院里。显然你死之前已经出现了症状。"

"有人吗？我的身边？"史蒂夫下意识地逐个儿捏着指关节。啪，啪，啪，一种表示焦虑和紧张的习惯性动作。"或者是我孤身一人？"

"你身边有一群人。"米莉安说，她没有撒谎，"我不知道他们都是谁。在灵视中，他们并不会介绍自己。我只知道有一个人叫埃米莉，因为出现心动过速的那一刻，你叫了她的名字，还拉住她的手，然后……你就走了。"她特别讨厌这个说法，但此时此刻她不忍心提到"死"字。

"真的是埃米莉吗？"

"是埃米莉。"

"黑头发？挺长的？下巴上有个疤？"

"就是她。"

史蒂夫笑了。"那是我妹妹。"

"哦。"

"我们现在都不说话。"

"哦,到时候就会了。"

他眼睛里闪烁着泪光,但泪水始终没有流下。"和家人断绝联系的时候,她是间接受害者。也许我可以找找她。说不定我们能重新和好。"

"我看行。"

"三年。时间太短了。"

"是啊,但也未必。人生可以很短暂,但也可以很漫长。"

"也许这是上天赐给我的礼物,你觉得呢?一个让人糟心的礼物。你说我还有三年时间,也许我能在这三年里做点有意义的事情。"

"瞧,要的就是这种精神。"

"也许我该戒掉快闪汉堡。"

"这个有点过分了。"

"也许就是因为吃了太多汉堡,三年后我才没命的。"

米莉安耸耸肩。"要我说,就算没命也值啊。"

他想了想,随即吮了吮自己的手指,一个挨一个。

"你的话似乎也有道理。"

41 苹果里的虫子

回到了家。或随便怎么叫它。一间寒酸的公寓，一座疯狂的城市。米莉安清醒得犹如星期天的早晨，肚子里装满了冒牌鸡尾酒和汉堡肉，拖着沉重的步伐走回公寓，来到卧室。她没有忘记，四小时后她就得起床和格雷罗去办事。他们没有别的选择，因为他们只剩三天时间。

不。

是两天。

还有两天就是十一号了。

还有两天就是明星收割机再度作案的时间了，他会剥下某个小帅哥的脸皮，切开他的肚子。

米莉安·布莱克又一次披甲上阵。但这一次不是因为入侵者，而是为联邦调查局效力。这会让入侵者满意吗？这是否正好遂了恶魔的愿？让她重回角斗场，让她这块大石头再次投进河中，阻断河水，让她逆转命运的进程，拯救别人的生命，而把自己的性命悬在天平的另一端？长久以来，她一直认为入侵者只是想戏弄她。但后来她琢磨，或许入侵者只是以一种变态的方式纠正某些错误的事情。现在她迷茫了，分不清谁对谁错。她一再怀疑自己被入侵者利用了，甚至更糟，也许入侵者从她身体后面伸进来一只手，使她成了他专门与命运为敌的木偶。

可是为什么呢？入侵者为什么要这么做？

他究竟是什么东西？什么人？

她不知道，但她决定查个水落石出。

阻止明星收割机。从格雷罗口中得到通灵者的名字。找到入侵者，不管用什么方法，除掉他。

她爬上床，依偎在加比身边。尽管论体形她是娇小的那一个，但她却像个大勺子套着小勺子一样搂住加比。她把脸贴在加比穿着T恤的后背上，迷迷糊糊地睡去。但加比一定知道是她回来了。这女人哼了一声，翻了个身，在凌晨朦胧的房间里，加比的眼睑在轻轻颤动。她微微一笑，像耳语般说道：

"别为老吉米感到难过！"

加比眼眸中露出狂喜的光彩。

米莉安大惊失色，急忙向后退去，随即狼狈地从床上滚下来，两条腿被床单缠在一起。她的头重重地撞在地板上，可她顾不上，立即挣扎着爬起来，握紧拳头，一副临敌姿态。

加比在床上坐了起来，懒洋洋地眨了眨眼睛，而后困惑地扬起一侧眉毛。"怎么了？你干什么呢？"

"我……加比？"

"呃……干吗？"

米莉安松了口气。

"对不起，我……"她惊魂未定似的蹙了蹙眉，"做噩梦了。"

可她知道这不是梦，而是真的。

这是一个警告。是入侵者在提醒她即将要面对的后果。是入侵者在提醒她，她，甚至加比，都只是他手中的棋子罢了。也许他的存在并非自始至终，也许现在他还没有出手，但那一天已经要不了多久了。

"快到床上来。"加比说。

米莉安照做了。

但她并没有睡。

第六部分
鲜血浇灌的葡萄藤

42 猎鹰和田鼠

此时。

米莉安在葡萄园中仓皇逃命。她的一条腿疼得厉害,同样疼痛难忍的还有锁骨。她步履蹒跚,每走一步,锁骨都像被点着了一样。她在扭曲多瘤的葡萄藤中间钻来钻去,那些葡萄藤,每根都有她的胳膊那么粗,上面挂满了鲜嫩水灵、让人垂涎欲滴的葡萄。每一行葡萄藤的尽头都莫名其妙地种了许多玫瑰花。它们被种在半截桶中,茎秆挺直,花开正艳,红得像卡通片里的血。

她没工夫琢磨为什么会有人在葡萄园里种这么多玫瑰,因为不管这些花开得多么漂亮,能够看到的人毕竟是少数。

她唯一能做——也是不得不做的事——就是逃命。

像条鲨鱼:要么不停地向前游,要么死掉。

她忽然悲哀地发现,这已经是她生命的常态——不停地奔逃,躲避那些挨千刀的疯子。这是她的诅咒和入侵者屡屡得逞的结果:逃命,前有英格索尔的手下哈里特和弗兰克;后有知更鸟杀手,尽管当时她并不知道知更鸟代表的并非一个杀手,而是一个庞大的家族;中间还有对她了如指掌的阿什利·盖恩斯;另外,在鸟不拉屎的沙漠中,她逃出了末日风暴民兵营地;后来哈里特阴魂不散,变成了一个打不死的女巫,她不得不再度逃亡。

但最后那场逃亡不太一样,是不是?

因为米莉安终于不再逃避。

她开始了捕猎。

她追到哈里特，抓住她，挖出她的心，像吃生鱼片一样吃掉。从这时开始，哈里特的某些超自然的能力好像传到了米莉安身上。可以说，子宫复原并成功怀孕这件事，重新点燃了她的希望之火。现在的她拥有了自愈的能力，或者说再生的能力。任何身体上的创伤对她而言都不再是问题。她不知道这种能力有多少传给了腹中的孩子——尽管目前孩子尚不需要这种超自然的保护——但那起码表明她不会像普通孕妇那么脆弱不堪，也许挨顿打也没关系。

即便现在，她一瘸一拐地走着——

哦，那条疼痛的腿似乎已经好多了。

肩膀和锁骨也——她甚至能听到自己在心里得意地笑。

疼痛的程度在缓缓减弱，或许一开始像针刺一样，如今已经变得像拿指头戳。

她绕过玫瑰，还有它们后面的一排树。她在这里停下来，眼睛搜索了一遍地平线。她没有看到追赶的人。

哼，该换个玩法了。现在她已经不是田鼠，而是猎鹰啦。老天开眼，她头顶上就盘旋着一只鹰呢：一只普通的红尾鹰，北美最常见的猛禽之一。它没有游隼或鱼鹰那样靓丽的外表，也没有秃鹰那么受欢迎——人们称它们为天空中的浣熊，但红尾鹰是多面手，样子普通，能力超群。你到处都能见到这种鸟，或盘旋九霄，或栖息在电线杆上，眼睛像雷达一样四处搜寻田鼠的影子，一旦得手立刻重返蓝天。米莉安蹲在树旁，深深低下头——

飞跃的感觉令她浑身一震。向上，向上，向上，迅猛的侧风推着她，身下有股温热的气流，像手掌一样托着她。她飞起来了，与红尾鹰的身体一起翱翔在天空。她的两只利爪拥有恐怖的力量——它们像钢铁一样粗壮，形似弯钩，任何猎物只要被她擒住就休想逃脱。但她知道这力量对于红尾鹰的交配同样重要。交配时，雌雄两只红尾鹰在空中纠缠在一起，爪子紧扣着爪子，那时它们不再飞翔，而是一边交配一边尖叫一边打着旋儿落向地面。就像我和路易斯，米莉安心想，或者和加比。只是这一刻她不知道路易斯是谁，或者加比是谁，甚至米莉安——

但这种感觉她已不再陌生。她知道迷失在天空，迷失在狩猎的本能中是什么滋味儿。米莉安开始发挥意志的力量。她要把自己的身份摆在前面，让她的意识存在于红尾鹰的意识之上。我是我，我不是这只鸟。

我要找一个人。

她在寻找明星收割机，那个戴着闪亮面具的男人——那是一顶镶着亮片的廉价盔式帽，看上去特别俗丽，或许是在讽刺被明星收割机杀害的那些小鲜肉，又或许是明星收割机偏爱闪亮的东西。不管是何原因，总之那面具让他格外醒目，阳光照在那些小亮片上，光芒四射，就像照在一片太阳能电池板上。红尾鹰轻而易举便发现了他。此刻他在葡萄园的另一边，已经靠近边上的那排树。他一定以为米莉安逃向那边了。

但他很快就会绕过来。

他会找到她。

但问题是她已经首先找到了他。

她压制着红尾鹰啸叫的本能——红尾鹰的叫声拥有划破苍穹的力量。人们以为只有秃鹰才会那么叫，因为那很符合秃鹰在他们心目中威武庄严的形象。但秃鹰很多时候是食腐动物，它们不喜欢鸣叫，只会偶尔咕咕几声。啸叫属于红尾鹰，那是力量的象征，是鸟叫中的黑金属，但米莉安还不想惊动她的猎物。

红尾鹰缓缓下降。

相对而言，鹰的下降速度要低于其他猛禽：茶隼的俯冲犹如子弹，相比之下，红尾鹰的俯冲动作显得懒洋洋的。但它依然拥有不可阻挡的力量。它的两只爪子像拳头一样紧紧攥起来，它并非直上直下的俯冲，而是像飞机在一条较短的跑道上降落一样，当它靠近猎物——那个戴着闪亮面具的男人——它突然伸出双腿。利爪像钳子一样张开，准备——

"¿Quién eres?（你是谁？）"

米莉安吓了一跳。仿佛接连经历了急刹和跳车，她的意识从红尾鹰的身体一下子回到自己的身体，险些摔倒在地。她身旁站着一个人，一个上了年纪的外来工人。他饱经风霜的脸上满是皱纹，看着就像晒干的浮木。他身旁的草地上放着一个及膝高的喷雾器。而此刻他正一脸关切地看着米莉安。

"¿Estás bien?（你没事吧？）"他问。

"听不懂，我不会说——"她费劲地咽了口唾沫，站起身，"这是哪儿啊？"

"¿Qué?（什么？）"

该死的，真该学一点西班牙语。

"这是哪儿？哪个州？哪个市？"她又沮丧地低声说，"这是……哪个……星球？"看来只能换种方式，她想。她用大拇指和小拇指比画出打电话的动作。"你有电话吗？移动电话。手机。"该死！该死！*电话用西班牙语怎么说来着？*就在嘴边，就在嘴边，哈，她想到了。"Teléfono！"

老头儿一愣，米莉安马上大声重复了几遍，并在语气中加入许多恳求的色彩，免得自己像个疯婆子。

老工人先是低头看了看自己的裤兜，而后伸手到背包里摸了摸。果然，他掏出了一部手机，是那种老式的翻盖机。

他把手机递给米莉安。

米莉安的手刚刚碰到手机——

砰！

一声枪响。

她的脸上溅了一片血。老工人的一只眼睛没了，他嘴巴张着，好似很困惑的样子。随后他朝前倒下，米莉安慌忙后退，才没有被他的尸体砸中。

一百英尺外，那人大步向她走来。

黑面具，闪闪发亮的脸，银色西装。

一手拿着刀，一手握着枪。

他抬起胳膊，又开了一枪。

43　现在我有手机了，嘀嘀嘀

她一个趔趄，脚后跟绊在一条树根上——

周围的空气仿佛活了，热烘烘的。有什么东西撕裂了她脸颊旁的空气，像一颗卵石，但速度起码有每秒上千英尺。

大脑深处好像被人搔了一下，无数神经突触兴奋起来——

面具男步步逼近，枪依旧举在前方——

准备射击——

米莉安闭上眼，寻找让她神经兴奋的源头。随后她的头脑感受到了扇动的翅膀，听到了受惊的咕咕声。只见一只斑鸠像离弦的箭从附近的一棵树上冲了下来——

斑鸠直扑面具男握枪的手。枪响了，但准头偏离了中心，子弹射向多瘤的老葡萄藤。接着那只鸟又扑到他的脸上，乱抓乱挠，面具男不停地挥动胳膊驱赶。

米莉安迅速回到自己的身体，并立即向左急转蹿进林子。她猫腰穿过低矮的灌木，荆棘像小爪子一样划过、耙过她的胳膊和身体。林带并不宽，不到半分钟她便来到了另一片葡萄园。这个园子里的葡萄藤明显更细、更年轻些，结的葡萄圆溜溜、绿莹莹的。她在一棵水桶粗的大树前忽然停下，而后伏下身子，冲到林带的另一头躲了起来。

她掏出手机。

真是奇迹中的奇迹，仓皇逃命之时她还紧紧攥着手机，手机有电，且不需要解锁和输入任何密码。真要感谢随便哪个存在的神灵。她掀开机盖，打算拨911——

不行，她不能打911。上次遇到的那个警察就被入侵者附了体最后自杀了。格雷罗？不行，她耍了他。她得打给一个可以信赖的人。

该死！

加比的号码是什么？

米莉安脑袋里一个号码都想不起来。真的，她记住过任何电话号码吗？它们总是……什么？总是存在手机上的。她从来没有用心记过。老天，这年头还有人会用脑子记电话号码吗？好好想想，哪怕能想起一个，一个就好……

等等。

她把手伸进口袋。

掏出一张皱皱巴巴的名片。

史蒂夫·韦伯。

她咬着牙，笨手笨脚地开始输入号码。该死的破手机，每按一个键就发出讨厌的电子音，且声音巨大，她怀疑火星上的人都能听到。事实很快印证了她的担忧，她听到了灌木丛哗哗啦啦的声音，且离她越来越近。

终于输完了号码，按下拨出键——

快点，快点，快点。

响铃。

响铃。

该死的，快接电话啊，史蒂夫。

响铃。

响铃。

脚步声已经清晰可闻。

响铃。

响铃。

语音信箱。

该死！

听筒中开始播放史蒂夫的语音信箱提示。"嘿,我是史蒂夫。听到这个表示我在忙,或者我不想接电话。爱你哦!"

哔!

米莉安皱了皱眉,一咬牙,从藏身的地方冲出来,奔向下一片葡萄园。她边跑边气喘吁吁地冲电话里吼道:"史蒂夫,是我,米莉安。我不知道我在哪儿,但我现在正被人追杀,这附近有很多葡萄园,还有——"

砰!

一颗子弹打在脚下,刨起一片草叶和泥土。

"我要你联系加比——"

砰!

又一颗子弹打在旁边的葡萄藤上,被打烂的葡萄溅起一片汁液。

"告诉她——"

砰!

胳膊上传来撕裂般的疼痛,她的手本能地离开耳朵,手机旋转着飞出去,掉进一片葡萄藤下。米莉安疼得叫出了声,她用右手捂住左胳膊,跟跟跄跄地继续向前跑。鲜血很快漫过了她的手。

她扑倒在手机消失的地方,在藤下扒来扒去可就是不见手机的影子。她只找到一堆卵石和一片葡萄根。血像小红蛇一样沿着胳膊蜿蜒而下,蚂蚁趁火打劫爬上她的手臂。她扭头观察,那个戴着明晃晃面具的杀手——明星收割机——正向她逼近。她闭上眼,试图感受附近的鸟类——该死的,哪怕一只五子雀也能让她去啄一下那浑蛋的脖子啊。可在意识能感知的范围内,她连一个带翅膀的东西都没有发现。

"嘿!你是干什么的?"

什么?这是什么鬼问题?起初她以为是明星收割机在对她说话,可那个戴面具的杂种却扭头看着另一个方向。米莉安看到了一个人。那是另一个工人——黑皮肤,应该是外来务工的。这人更年轻些,穿着牛仔裤和T恤,身上汗津津的。不过起码他说英文。

看到面具和手枪时,他惊恐地瞪大了眼睛。

明星收割机举枪便射。

米莉安不会蠢到留下来看他的射击结果,而是立刻钻过一道藤,又钻过另一道藤,接着下一道。钻过几道藤后她会沿着通道跑一段,再钻几道藤,再跑一段。她折向另一道林带,逃进另一片葡萄园,然后冲向另一道林带。别想着当捕猎者了,现在她是猎物,只能是猎物。她的唯一选择就是逃跑。小兔子啊,快快跑!

44 安全屋

时间失去了意义。

逃命的时候就会如此。肾上腺素像蝗虫一样席卷全身,关于空间和时间的概念都被啃噬干净了。她能做的就是跑。不停地跑。什么都不想,什么都不考虑。只管跑。

(还有不停地流血。)

这一刻她感觉自己特别孤独。她穿过了多少葡萄园?有五六个了,也许更多。低头弯腰地从葡萄藤下钻来钻去时,她以为甩掉了杀手,因为她听不到脚步声,听不到树枝折断或叶片窸窣的声音,也听不到枪声。现在她有了一个帮手。一只在头顶盘旋的秃鹰,它的眼睛凌厉敏锐(最善于发现死亡的东西),她利用这双眼睛迅速地扫描了一番葡萄园——

没有动静。

没有人。

连个鬼影都不见。

除了,一栋房子。

那是一栋大房子。风格很现代,占地面积也不小。房子外面停了一辆路虎揽胜。鹅卵石车道围成一个圆,中央是个蓝色瓷砖砌成的小喷泉。

显然有人住在那里,大概是葡萄园的主人。米莉安忽然意识到了什么:我一定是在酒乡吧。那地方在洛杉矶北边,对吧?甚至旧金山北边?都怪刚才给史蒂夫留言的时候自己太惊慌了,居然没有想到这一茬。

但她还是竭尽所能地逃命。她冲下修剪得整整齐齐的草坡,跑向前面那栋房子。

米莉安在路虎车旁停了停,在副驾的倒车镜中看看自己。果然,她看起来就像路毙的动物,而且越看越像僵尸。她脸色苍白,衣衫褴褛,肮脏不堪,身上更是血迹斑斑。有孕的肚子平添了一丝惊悚的味道:快来看啊,这儿有个大肚子僵尸,别担心,她一张嘴管着两个人吃饭呢。

她知道,倘若她如入无人之境般径直到屋里去,肯定不会给房主留下什么好印象,但此时此刻她有别的选择吗?反正她也没时间梳妆打扮。

一边蹒跚着走过卵石车道,她一边琢磨该怎么跟人家解释。按照经验,开门见山实话实说最简单有效:我被人袭击了,需要借用你的电话。她无须假装绝望和恐惧,因为这两个标签已经贴在她脸上。如果他们不愿施以援手,那她就只能来硬的。她会大闹他们的家,摔他们的东西,砸他们的玻璃,还要揍他们的人。这样他们就不得不报警了。反正不管出现什么结果,格雷罗都会替她摆平。

来到门前,按下门铃。隔着门她能听到门铃声,很低沉,很朦胧,不是铃铛的声音,而是一段简单而又很干净的旋律。有钱人家的门铃听着都很高端大气上档次。

屋里,由远及近传来轻微的脚步声。

咔嗒一声脆响,一个男人打开了门。这是位老者,有六十多岁。从外表看他在很多方面都普普通通:身高一米七出头,头发稀疏,肩膀不宽,略微有点肚腩。他皮肤白得像巴沙木。唯一让他与众不同的可能就是他浑身上下笼罩着一股有钱人的铜臭味儿。他的开襟羊毛衫应该是量身定做的,柔软又合身。他戴着透明塑胶眼镜,腕上戴着智能手表,亮得像黑曜石。他身上还有一股子檀香味儿。

(米莉安甚至不知道檀香味儿是什么味儿,反正闻着他就像。)

男子的眉头像餐巾纸一样微微皱起。

"小姐,你没事吧?"

她差点咬破嘴唇才把本能的话给堵回去:你是瞎还是蠢啊?我看起来像没事的样子吗?我胳膊上在流着血呢。我看着像不像被人从车上扔下来的？呸，我就是从车上滚下来的。我浑身上下没个干净的地方，衣服还没叫花子光鲜。你再看我的脸上、胳膊上，都快被荆棘和树枝划成蜘蛛网了。你看这像没事？

相反，她尽量礼貌地说："我受伤了，有人在追我。我想借用你的手机。"

"好的，没问题，快进来。"

他把米莉安领进一间长长的客厅。屋内的装饰怎么说呢？很现代，但也很土；或者说，很土，但也很现代。就像谷仓和摩天楼生出来的产物。一道平流瀑布从一块花岗岩上流下来，那石头黑得扎眼，屋里的光线好像都被它吃了。地板却正好相反，铺的是没有抛光的白橡木，比吃着曲奇饼干的姑娘还要苍白。他从米莉安身边走过，连声说道："进来，小姐，快进来。你先打电话，然后再让我看看你的胳膊。"

米莉安心想，这家伙真是个土包子。有钱人有时候当真蠢得厉害。他就不怕米莉安是来偷东西的吗？或者谋财害命？他就不怕这是个陷阱，是个圈套？他那被钱塞满的良心蒙蔽了他的眼，让他看不清现实啦？有些有钱人恶毒刻薄，而且大多数都是如此。正所谓为富不仁，因为金钱会像毒品一样腐蚀人的心灵，让人不择手段地去追求更多的金钱。但凡事都不是绝对的，例外总是存在，比如眼前这个白痴，走路内八字的笨蛋，他花钱买昂贵的艺术品，还学人家炒股票，可他对真实的世界一无所知。

很好，这个天真的有钱人正好可以帮她的忙。

他领着她穿过一扇门——一扇装有破滑轮的推拉门，拉开时会发出吱吱呀呀的声响。进门之后是厨房和一个小餐厅：橱柜和案台合二为一。他让米莉安到小餐厅那儿去。于是她来到一张堆满了书又并不显得凌乱的桌子前。桌子很生猛，就像直接从树身上砍下来的，树皮还没来得及剥掉。桌子旁是一扇硕大的正方形窗户，可以俯瞰整个卵石车道。视线越过路虎车，米莉安发现车道像条丝带一样曲曲折折穿梭于更多的葡萄园之间，且车道两旁都栽满了行道树。

"在这儿等一下，我去拿电话。你还需要什么吗？"

"有电话就够了，麻烦你了。"她仍然压制着自己的毒舌。

"没关系。"他钻进厨房,米莉安听到他不停地自言自语,"不在,不在机座上。那是无绳电话,艾丝美拉达一定忘记把它放回……"他的声音渐渐变弱,因为他离开了厨房,谁知道他去哪里继续找电话了。米莉安的胸口怦怦直跳,不由得大声喊道:"用手机也可以啊,你有手机吗?"

但老人没有回应,他找电话去了。

米莉安心急如焚。老人离开的时间越久,她被发现的概率就越大。那个杀手一定会找到这里来的。他会杀掉这个老人,然后再杀掉她。

他会杀掉她的孩子。

她望向厨房,心里想着:*我得找把刀,以防万一*。

但转念一想,不行,那会吓到这个白痴小老头儿。万一他拿着电话回来看到她手持一把大刀?那像什么话?

所以她回到窗前,像热锅上的蚂蚁一样来回踱步。她无所事事地捏着指关节,试图以此忽视胳膊上火烧火燎般的疼痛。(而她心里不由得想,这次要花多长时间才会痊愈呢?伤口一定会复原的,对吧?这小小的天赋来自哈里特·亚当斯以及她跳动的心脏……)

这时,她的眼睛捕捉到了什么东西。

车道远处,有动静。

一辆轿车。

银色的轿车。

确切地说,是辆银色的雷克萨斯。

她需要一把刀,现在就要。

米莉安转身径直走向厨房。哦,她的救星在那儿呢。那个善良的小老头儿站在厨房里,门开着。米莉安顾不了许多,慌忙对他说:"他追过来了,那个杀手——"但这时她才发现老头儿手里拿的并不是电话,而是一把方方正正的小手枪。

端平的枪口对着她的肚子。

"该死的!"她骂道。原来这老家伙没那么好心,一切都是圈套。

"是我告诉他的。"老东西不紧不慢地说,"我说过,我们不必去找你,你最终会自动送上门来。"

"你和他是一伙的。你是明星收割机的同伙！"

"应该说，他和我是一伙儿的。"他翻了个白眼，几乎有点好气又好笑的感觉，仿佛在假装自己受到了轻视，"你瞧瞧我，该有的礼貌哪儿去了？欢迎光临寒舍，米莉安·布莱克。我为我的无礼向你道歉。我不会给你电话，但我能给你吃的喝的。"

"我不明白……"

"你会明白的。"

"去你的。"

"要的就是这种斗志。"

屋外，汽车熄了火。

"我的朋友到了。"老头儿说，"你愿意见见他吗？我知道他一定很乐意见见你。我们都想见你呢，米莉安·布莱克。我们实在有太多话想和你说了。"

第七部分 向前是唯一的出路

45 天　赋

彼时。

现在她们有辆车了。米莉安和加比。虽然从哪个方面说都算不上好车：一辆樱桃红色的马自达米亚达，产于二十世纪九十年代末。发动的时候，引擎盖下仿佛藏了一台放荡的剪草机。有人恬不知耻地对她们说，在洛杉矶没有汽车是活不下去的。对，对，对。没有车，她们会被驱逐出境，会被流放到巴斯多或索尔顿湖的蛮荒之地，最可怕的是，甚至可能流放到橘子郡。米莉安试过徒步出门，不是不行，只是人们的目光怪怪的，好像她是个寻找猎物的连环杀人犯。在这里，你要么得有辆车，要么就得像个怪胎一样被人斜视。加入我们，加入我们，有车的变态们大声喊着。

所以，她们花最低的价钱买了辆车。这玩意儿说它是车也许就因为它有四个轮子，其实和那种像卡丁车一样的单座赛车没什么两样。小孩子都买得起也开得了的车。不过还好，车子很干净，就是不知道为啥有股清洁剂的味道。也许是为了掩盖别的气味，比如烟味儿。但实际上烟味儿还在。米莉安时不时地仍能闻到，那纯粹而又强烈的渴望每每让她牙齿痒痒。就像截肢了的人有时候仍能感到肢体发痒一样，戒烟的人总觉得自己能闻到烟味儿。米莉安在车里闻到了烟味儿，她甚至觉得自己的手指正夹着一支索命的癌症棍儿。

不过现在她闻不到那种味道了。她们放下了车窗。大风像蟒蛇一样钻进车里。她们在一处停车场上。加比坐在主驾位置，米莉安在副驾。有了车,意味着她们不必再每每麻烦史蒂夫·韦伯先生,但因为她们两个人只能共用一辆车,所以偶尔还是会需要一下他。他们经常出来聚,一周数次,因为……实话实说,他们在这里都没什么朋友。加比当服务员倒是结识了几个同事,但米莉安不想和他们有什么交集,她不喜欢。(坦率地说,米莉安不得不承认,她对人际交往是很恐惧的——尤其认识新人。因为人太脆弱。所有的关系都会走向终点。熟悉之后,他们又会渐渐疏远,或者背叛你,或者不再关心你。若是不那么坦率,米莉安会告诉自己,那是因为她是个叛逆者、独行侠。这很酷,不是吗?那些酷酷的孩子不都很高冷,很桀骜不驯吗?)

此时引擎已熄。车子停在比弗利山庄的一条小巷里,她们坐在车里。不远处有家精品旅馆,透过花墙她能看到一座游泳池,里面有穿着比基尼的姑娘和冲浪短裤的帅哥,还有女侍者端着漂亮的自制鸡尾酒走来走去。这里的人,单喝龙舌兰或加了料的杜松子酒是活不下去的。不,他们喜欢标新立异,比如某个看上去神经兮兮的大胡子弄出来的古怪玩意儿:这里面含有三种你闻所未闻的烈酒,还添加了木桶陈酿防晒油、藏红花、盐肤木果油、烤芹菜,还有发酵后的西藏牦牛的精液。这精液你知道是怎么来的吗?你得用一把开过光的牛刀给牦牛慢慢放血,然后亲自帮它打手枪,它射的时候,血也流得差不多了,然后它就能幸福地死去。最后加一圈蘸了糖的干鲑鱼子,这酒就算调成了。我把它叫作觉悟的傻丫头。一杯五十四块。我这儿给您鞠了躬了。

但她们来这里可不是为了尝鲜儿。

她们的目标在街对面。

妇科门诊。

这是她第二次来找蒂塔·莎西尼医生。

"我们可以进去,"加比说,"先坐会儿。"

"我宁可坐在车里。我们来早了。"

"可那里有杂志啊,有些挺好看的,他们还送椰子汁。"

"椰子汁就像椰子树的分泌液。"

加比瞪了她一眼。

"真的。"米莉安辩解说,"椰子汁喝起来至少有那种味儿吧,那难免会让人想到分泌液,还是热带分泌液。况且候诊室里总是有股……候诊室的味道。我知道,我知道,她是有钱人的医生,我没见过是吧?我只配去看赤脚医生。可不管她的办公室有多豪华,不管她有瀑布还是椰子汁或者高档饼干,那里终归是给人看病的地方,就算她用了空气清新剂也很难掩盖消毒剂和防腐剂的气味。"米莉安顿了顿,"你觉得他们用什么做空气清新剂?我敢打赌是人。"

"你老毛病又犯了。"

"什么老毛病?"

"一紧张就滔滔不绝说话的毛病。"

"我没紧张。"

"你骗鬼呢?"

"好吧,好吧,我是很紧张。"

加比伸手放在米莉安的膝盖上。"是因为孩子吗?你担心孩子?"

"所有的事。所有的事都让我不安。焦虑正从我的耳朵里往外流呢,就像惊恐的蚂蚁从坍塌的蚁窝中往外逃命。因为孩子,因为入侵者,还因为……这个明星收割机。我只是……"她咬着腮帮内壁,几乎要啮出血来。(反正会自愈,她知道。)

"你会抓到他的。"

"现在已经死了两个人了。两个。还会死更多人。"她与戴维·格雷罗已经合作两月有余,这表示又有两个男演员——对磨炼演技没兴趣反倒对磨颧骨趋之若鹜的小鲜肉——遇害了。被剥了脸皮,开膛破肚。上个月被明星收割机杀害的那个小伙子名叫罗德里克·戈尼斯,是个模特兼群众演员,参演过许多电视剧和电影。他在自己家中遇害,脸皮被用碎镜片钉在石膏板墙上。而就在上周,明星收割机杀了一个名叫卡格·德马科的演员,这人在美国广播公司(ABC)制作的一部律师题材的电视剧中扮演一个腹黑的律师助理。他本来要搭飞机回南非老家奔丧一周,但接他去机场的不是他预约的司机,却是明星收割机。他以为自己要去机场,可实际上却去了地狱。在一个室内停车场上,他被直接杀死在车里,脸皮粘在方向盘上，内脏堆在脚边。

这个案子，想瞒是瞒不住了。

各路媒体闻风而动。

如今这案子已经闹得沸沸扬扬，人心惶惶。警方自然深感压力巨大。到目前为止，她还没有给格雷罗提供任何有价值的线索。这表示格雷罗也没有向她透露任何信息——她仍然不知道通灵者的名字，仍然不知道接下来该怎么办。他把她挂到了钩子上，而米莉安恰恰不喜欢被人吊着。可她又能怎么样呢？

"你能做到的。"加比说，"我相信你。"

"你想从我身上得到什么，加比？"

加比吃了一惊，问道："你说什么？"

"我是说，你跟我在一起到底图什么？你有什么想法？你的……目的、计划，或者念想？"

"天啊，又来。真要这样吗？我们现在要讨论这个？"

"不，我没说——"

"你说了，我听得清清楚楚。你觉我只是跟着你凑热闹，你觉得在你的人生大电影里，我只是个跑龙套的。我不是你，我没有神奇的天赋或疯狂的目标。我和大街上的普通人一样——我只想过我的日子，挣钱糊口，每天晚上有张床可以睡觉。我想吃炸玉米饼和冰淇淋，想去海边。我想过平常人的生活，我想和你一起生活。仅此而已。不是每个人都要做台上的明星，米莉安。有些人只是很高兴去看看演出罢了。"

"这场演出就是垃圾。"

加比把头抵在方向盘上。"唉，有时候和你聊天真是遭罪。"

米莉安心里想了很多，嘴上却没说。我觉得阿什利·盖恩斯毁了你的容貌时也毁了你，就像毁了一面镜子，所以现在你从镜片中只看到零零碎碎的我，却看不到你自己。她感觉自己被爱着，但又感到悲伤和愤怒。眼前这个女人为她付出了许多，但索取的却极少。而她所做的这一切只是为了——用加比的话是怎么说来着？在米莉安的人生大电影中当个跑龙套的。

加比接着说道:"正常生活的样子,你懂吗,米莉安?不用追踪杀人犯,不用和该死的鸟类或心魔说话。正常的生活和死亡无关,而只和生活本身有关。有规律的、普通的生活,没有血腥和恐怖的冒险,只有平常的冒险。比如坐车、生孩子,或者裹着毯子看网飞的肥皂剧。我弱并不是因为和你在一起,我弱也并不是因为我想要普通的生活。"

"我没有说你弱。"

"但你心里是这样想的。"

我确实是这么想的。

"我还认为如果你想要正常,就得到别的地方去寻找。"

加比阴沉着脸。"我们所做的一切不都是为了这个目标吗?除掉入侵者,摆脱诅咒,做回普通人?"

"我没想到会扯到这上面。"

沉默。

加比好像在发呆。

她靠回座椅中。

眨了几次眼睛。

"噢,该死的,我懂了。"她咬牙切齿地说道,"你要和我分手!"

"什么?没有的事。"

"有。"

"我没有,你闭嘴。天啊,我——"米莉安深吸了一口气,又慢慢呼出,"我给你买了个东西。"

这时加比真的有点蒙了。"你给我买了东西?"

"对,对,对。"

"为什么?你买了什么?不会是恶作剧的东西吧?"

"不!不是恶作剧。我只是想——圣诞节都已经过了,而你在佛罗里达时给我送了礼物。"仿佛要故意展示,她用手指钩住T恤的领子往下一拉,猫头鹰项链在她雪白的胸口格外醒目,"所以我也想送个礼物给你。"

说到这儿,她从两腿之间提起书包放到腿上。嗖的一声拉开拉链,伸手到包里，摸了一会儿才拿出来。

礼物并没有包，就装在皱巴巴的棕色纸袋子里。

"不会是海洛因吧？"加比问，"你给我买了海洛因？"

"不是海洛因，求你别闹了好不好。你……只管打开看看吧。"

加比疑心重重地打开包。

很快，她手里便多了一个雪景球。

她把雪景球举起来，阳光射在玻璃体上，在她布满疤痕的美丽的脸上折射出一道彩虹。雪景球内是好莱坞的标志。把球颠倒过来，闪闪发亮的雪花在液体中翩翩起舞。这个雪景球不会发声，但米莉安的头脑中却响起童话般舒缓的钢琴曲。

"是玻璃的。"米莉安说，"不是那种塑料的便宜货。我是说它也不贵，毕竟只是个雪景球嘛。不过至少需要的时候你可以拿它砸别人的脑袋。"

"啊，多用途礼物。"加比挖苦似的说道。

"是啊，一举两得嘛。"

加比斜眼看着她问："为什么送雪景球？"

"你不喜欢？哦，你不喜欢。"

"不，我很喜欢。"她的脸，包括脸上的疤痕全都舒展开来。她的眼睛也似乎闪烁起光芒。她确实喜欢。"我只是想知道原因。"

米莉安想到了曾经的林中小屋。她和路易斯。天上下着雪。他们终于过了一段普通人的日子，远离尘嚣，就像被封在冰冻的泡泡里。

"我只是觉得它很漂亮。"她只这样回答。

"谢谢，我爱你。"

"我也爱你。对不起，我简直是个大烂人。"

"那你就乐吧。"加比说着，从中控台上探过身来，亲了亲米莉安的脸，"我挺喜欢烂人的。好了，咱们进去吧，该给你检查了。"

"你就是想喝椰子汁罢了。"

"我确实想喝。"

46 性 别

"你怀的是女孩儿。"莎西尼说。这位产科医生眨着眼睛,流苏般的黑色睫毛那么粗,那么引人注目,好像在冲米莉安羞怯地招手。你好,你好。而与此相反,莎西尼医生的声音却平平淡淡,就像读表格上无聊的数字,只不过每句话最后一个字的音调她总会稍稍往上升一点。"祝贺你。"

米莉安听不出她是讽刺还是高兴,或两者兼而有之。

在B超机的屏幕上,胎儿缩成一团——一个女孩儿。她的小手在奇怪的液体中探索。一根脐带从孩子身上蜿蜒而出,伸向米莉安身体昏暗的地方,像绳子一样束缚着胎儿,但也保证着她的安全。但此刻米莉安担心的是那根脐带将来会不会缠上孩子的脖子?它会阻断孩子的气管吗?难道这就是她出生即死亡的原因?米莉安能阻止吗?如何阻止?拯救需要以命抵命,她能拿谁的命来换孩子的命呢?她自己的吗?也许可以。但可能吗?现在她拥有了自愈的能力,要知道哈里特脑袋上挨了一枪都没事啊。

此时米莉安心想,这孩子看起来真像个鬼啊。一个苍白的幽灵,像月光下挂在窗口的床单一样透明。超声波绘出的图像颜色诡异,就像扭曲的蓝色尸体。

米莉安浑身一颤。

加比轻轻捏了捏她的手,她感觉好多了。

"是个女孩儿。"加比说。她声音中充满了喜悦和希望。也许这件事对她而言确实有着非同一般的意义。

"我不想要女孩儿。"米莉安却忽然说。

四只眼睛全都望向她,就连胎儿的眼睛似乎也冲屏幕外面眨了眨,就好像她听到了一样。我看着你呢,妈妈。

"我不想要女儿,我想要儿子。"

"那我很抱歉。"莎西尼说,她平淡得近乎可怕的语气倒给她平添了几分真诚,"但在这件事上,你没得选择。"

"听说性别也是一种谱系。"

"是的,但我们这里的性别更强调一个人的社会属性,而非生物属性。"

"但有些人可以选择做男孩儿或女孩儿——"

"你的孩子有朝一日也有这样的权利,但这个决定不能由你来做,更不能在今天做。今天我只告诉你你怀了一个女儿。至于如何理解这条信息是你的事。"

屏幕中的胎儿浮游在一片空虚中。当那东西——不,当她翻身时,米莉安能感觉到她在她体内的动作。

她觉得不安,且如实表达了自己的感受。

"慢慢会习惯的。"医生说,"大脑会释放一些化学物质,帮助你对各种感觉做出愉快的反应。"

一个寄生虫霸占了我的身体,还欺骗我的大脑让我对其产生好感。

不过米莉安倒是隐忍了下来这耸人听闻的观点。

但她暗暗提醒自己,也许她要改一改对这孩子的称呼了,寄生虫是个很刺耳的字眼,听起来实在太怪了。一个小人儿在她这个大人的肚子里安了家。这东西(她!)从芝麻大小开始生长,越长越大,越长越大,现在已经拥有了会跳动的心脏、会扭动的手指和会蹬踢的小脚(尽管只有两只脚,但米莉安却感觉肚子里仿佛在举行空手道大赛)。现在胎儿已经有香蕉那么大。将来他(她!她!她!)会变得像个哈密瓜,然后一路耍着功夫从米莉安的阴道里钻出来,说不定还会撕裂阴道口,因为一个哈密瓜那么大的东西从下边出来实在太惊悚了。

哦,也许,只是也许,她还会拉自己一身屎。

莎西尼在她们第一次见面的时候就解释过这些。除此之外,她还将经历一些身体上的其他恐怖改变。比如胃灼热和痉挛,膀胱无力,打嗝,胎儿会大口大口地喝羊水,然后排出一些像腐烂海藻和沥青一样恶心的东西。这些米莉安都要照单全收。她该爱她。

她该救她。

47 泪如洪水

米莉安哭得停不下来。反正她这么觉得。回家的路上哭,回到公寓哭,在公寓的阳台上哭。厕所里也留下了她的眼泪,没办法,她尿多,一趟一趟地跑。一边哭一边尿,双倍排水。

加比选择顺其自然。她没有逼米莉安,也没有试图劝她别哭。也许她知道哭一哭有好处,也许她知道自己怎么劝都没用。

不过,她始终陪在米莉安身边。

焦虑的眼泪对米莉安来说就像饥饿的野兽。她感觉自己仿佛站在一条黑暗的隧道里。一列火车疾驰而来,但她跑不过火车,这是必然的。而且这是沙马兰①风格的情节:向她冲来的不是一列,而是两列火车——即便她能跑得过一列火车,却要面对从相反方向驶来的另一列火车,而且这两列火车最终会相撞——呼啸的钢铁三明治。她、她的孩子以及加比,都是夹在三明治中间的肉。黑暗中的某处,也许隐藏着一扇门,一个出口。或者一个可以切换路轨的扳道器,从而避免两车相撞。可她找不到。她不知道它们藏在哪里。她在黑暗中迷了路。时间像鲜血一样白白流失。

你是分流器啊,你能改变河流的轨道。

可这不是河流,她对自己说,在这个隐喻中,它们是处在同一轨道上的两列火车,明白吗,蠢货?

---

① 沙马兰:美籍印度裔导演、编剧和制作人,以拍摄惊悚片见长,代表作品有《不死劫》《灭顶之灾》《天兆》等。

那就毁了火车。

截断铁轨。

那你就强大起来,强大到就算两个呼啸的钢铁女妖相撞也奈何不了你。

逆天改命。

对。就这么干。

米莉安拧了把鼻子,猛地拉开门。她差点一头撞到加比身上,显然她一直在门外守着。

"你没事吧?"加比问。

"好着呢。我有个计划。"她随即立刻皱了下眉,"好吧,我还没计划,但我开始觉得我们应该有个计划了。不过首先我需要吃饱饭。我需要蛋白质,需要碳水化合物,需要脂肪和糖。我需要来个快闪汉堡。如果不能抽烟喝酒,那我就必须得吃汉堡。"

"我去开车。"

"我们要像女王用膳一样吃饭。精打细算又爱吃肉的女王。"

48 精打细算又爱吃肉的女王

她们来到位于日落大道和橘子大道交汇处的快闪汉堡店,这家店与IHOP[①]隔街相望,附近有许多门面上画满卡通人脸涂鸦的小仓库。正值中午时分,街角上,一个男扮女装的黑人同性恋正在冲一个越南小老头儿大呼小叫——只不过是打嘴仗而已,两人唾沫横飞,互相挥舞着拳头。每个人都在发泄。

米莉安爱死这座城市了。

她们坐在一张双人位前。

嘴里塞满了汉堡肉,米莉安说道:"我一直处于被动防守。可我现在厌倦啦,我觉得是时候主动出击了。"她眯起眼睛,嘴巴停顿了一会儿,"这就像体育比赛,对吧?"

"体育和战争。"加比耸耸肩说。她吃起汉堡同样狼吞虎咽,米莉安看着反倒更爱她了。

"感觉就像我坐在这里等着什么事情发生。我到拖车里见格雷罗,我们一起出去,握几个手,看看那些小鲜肉都是怎么死的,可我依然没有发现明星收割机的线索。这意味着格雷罗暂时也不会告诉我通灵者的名字,以此类推,我仍然毫无办法与入侵者接触,如此我便无法救你、救我自己,还有我肚子里的孩子。"最后一部分可能还无法确定,因为入侵者并不知道世间存在能帮她解除诅咒的东西,而且这浑蛋曾经直言不讳地说他

---
① IHOP 是美国一家连锁餐厅,主要供应早餐,如煎饼、法式烤面包和煎蛋,有些也提供午餐和晚餐。

要阻止孩子的出生。因此,也许,仅仅是也许,除掉入侵者就能拯救她们的未来。

"你想怎么追踪这个明星收割机?"

"我不打算追踪他。"米莉安说。她咽下一大口芝士和牛肉,"去他的明星收割机,我才不在乎呢。他在洛杉矶杀的是演员——剥脸皮也好,开膛破肚也罢,不管他怎么恶心、怎么变态,都跟我没关系。我来这儿不是为了拯救世界,况且那些死掉的家伙又不是什么可怜的小猫或遗失的小狗。他们中间有一半都是些唯利是图的有钱白痴,而另一半也在朝着这个方向发展。他们的死活关我屁事?"

"可是,你想从格雷罗那儿拿到名字就只能帮他破案啊。"

"也许吧,但或许我可以偷到那个名字。"

加比正嚼着,忽然停下,忧心忡忡地问:"你想干什么?"

"名字不可能只记在他的脑子里。他不是说过嘛,他们有个什么来着?电子表格?那肯定藏在他的工作电脑里,你说呢?"

"我不知道,米莉安。你应该还记得明星收割机再过两个月就要杀死那个叫鲍曼的家伙吧?两个月并不长啊。我觉得你还是等待时机比较好。耐心点,我们会抓到他的。"

"我一直都很耐心,可我现在受够了。耐心会让我懊恼沮丧,时间一天天浪费掉,就像脖子上挨了一刀躺在地上流血等死的狗。"

"喂,我还在吃东西呢。"

米莉安耸耸肩。"不好意思,我要表达的是,我想抓住主动权。我想自己来。要是格雷罗认为他能以此来控制我,那就让他见鬼去吧。"

"这很危险。他能拿走我们现在拥有的一切。他能把你关进大牢!"

"啊,除非他发现。我可没打算告诉他。你会吗?"

"你打算偷到那个名字,然后还继续假装与他合作?米莉安,你连叫个来福车都不会,怎么黑进他的电脑?"

"呃,暂时还不知道,这个等等再说。我会想到办法的。反正我需要那个名字。"她擦了擦嘴上的番茄酱和芥末,"你跟我一起干吗?"

但加比显然并不赞同。

她能从加比的眼睛里看出来——犹豫的神色就像刀片上的闪光。加比左右为难,把头扭到了一边。米莉安循着她的目光望向街角。那个黑人异装癖和那个矮小的亚洲人此刻搂在一起前后摇摆,就像深夜酒吧里在自动唱机前嗨得忘乎所以的醉鬼。最后,加比咕哝着说:"我不知道,听起来得冒很大的风险。"

"我需要你跟我一起干。我们能做到的。告诉我,需要的时候,你会支持我的,对吗?"

"你不需要我。你……想怎么干就怎么干吧。"加比推开她的汉堡。

"我已经不想那样下去了。以前都是你跟我,现在咱们反过来,我跟你。什么事只要你说不行,我就不干。我受够了像没头苍蝇一样到处乱撞,受够了自行其是。我要学会征求别人的意见。现在我就问你,我在征求你的同意。"

加比眯起眼睛盯着她。"如果我不同意呢?"

"那……我就闹?"

"米莉安!"

"那我就不干呗。到此为止。"

解释起来应该是这样的——

没错。米莉安被这种内心的顿悟给征服了。因为说实话,米莉安是那种刚刚做出承诺便立刻会违背诺言的人。她可不会像匹表演的小马一样被人套上马鞍、缰绳,领着在院子里跑圈儿。她是米莉安·布莱克。命运的敌人。阻断河水的石头。专踢死神裤裆的狠角色。她想干的事,说不干就不干?那未免——

那未免太不像她的风格了。

可她亲口承诺了。

而且态度十分诚恳。

但这两件事都不像她。

她就是在这个时候意识到加比可能不会答应的。可以预料,她会说安全第一,谨慎为上。但也许,米莉安对自己说,这样才更为稳妥。毕竟像没头苍蝇一样到处乱撞实在算不得好办法。每一次她都像只追着激光光点扑向碎木机的猫。偶尔理智一回有何不可？仅此一次？加比肯定会反对，这样最好，真的，这将是最明智的决——

"咱们干吧！"加比忽然说，她脸上露出邪恶的笑容。

"当真？"

"当真。"

"该死！"

"你该好好想一个计划。"

米莉安赞同。"我是该想个计划，混账计划。再来一个汉堡吧，补补脑子。医生说了，我现在是一张嘴管着两个肚子呢。"

49　混账计划

"什么?"史蒂夫·韦伯问。

他又到公寓泳池这儿了。不过这次没下水,而是四仰八叉地躺在一张露台椅上,胸口倒扣着一本打开的《劳拉·利普曼》。他做了一个典型的二十世纪八十年代的动作——把他的白框太阳镜往鼻子下拉一点,从镜框上面看人。米莉安挡住了中午的太阳,硕大的影子投在他的身上。

"唉,我也没明白。"加比抱着双臂说,"但我希望早点明白,要不然我上班就该迟到了。"

"史蒂夫,"米莉安开口说道,"啥都懂。他能帮我们黑进格雷罗的电脑。"

史蒂夫注视着她。"我能?"

"你能。"

"我可不这么觉得。"

"但我第一次坐你的出租车时你说过很多高级的词儿,你说过虚拟货币,还有什么八特币——"

"比特币。我那不是出租车,是来福专车。"他小声嘟囔说,"我都纠正你不下六回了。"

"随便啦,我就是想说,你好像很懂黑客那一套。"

"那跟黑客没关系,都是网络上的一些东西罢了。"

"但你肯定认识一些黑客。"

"我……应该没有吧？我是说，也许我见过，但他们那种人都很低调，不会逮谁就跟谁说自己是黑客啊。"

米莉安不禁有些失落。"你整天拉着人到处跑，就没认识一两个能帮我搞定电脑的家伙？"

"还是那么句话，也许见过。有些人确实很健谈，可我没有他们的个人资料。我总不能找到他们说，喂，黑客，我需要你帮我黑进FBI吧？"

"你确定你不是黑客？"

史蒂夫一副"你开玩笑吗"的表情。"你看我像黑客吗？我有穿黑色连帽衫吗？我白得像死人吗？我气色多好啊。我在泳池边多惬意啊。"

米莉安气得直想骂娘，她故意突然闪身挪开，让火辣辣的阳光直接射进史蒂夫的眼睛。史蒂夫急忙抬手遮挡，仿佛他遭到了一群食人苍蝇的袭击，而后立即把墨镜推回原位。

但米莉安的怒火并没有烧太久。这很奇怪，因为对米莉安来说，愤怒就是燃料，像地下的煤火一样经久不息。愤怒是她活着的动力。但现在的问题是，她的愤怒来得快去得更快。愤怒之后只留下一种特别的绝望。她能感觉到那两列火车冲向她以及她爱着的一切。

她懒得脱掉靴子，径直坐在泳池边，两只脚伸进水中。

加比走到她一侧，史蒂夫在另一侧。

"没事，我们会有办法的。"加比说。

可我们没办法。

我没办法。

你也没办法。

史蒂夫说："况且，我不确定黑进FBI的做法是否……可取。他们的安全措施肯定超乎想象。那栋大楼就像一块无懈可击的石头。到处都是监控摄像头，还有庞大的安全网络——"

"我不在那栋楼里上班。"她不无凄凉地说。

"那你在哪儿上班？"

"在一辆拖车里。就在大楼对面的停车场上。"

史蒂夫差点笑出声。"等等，你说什么？你在拖车里上班？"

"我们基本相当于编外人员。"

"那你要黑的电脑也在拖车里吗?"

她耸耸肩。"在。"

"那你……你就不能趁他上厕所的时候偷偷用一下他的电脑吗?"

"我就没见过格雷罗上厕所。况且车上还有个朱莉,她几乎寸步不离我,除非需要给她该死的机器人换电池。"

"就这?你只有两个同事?你跟我说说你们都干什么?"

说就说。她告诉史蒂夫和加比她每天的工作内容:大部分时间他们都不在拖车里,他们需要到不同的地方,见不同的男演员,握不同的手,目睹一个个浮夸的生命因为吸毒过量或车祸而结束。所有这一切只为了寻找那个狡猾的明星收割机。而只要一回到拖车里,从来都是三个人。格雷罗一向紧张兮兮,米莉安从他紧绷的下巴上就能看到他的心跳。他从来不会闲着,要么查文件,要么看手机,要么在手提电脑上瞎忙活。朱莉往来于拖车和大楼之间,显然在从事和当前案子无关的工作,这米莉安还是看得出来的。

"电脑不用的时候他会锁住吗?"

"用锁吗?"

"不是,我是说他不用的时候会不会关闭电脑,屏幕会不会变黑?重新使用的时候需不需要输入密码?"

她试着回想。"该死的,我也不知道。应该不用吧。"

史蒂夫的脸上掠过一丝阴影。"哦,不。"

"哦不什么?"

"哦,不。"

加比和米莉安满腹狐疑地面面相觑。

"你怎么了,伙计?"

"我有个主意。"但他说话的口气仿佛嘴里塞了一大把灰。就像他为这个世界感到悲哀,对自己感到失望。"真不敢相信我会这么说,但我觉得我能帮你们。"

"真的?"

"我一定会后悔的。"

"也许吧。"米莉安说,"你有计划了?"

"是,我想到了一个计划。"

"不会是混账计划吧?"

"我……我不明白你的意思。"

米莉安双手一拍。曾经的绝望突然之间变得金光灿灿,重新燃烧起希望和混乱的光芒。"看来我们又有个新的混账计划了。我们干。"

"干。"

50　红色的雷恩

也许是深夜。或者，也许是凌晨。米莉安醒了，来到小厨房里喝牛奶。这似乎能缓解烧心的感觉，但喉咙里却像被人拿削皮刀刮来刮去。难受，她的气管像抽筋的蛇，颤动不止。

她在黑暗中喝着牛奶。

恐惧穿透了她的身体，就像手插进泥土，抓住了所有的根、石头和土，把它们丢进虚无。每丢一次，她的身体便缺失一块，更多的恐惧便从伤处乘虚而入。

明天是个重要日子。混账计划，第二部分。说不定会出岔子。要是她被抓住，对他们而言就等于游戏结束。

一个人影走进厨房，身形很熟悉。

"嘿，加比。"她嗓子不舒服，不想多说话。

"米莉安。"雷恩叫道。

微波炉里的微光确认了对方的身份。

是雷恩。看上去依然那么像米莉安。白色T恤，破洞牛仔裤，大黑皮靴。她的头发染成了红色，红得像路易斯的血。额前的刘海儿参差不齐。米莉安动作奇快，她的手像捕捉猎物的鳝鱼一样伸出去，眨眼间便拿起了厨师刀。带尖角的刀刃在空气中划过，意不在威胁，而在表达她的决心。

"我警告过你，"米莉安怒不可遏，"再见到你我会杀了你，你这个浑蛋。"

雷恩却笑了，声音十分可怖：湿答答的，像水在飞溅，仿佛从一座布满水藻的臭水塘下面传上来。米莉安看到黑水从她口中涌出，溅落在油地毡上，好似上涨的潮水漫过腐烂的木板路。

那不是加比。

也不是雷恩。

"是你！"米莉安对入侵者凛然说道。

她已经许久不曾见这魔鬼，最近一次应该是两个月前在卧室里，它附了加比的身。米莉安仍然紧握厨师刀。现在那把刀更没有威胁的味道了，倒更像一根指责的手指。她知道她杀不死这东西。在这儿显然不行。

现在也不是时候。

"还没抓住明星收割机。"假雷恩揶揄似的说，"啧啧啧，那些小帅哥一个个被剥了脸，就像剥掉火腿肠的肠衣。"

入侵者朝厨房里走了一步，离刀也更近了一些。

"你找我干什么？你要帮我破案吗？抓住那个连环杀人犯？可惜了，浑蛋。我已经放弃了，我不想再管了。"

假雷恩笑着摇摇头。"不，不，不。你只是以为你放弃了，很多次你都这样。你就是看不见，是不是？并不是我让你去做这些事的。你做这些事是因为你就是你。我是一把枪，而你却是瞄准和扣扳机的人。有些该做的事你会不由自主地去做，因为我没有选错人。"

"哦，现在又成你选择我了。"

又一阵笑。"没错。"

"我以为你崇尚自由意志。"

"哦，"假雷恩假装清白说，"我是啊，我就是自由意志的化身——你负责选择路径，米莉安。有时候，我会在路上放些路标，好帮你穿过黑暗。"

又上前一步，刀尖距离假雷恩的身体仅剩下几英寸。

"我选择了离开你的路。我已经快成功了，我马上就能甩掉你。"

"是吗？你以为你在走向光明，但说不定你在走向火坑。你笨手笨脚地解疙瘩，但实际上却只是让绳结越缠越紧。"

假雷恩再度上前。

现在刀尖抵住了她的腹部，就在胸腔靠下的位置。

米莉安知道这不是真的。不，话也不能这么说。

是真的，只是不可触摸罢了。

入侵者是个善于干扰心智的幽灵，是谎言的化身，但又像噩梦一样脆弱虚无。然而此刻刀尖抵着假雷恩的身体时，却明显有股反作用力。她的刀并非插向虚无，假雷恩的身体确实存在，她能感觉到刀尖扎在皮肉上的阻力。虽然这皮肉绝无可能是真的，但感觉却和真的一般无二。

"你想知道我的诀窍吗？"假雷恩问。

"去你的。"

"诀窍在于，你正是你自己失败原因的缔造者，米莉安。你站在那里，嘴上说着不玩了，手却摆好了又一圈多米诺骨牌；你说这一次不会再把它们推倒，可你转眼就做相反的事，而且你并非意外推倒骨牌，不是脚后跟或胳膊肘无意碰倒。你把它们整整齐齐地排好了队，心想这一次你要让它们站着，可紧接着你就来到队首，伸出手，蜷起手指，弹倒了第一个骨牌，随后便是稀里哗啦的连锁反应——"

去你的。

米莉安开始往前推送手里的刀。

胳膊发力，刀尖深入——这种感觉莫名其妙地让人满足，就像把拇指摁进松软温暖的面包，像把脚伸进凉丝丝的稀泥，像手指探进加比湿润的内脏——

她抬头看着假雷恩的眼睛。

可她看到的并不是雷恩的眼睛。

而是她自己的。

她站在那里，伸着一只胳膊，刀刺进了自己的腹部。米莉安——不，是假米莉安——张开嘴，一脸惊愕，但她的嘴巴里只发出一串像老鼠一样的吱吱声。

"为……为什么？"假米莉安问。

"我……我不……"

接着,假米莉安微微一笑。"多米诺骨牌倒了。"

然后,入侵者便不见了。

黑暗中只剩下米莉安独自一人,四周寂静无声,她手里的刀闪着寒光。这时她忽然感到腹部一阵绞痛,就像绳结越打越紧,绳子马上就要绷断。果然,该发生的事还是发生了,绳子断了,像折断一根树枝,像雪景球摔碎在地上,里面的东西溅了一地。

"不。"她凄然叫道,但声音很小。

她感觉下面湿漉漉的,仿佛有液体在蔓延。*我尿裤子了*,她想,可当她摸摸裤子,却发现手上粘着血。她哆嗦起来,连站都快站不住了。

"不,不,不。"她冲任何能听到的人哀求着。

手中的刀掉了下去。

她喊了一声加比,倒在厨房的地板上。

51 又一个破碎的雪景球

她不断地重复着:"她死了。孩子死了。我感觉不到。我感觉不到她了。"米莉安躺在医院病床上,双手紧紧抓着冰凉的金属栏杆,一直抓到手指发麻。加比在一旁劝慰,她撩开她脸上的头发,抚摸她的胳膊和肩膀。她说一切都会好起来的,莎西尼医生正在赶来。但米莉安已经知道结果。

孩子死了。

入侵者杀了她。

她说:"是魔鬼干的,他杀了我的孩子。"

"你怎么知道?你的小丫头应该会活下来,你的灵视应该已经告诉你了啊。"加比没有明说,米莉安却懂了。灵视中孩子是在出生时死的,那是在十九周之后呢。但加比没明白她的意思。

"入侵者不比常人,我怀疑他像我一样能改变命运。他能提前杀死我的孩子,也能提前把你从我身边带走。"

"这只是你的猜测。"加比压低声音说,仿佛她突然意识到这一切听上去多么荒谬,"要是入侵者能改变命运,他就不需要你了。"

"但他的能力越来越强,他在……变化。"

"我们会搞清楚的,现在——"

病房门开了,莎西尼和一位住院医生联袂而入。

莎西尼阴沉着脸,凝视着她说:

"绒毛膜下血肿。"

"什么意思?我的孩子有事吗?为什么会——"

"孩子没事。"住院医生推进来一个B超机,在米莉安肚子上涂了些黏糊糊的东西,然后拿一个手柄在她肚子隆起的部位转来转去。接着莎西尼让她看B超结果:确实,她的女儿好好的呢,正像个人类腰果一样蜷在她的肚子里。

她还在吮自己的手指呢。

米莉安差点笑出来。她如释重负,只觉得浑身轻松。一开始她并不想要这个孩子,后来她又想要,因为孩子能助她摆脱入侵者,同时也能纪念亲爱的路易斯,总之她希望孩子活下来的动机自私得恬不知耻。但此时此刻,她真心希望这个孩子活下来,不是出于任何自私的念头,仅仅因为这孩子属于她,是她的女儿,她爱她。

莎西尼指着屏幕上的一片暗影说:"这些就是血,你有轻微的胎盘出血症状。这种事……偶尔会发生。有时候它代表身体出现了更严重的问题,比如感染或损伤,但是……不管是什么情况,你的身体已经自动痊愈了。"

米莉安脑海中闪过一个荒唐的念头:

谢谢你,哈里特·亚当斯。

"未来一两周,"莎西尼继续说道,"你可能还会有出血症状,但都不严重,可以放心。"

"你会来吧?"米莉安问。

莎西尼疑惑地扬起一侧眉毛,眼睛也忽闪了几次。"来哪儿?什么时候?"

"这个孩子应该是你接生吧?"

"应该是,只要你还是我的病人。"

"那就好。"因为,米莉安心里说,我信任你。这是一种奇怪的感觉,因为她在这个世界上几乎不相信任何一个人,尤其现在牵扯到肚子里的孩子。加比是一个;史蒂夫或许也算;格雷罗和安纳亚,已经失去了她的信任。莎西尼,她绝对信任。

还有雷恩——

真是令人费解。一个她几乎淡忘的人，却忽然像个吸血鬼一样不请自来。

雷恩杀害了路易斯。

雷恩同样是入侵者的傀儡。

雷恩还杀过许多别的人。

可米莉安为什么还会信任她呢？她甚至有点想她。这一切可能皆因为入侵者以雷恩的面目示人引起的。雷恩就像个叛逆的女儿。也许你可以拯救这一个，你肚子里的那个。她状况良好，且没有背叛你。

"谢谢你。"米莉安对莎西尼说，随后便重新沉浸在自己的思绪中。

"回家去吧，好好休息。"医生提议说。随后她原地转身，走了出去。

52 向灾难加速

回到公寓已是凌晨四点。两人都毫无困意。米莉安背靠床头板坐着，身后垫了一堆枕头。加比倒了杯水，要她喝下，她只能喝下。

"也许我们该取消计划。"加比说。

"不。唉，我也不知道。真见鬼。"

"你明天还是不要去了吧。"

"我得去。"

"米莉安，经过今天——"

"我说了我要去。计划照常进行。"

加比坐在她旁边。"我说，你也听见莎西尼的话了，她是你的医生，只要你还是她的病人，她就会负责。如果你……如果你跟格雷罗闹翻，他说不定会把你从计划中踢出来，那时你还到哪儿去找莎西尼啊？到最后你只能随便找个医生，可那样能行吗？"

"入侵者给我传达了一个信息，加比。他来找过我。他的样子看起来像雷恩，然后他对我……我觉得他并不想除掉孩子，而只是想让我知道他能做到。这个孩子——我的女儿——她出生时，我以为是入侵者害死了她。就像我以为是入侵者害死了你一样。"她握起拳头，"那浑蛋说我有自由意志，他能为我指明道路。我想他一定毁掉了所有他不希望我走的路，所以除了他指明的路，我无路可走。可我已经受够了被人牵着鼻子走。我需要那个通灵师的名字。我需要知道我到底在和什么鬼东西打交道。"

"城里应该还有别的通灵师。天啊,我敢打赌一定能从什么点评网上找到他们的资料——"

"可那些都是骗人的,没有一个像我这样。我需要真正的通灵者,而不是一群只知道从比弗利山庄那些绝望主妇身上榨取油水的江湖骗子。他们都宣称自己真的能通灵,可实际上全是放屁。"

加比点点头。但米莉安看得出来,加比并不赞同她的说法。不过加比一定知道分寸,她只是不想给米莉安太多的压力。米莉安对她的判断已经深信不疑,现在说什么都没用。

"计划已经开始。"米莉安再次说道,这一次她的声音格外响亮,仿佛这样做能使她的决定显得明智似的。

53 等下班

第二天。

米莉安心神不宁,疲惫不堪。她坐在拖车里的桌子前。来上班之前她好不容易睡了一小会儿,却噩梦连连。那些梦和入侵者无关,只是一些平常的焦虑破茧而出,化作成群结队的蠕虫和蛇,耀武扬威地占领了她的梦境。加比死了,脸四分五裂,像摔碎的陶器。她的女儿,从子宫里拖出来便直接丢进了垃圾桶,米莉安的身体上面飘浮着一颗红色的气球。路易斯,太阳穴上留着清晰的弹孔,突然睁开了眼,一只眼变成了恶心的黄色,另一只因为是义眼,仍然保持着白色。他低声念叨着米莉安的名字,并不停地质问她为什么让他死掉。最后还有雷恩,双脚分开跨立,虽然她嘴里说着对不起,手里的枪却指着米莉安。

所以她的疲惫并不仅仅是由前一天晚上的事情导致的,说实在的,她累的不只是身体,更有灵魂。就像她的身体和灵魂被一辆汽车拖着,在一条坑洼不平的公路上飞速前进。

她扫了一眼表。那是一块计算器手表,很早以前就跟着她。它见证了她漂泊无依、四处流浪的日子——表已经破得不成样子,显示屏上遍布划痕,几乎连字都看不清楚——那段日子,她首先确定别人是怎么死的,而后将他们的尸体洗劫一空,现金、信用卡或者别的任何东西,总之不能空手而归。这块手表就是这么来的。

倒计时三十七分钟。

再过三十七分钟,他们的混账计划就要开始了。

说计划实在是有点抬举自己,可他们现在别无他法。

另外,今天对他们而言又将是如履薄冰的一天。她很清楚,今天是周一,格雷罗说过,周一是制定一周工作内容和计划的日子,他们要预约更多的会面、握更多的手。至少这证明他还没有放弃,他依然斗志昂扬,尽管上个星期又一个演员的遇害让他憋了一肚子火气。所以今天对他们的混账计划而言也不是好日子。

这意味着时间会被无限拉长,就像一个被枪击的老头子拖着受伤的身体在破碎的玻璃上慢慢地爬动。

格雷罗在电脑上忙活了一阵,然后他翻了一会儿桌上的犯罪现场照片,接着他又看电脑、看手机,又回到桌前。他很焦虑,看着他就像看着鱼缸里的一条鱼游来游去,把小小的鹅卵石从一头儿衔到另一头儿,而且他时不时地总拿眼睛瞟米莉安。

那眼神很匆忙,只一瞥,不会太久停留。

眯起眼睛。

嘴唇紧绷。

她认识这表情。她妈妈以前经常这样。

"你对我很失望。"她大声说了出来。

他停下不断重复的动作,愣住了。"你说什么?"

"我看见你看我时的表情了。我知道你的意思,你对我很失望,戴维·格雷罗。"

这时拖车的门开了,朱莉·安纳亚走了进来,手上端着杯拿铁。她不像格雷罗那样非得喝现磨咖啡。她说她喜欢热牛奶和浓咖啡。于是米莉安又说起她最拿手的荤话:咖啡对我而言和男人差不多,我喜欢热辣一点的,黑一点的,那样入口的感觉才爽。但她的话并未引起朱莉半点反应,甚至连个会心的微笑都没有。她不声不语,一脸漠然,无趣得很。这些人真闷,闷死了。

即便朱莉好奇地瞥了他一眼,但格雷罗还是继续说了下去。"坦白说,我是有点失望。在你的监视之下我们还是接连出现了两个受害者。"

"我的监视之下？是你在监视啊，是你们FBI在监视，我只是个顾问罢了，兄弟。我只提供信息。况且我已经提供了能帮你们抓到凶手的信息，两个月后那个无聊的泰勒·鲍曼会死在某个办公室的密室中。"

"可密室在哪儿？办公室又在哪儿？"

"我不知道。你才是福尔摩斯啊。你没有别的超能力者帮忙吗？"

他没有言语。忧虑像墙缝里的老鼠在米莉安的脑袋里钻来钻去。他有别的超能力者吗？他果真认识一个通灵师吗？他会不会是故意撒谎，好方便操纵你？

最后他说："在这件事上，我没有任何可以依赖的超能力者。"

"好吧，那等到那一天你就盯死泰勒·鲍曼，跟着他，他会带你找到杀手。"

"那还有两个月呢。这意味着还要再死一个人。我们已经死了两个了。"

"都是因为我对吗？你没说，但我能听见。你话里有话。"

他点点头，双手叉腰。"我确实指望你来着。"

"却没有指望你自己。"

"指望你多一点，因为除了你我没有别的资本。我全靠你了。这你很清楚，我没有怪你的意思。这不是你的错，或许也不是我的。或许原本就该如此。但我还是禁不住对自己、对你感到失望，因为我们都没有救到人，只能——"他平摊双手，仿佛在指整个世界，"干坐在这里，这个让人恶心的小盒子里。等待，等待……一直等到你说的那一天，兴许才能抓到那个变态的凶手，结束他这场滥杀无辜的暴行。"

"说滥杀无辜似乎不太贴切。他只杀演员。"

"演员也是人。"

米莉安心不在焉地耸耸肩。"嗯。"

她下意识地看了眼表，还剩二十三分钟。

嘀嗒，嘀嗒。

"不好意思，我烦到你了吗？"他问。

该死的，他一定注意到了她不停看表的举动。

说不定已经产生了怀疑,她想。

"说实话,"她模仿他的语调说,"我确实有点无聊。"

"我却不会。我现在精神抖擞,干劲儿十足。"

她摇摇头,好像很不理解的样子。"你怎么会那么兴奋?我看你很有激情,就像一道雷射光照进我的眼睛。"

朱莉饶有兴致地看着他俩聊天。

格雷罗抓住他的办公椅,滑到米莉安旁边。他坐在她的正对面,膝盖几乎抵着膝盖。他的紧张情绪有增无减,就像一颗星星,即将开始超新星爆发。

"我们都是真实存在的。你、我,还有那边的朱莉?这是事实。我们能做的那些事情——"这时,米莉安心想:*可是戴维·格雷罗,我仍然不知道你和朱莉能做什么。*"它们是合法的,但也是有代价的,这你很清楚。而这个代价由我们来付,所以我们总得让它物有所值吧。我们得保证花出的钱都不至于打水漂。"

米莉安到这时才算明白。

"哦。"她点头说道,"我懂了。你也有过不平常的遭遇,它让你背负了某种诅咒,就像耶稣背的十字架。现在你认为你是个殉道者。或者更不幸,你认为自己是个十字军战士。你想弄清楚这遭遇的意义,不过它至少给了你某种目标,或者某种力量,让你能够坦然接受诅咒,并说服自己——显然也包括整个世界——这诅咒实际上是天赐的礼物。"

格雷罗向后靠去,而后木然说道:"看来,你确实知道。"

"知道什么?"

"知道我们的来历。知道我们如何得到那些……"他点点脑瓜,"天赋。"

米莉安点了点头。"一个叫休格的女人告诉过我。她说这是一种创伤。有时候,突如其来的不幸事件会激发我们产生内在的变化。"*你是一块破碎的小饼干,米莉安……*"随后在创伤的基础上,我们便携带着随便什么匪夷所思的能力浴火重生了。"

"没错,创伤。"他十指相抵,"你有没有听说过月光花?"

"听着像某些名人对他们家孩子的称呼。"

"月光花其实就是一种花,很漂亮,长在蛇形的藤蔓上。它只在黑暗中绽放。这也正是我对自己和像你一样的其他人的期许。在黑暗中绽放。"

"说得真有诗意。那你的黑暗是什么,戴维?"

他犹豫了一下,看了眼朱莉。朱莉知道他的故事吗?

如果不知道,那么她马上就会知道了。

"十岁那年,"他开始了,"我被人绑架了。"

开讲之后,格雷罗脱下了西装外套。

"当时是俄勒冈州的冬天。在我放学步行回家的路上,一个男的开车从后面跟了上来。然后他开始追我,追上之后,他把一个袋子套到我头上,塞进他的后备厢,开车跑了。"

他解开领带。

"他不单单绑了我一个,到地方后,我发现他还绑架了其他七个孩子。我们像牲畜一样被关在一个露天的场院里。周围是高高的栅栏,顶上架着带刺的铁丝网。我们都只穿了一层夹克,夜里气温下降时,我们只能挤在一起互相取暖。两天后,他把我们中的一个人带出围栏,又踢又吼。另一个男孩儿——杰里米。我们都是男孩儿,他喜欢男孩儿。我们听见他在那人的农舍里尖叫。"

格雷罗开始解白衬衫的扣子。

"第二天,他拽着一只脚把那男孩儿拖了出来。杰里米死了,浑身是血。那人拖着他的尸体走过冰冻的泥泞。在一棵死掉的柳树下,那人搬开一块半腐烂的胶合板,把男孩儿的尸体丢了进去,后来我才知道那是一口废弃的老井。"

他解开了衬衣上的所有扣子,露出胸口,不过他的胸膛上大部分地方都没有胸毛。

"几天后,这样的事情再度发生——这次轮到一个名叫卡洛斯的男孩儿。同样的情况,农舍里惨叫不断,但这一次惨叫的时间缩短了。第二天早上,死了的卡洛斯同样被扔进井里。我们想逃出去,我们试过在栅栏下挖地道。可冰冻的大地犹如钢铁水泥,而我们又年幼无力,挖不了几下手上便全是伤、全是血。那人把栅栏栽得很深。我们冲着林子、冲着田野大声呼救——可视野之内我们看不到一栋房子或别的任何景象。所以始终没有人来救我们。"

他脱下衬衣。

"我说我要逃出去,其他男孩儿问我怎么逃。我说从栅栏上爬过去。我要脱掉鞋子,用脚趾踩着铁链的孔往上爬。在家的时候我经常爬树,所以对自己很有信心。于是我就开始爬,尽管那天下着雨,很冷。爬到一半,我脚一滑摔了下来,扭到了脚踝,可我没有放弃,又第二次往上爬。因为我心里想的是我不要像杰里米和卡洛斯那样死在这里,我想活。所以我一点一点地往上爬。栅栏摇摇晃晃,等我爬到铁丝网上时……"

他转过身,亮出后背。

他的背上密密麻麻全是突起的疤痕,虽然没有加比脸上那么明显,密集程度却有过之而无不及。它们横一道竖一道,彼此交错。他不需要解释他是如何翻越铁丝网的——因为那些伤疤表明他是从铁丝网中钻过去的。铁丝网上布满铁刺,反复的蠕动令他遍体鳞伤,仿佛在他后背刻了一幅公路图。

"我本来想慢慢爬下去的,"他接着说道,"可我手上全是血,什么都抓不稳,结果手一滑,我便从十英尺高的栅栏上摔了下去,摔断了锁骨——"

他扭了扭左胳膊,米莉安明显听到骨骼错位一样啪啪的声音。

"现在只要一扭胳膊里面还会响,而且还有点疼。"

"那后来呢?"

"我昏过去了,但时间不长,醒来时雨下得更大了。然后我就赶紧离开那里。我在午夜的时候穿过田野,钻进树林。我冻得瑟瑟发抖,浑身又疼痛不堪,结果我跌倒之后就又昏了过去。幸亏有个当地的农夫发现了我——坦白说是个种大麻的——他带我去报了警。我带着警察去抓住了那个绑架我的人。他叫约翰·塞缪尔·所罗门,后来被判了死刑。"格雷罗顿了顿,"警察解救了其他男孩儿,剩下的四个人中还有三个活着。他

211

们在井里找到了其他男孩儿的尸体,连同前一年冬天失踪的六个男孩儿的尸体。他们全都遭到过性侵,并被羊角锤砸死。如果我没有逃走,那就是我的下场——被所罗门强暴和杀害。"

"那之后你就被诅咒了?"

他微微一笑。"我认为这是天赐的礼物。"

"那你的天赋是什么?"

他没有回答。米莉安不由得怀疑:他为什么不愿意说呢?既然故事都讲完了,还有什么好隐瞒的?显然他不希望她知道。这并非偶然,而是他有意为之。

但他接着说道:"这就是为什么我一心要抓到这个连环杀手的原因。这些年轻的男演员,也许他们肤浅无聊,也许他们中间有些卑鄙的富二代,可即便如此,他们也不应该受到这样残酷的折磨,他们的生命仍然值得有人去拯救。"

就是在这一刻,米莉安终于和他产生了共鸣。

她理解他。她并没有为他的遭遇感到难过,但她明白了他的心。他的确背负着一个沉重的十字架,这一点他们同病相怜。

她忽然有些内疚,因为她原本还打算就这件事跟他开玩笑。

可她别无选择。格雷罗的故事令人痛心,他的目的也可能是真实的。但他依然和米莉安保持着距离,对于那个名字他依然只字不提,而米莉安需要那个名字。该是什么就是什么。

趁格雷罗穿回衣服的当儿,米莉安又偷偷瞄了下时间。

还有十一分钟。

然而出乎预料的是,格雷罗穿好衣服后立刻抓起车钥匙,对她说:"走,咱们出去转一圈。"

"什么?"她惊讶地问道。

"我不想在这儿干坐着了。朱莉可以在这儿留守,你跟我出去,咱们……找点事做。总之坐在这里我心烦意乱,我看你也一样。路上我会打几个电话,咱们可以到一个拍摄外景地,或者停车场。听说HBO今天在圣莫妮卡有个试镜,咱们可以去瞧瞧。"

该死的，米莉安还有她的计划呢，她得留在拖车上。

拖住他。

"我……我有点不舒服。"

"怎么了？"

"我——你知道啊，我得了恶心病。"

"什么病？"

"就是恶心啊，想吐。"她拍拍肚子做出一脸苦相，"是孩子的原因，孕吐反应。"

"我以为你已经过了那个阶段。"

"本来是过了，可听了你那个关于儿童被强暴和谋杀的故事，它又回来了。你想想你的故事对一个准妈妈来说杀伤力有多大吧。"

他的鼻孔微微翕张。"我以为那能鼓起你的斗志。"但随后他又缓和了一点语气，"好吧，我懂你的意思。那你要上厕所吗？"他用拇指朝他们那间小厕所的方向指了指。

"要，等我几分钟。"

"好，尽量快点。我不想责怪你，也不想自怨自艾。如果你做好准备的话，我只想开工干活。"

"明白，老大。"

说完，她垂头丧气地溜进了厕所。

54 碰 撞

她坐下来。

开始等待。

她看了看表。

偶尔装模作样地发出几声逼真的呕吐的声音。

她尿了一泡,这没什么奇怪的,她几乎随时都有尿。

她想象着年幼的戴维·格雷罗和其他孩子像动物一样被囚禁在围栏中的情景。他们会被逐一杀害,而后被随意地丢进一口废井——事后你才会知道那些被锤子砸死的孩子生前都遭到过性侵。她想象着小格雷罗在冻雨中艰难爬上围栏。铁丝网划破他的后背。重重摔下围栏。在黑暗中冒着严寒逃跑,心里还在恐惧着坏蛋会不会追上自己。

难怪他伤痕累累。既有身体上的,也有心灵上的。

说不定至今他仍会被噩梦惊醒。米莉安怀疑他是否也有一个入侵者。雷恩似乎就没有例外。(尽管她觉得雷恩的心魔只不过是她的入侵者换了一个攻击的角度。)但不管有没有入侵者,格雷罗必然是个心灵备受煎熬的人。冲这一点,她也必须得原谅他的态度。他的确很浑蛋,可现在米莉安知道他事出有因。

当然,即便如此米莉安还是打算背叛他,因为她没有别的路可走。格雷罗做出了他的选择,现在米莉安也要做出她的了。

格雷罗敲了敲厕所门。"你好了没有?"

"马上。我洗一下。"

她应景似的拧开水龙头,让水哗哗流着。她洗了下手,但多半只是为了给门外的人听。

还有三分钟。

快点啊,史蒂夫·韦伯,千万别让我失望。他们对过表,像小孩子玩间谍游戏一样约好了一切。

米莉安走出厕所。

"走吧。"格雷罗说着便走向车门。

他的手提电脑屏幕黑着。恐慌,像冰锥插进她的心里。这可不行。他的电脑必须得开着,必须得立马可用,否则还得输入该死的密码。她当机立断:

"嘿,你能不能开一下电脑?我想让你看点东西。"

"等回来再说吧。"

"不行,这很重要。"

他疑惑地看了她一眼。"你要让我看什么?"

"一段小猫视频。有只猫会上马桶,还会自己冲水。特别有意思。"

"米莉安——"

"别急嘛。是和灵视有关的。泰勒·鲍曼。我至今还没想到他到底死在哪儿,但我仔细回想了一遍——来嘛,我得用一下谷歌地图。"

格雷罗叹了口气。

米莉安心想他应该不会让步。

可他很快用事实打脸。只见他无奈地摇摇头,掀开手提电脑的显示屏,按下开机键。格雷罗输了一长串字符,电脑桌面便亮了起来。那是一张不错的风景照,黑色的沙滩被绿色的植物镶了一道漂亮的边儿,一棵椰子树上挂满了圆溜溜的椰子。戴维也在照片中,他穿了一件黄色的夏威夷衬衫,举起一只手,像打电话的手势一样竖起大拇指和小拇指,其他三根指头则蜷在手掌中。

"这是哪儿啊?"米莉安问。

"毛伊岛。这地方叫哈纳。去过吗?"

"夏威夷可不是我的菜。"

"不过哈纳你会喜欢的。那里简直是个世外桃源。非常难得的地方。很宁静,感觉就像世界的尽头,而且是好的尽头。"

"不错嘛,"她假装感兴趣地说,"好吧,打开地图。"她尽量不流露出急躁的感觉。

格雷罗的手刚刚放到键盘上。

这时,就像时钟一样——

砰!

拖车抖了几抖。

他们被什么东西撞了。当然,米莉安很清楚是什么撞了他们。

或者说,是谁。

格雷罗低声骂了一句,警觉地站起身。他和米莉安以及朱莉三人同时走向门口。

格雷罗和朱莉下车后,米莉安却留在了车里,而且她轻轻地关上并反锁了车门。

她估计自己大约有三分钟时间。拖车外面,史蒂夫·韦伯用车尾撞了拖车的一个角。他撞的力度并不大,对他自己的车和拖车都没有造成太大损坏,却足以制造一场小小的纠纷。

隔着车厢,她能听到史蒂夫和格雷罗喃喃的说话声。韦伯的语气中充满了歉意,格雷罗听上去则有些僵硬、冷淡和愤怒。

这就好。

米莉安拿起开着的手提电脑。

可她对如何使用电脑一窍不通,幸亏加比提前教了她一点东西应急。这是一台苹果电脑,所以她首先得找到一个叫访达(Finder)的东西并打开。她打开文件夹,开始浏览列表。可她面对的是成百上千个文件,包含不同的文档和表格——

她有点慌了。

我都不知道要找什么。

真不明白为什么我会觉得这样能行。

她不停地往下翻，越翻越快，随着一个个文件名从屏幕上闪过，她也越来越焦虑。

但这时她看到——

团队_人员.xls

感谢主。

找到了。一定是它。她点击文件——

需要密码。

没有正确的密码就打不开。

她知道她该到此为止。收手吧，放弃吧，这个计划行不通。可她实在咽不下这口气啊，就差一步了。试，只能试了。

她输入：

password（密码）

不对。

password1234

还是不对。

她又试了三次：qwerty（传统键盘）、1234567890、fuckyoufuckyoufuckyou（去你的）。

不出所料，全都不对。

她坐在那里，胸口剧烈起伏。胎儿选择在此刻刷起了存在感。她在肚子里猛地踹了一脚，让米莉安不由得怀疑这小东西是不是想逃出来——昨天夜里去了趟医院，她很高兴小家伙还在。如果失去这个女儿，她真不知道自己该怎么办。

失去女儿。

失去她的孩子。

创伤，恐怖，痛苦——

有了！

她噼里啪啦打了一串：

John Samuel Solomon（约翰·塞缪尔·所罗门）

结果——

仍然不对。

"该死的!"

等等。

会不会是……

一个字,只取他的姓。格雷罗最后一次提到他时的称呼,对吧?**被所罗门强暴和杀害。**这个姓氏很特别,可以做名也可以做姓,跟神话和《圣经》也都能搭上边儿。她输了进去。

文件打开了。

看来天使确实会唱歌嘛。

米莉安松了口气,她想笑,又想叹息,甚至还有点想哭。

那是一份由五个人名组成的名单,其中包括米莉安自己。其他四个按照顺序依次是:

朱丽叶·安纳亚——超视(先知?)

莎米拉·亚巴尔——催眠师?

亚伯拉罕·卢卡斯基斯——通灵/显化

莉齐·普利斯特——止血者(民间实践)

每个名字后面都有电话号码和住址。其中有两人就住在洛杉矶:朱丽叶,显然就是朱莉。另一个是亚伯拉罕·卢卡斯基斯。亚伯拉罕的超能力是通灵,因此米莉安认为他就是她要找的通灵者。于是她迅速找来一张便条纸和一支钢笔,把他的地址和联系方式抄了下来。**那其他人呢?** 抄完之后她想。干脆一不做二不休,她把所有名字都抄了下来。尽管她也不知道止血者、超视或者先知之类的都有多大的本事,但有时候信息就是力量,哪怕这些信息只会带来更多的问号和感叹号。抄完之后她把纸叠好塞进口袋,然后——

就在这时,有人从外面拉了拉拖车的门。**该死!** 她急忙关闭电脑上打开的窗口,尽管这时她已经听到钥匙插进锁孔继而旋转的声音。米莉安急忙从电脑前挪开,但办公椅的轮子绊住了电脑的电线,结果把电脑从桌子上一下子拖到了地上。只听咔嚓一声,屏幕裂了。

几乎同时,车门打开了。

戴维·格雷罗站在门口。

他反应极快,从米莉安惊慌失措的表情已经明白了一切。米莉安刚刚退开,他已经来到桌前,从地上捡起手提电脑。屏幕黑了,但破裂的地方出现奇怪的色彩。她能感觉到格雷罗的愤怒,他浑身上下都散发着一股火药味儿。米莉安还没醒过神儿时,他已经用手枪指住了她的脑袋。

"这一切都是你设计的。"他声音发颤却恶狠狠地说,"外面的事儿是你一手导演的,对不对?"

"我……我可以解释。"她语无伦次地说。

手枪毫不动摇。"那你就解释吧。"

这时朱莉也返回车上。看到眼前这一幕,她脸上仍然毫无表情,甚至连一点点好奇都懒得假装。

"我……那个通灵者的名字,我已经等了太久了。"米莉安咬着牙说,"我能帮你的都帮了,我有权知道那名字。我甚至开始怀疑你到底有没有这么个人。所以我只能亲自求证。我让一个朋友故意撞拖车,好为我争取几分钟时间,让我有机会在你的电脑上查一查。"

"看来你已经查到了。"

"是的。"

"你被捕了。"

泪水在眼眶里打着转,米莉安挂着哭腔说:"别这样,求你了。"

"米莉安,我们是有约定的,而你违反了约定。"

"是你不守信用。"她咆哮道。

"站起来。"

米莉安哆嗦了一下,但还是顺从地站起身。她盯着格洛克手枪黑洞洞的枪口。格雷罗的手指就放在扳机护环外面。

她在心里盘算着该如何化解这场危机。她不能坐牢,也不会坐牢。若是坐牢,她的女儿将必死无疑。她得离开这儿,得追踪入侵者,而这意味着她要找到通灵师。

那她该怎么办?她不能和一把离她的脑袋只有七英寸的手枪比速度。哈里特的神奇天赋使她产生一种不顾一切的冒险心理——要不干脆挨他一枪？可万一他真的一枪打在她头上呢？就算死不了，她总会昏过去一段时间吧。或许他们会给她戴上手铐，或者他们以为她死了，直接装进裹尸袋。

如果她能转移他的视线，哪怕一瞬间，她就有机会推一把他的胳膊，让他抬起枪口。可是，朱莉还在旁边呢——

毫无征兆，朱莉突然就加入了进来。

米莉安所有的疑惑猛然间有了答案。

朱莉掏出了自己的武器——一把小巧的短管左轮手枪。她把枪口对准了——

格雷罗。

（这是米莉安始料未及的。）

"放她走。"朱莉说。

格雷罗轻声叹息，他对此好像并不意外，看来他早有心理准备，或至少理解朱莉的举动。

"朱莉，现在不是你表现自己的时候，也不是地方。"

"戴维，你很清楚我为什么要这么做。放她走。"

格雷罗深吸了一口气，随后放下手枪。"好，走吧。"

米莉安充满探询地望了朱莉一眼。"搞什么飞机？"

"我有种预感，所以不能无动于衷。"朱莉说。这时米莉安才发现：平时极少流露情感的朱莉，此刻似乎激动莫名。两行热泪缓缓滚下脸颊。

"为什么？"

"我也不知道。"朱莉坦率地回答，"就该这样。"

就该这样。很像受到诅咒的语气。拥有自己都无法理解的力量。米莉安每天都有这种感觉。

"你不会有事吧？"米莉安问。

"你应该知道我不会有事。趁现在有机会，赶快走吧。"

"你跑到哪儿我都能抓到你。"格雷罗警告说。但她不再理会，侧身从他旁边经过，跳下拖车，钻进了史蒂夫·韦伯的车子。

55 诚实的史蒂夫·韦伯

在快车道上开了五分钟史蒂夫才开口。那是一条非常普通的快车道，在红绿灯前，史蒂夫一打转向，以一个老司机特有的自信将车平稳地驶入一条小道。

"看起来不太顺利啊。"他说。

"是。"米莉安回答。她在副驾上晕头转向，没系安全带，只是紧抱着双膝缩成一团。她忽然反应过来：该死的！孩子。她笨拙地拽出安全带，扣在已经开始发粗的大腿旁。

"在门口我好像看到枪了。真的是枪吗？"

"是。"

"我是不是犯罪了？"

"不知道。"

"你是不是犯罪了？"

"也不知道。"

"我们会坐牢吗？"

"呃。"

回公寓的路上他们就只说了这么多。

56 沸 腾

洛杉矶已经入夜。米莉安和加比坐在她们的车里。车子停在市中心南边的博伊尔高地，夹在一排牧场风格的小房子和一个毗邻高速入口的小公园中间。公园里乱七八糟，帐篷、盒子、毯子、板条箱占据了大部分视野。一边是居住区，一边是无家可归者的聚集地，说白了就是流浪者的宿营地。公园里没有灯，米莉安只能看到一个个蠕动的影子，他们像失眠的食尸鬼，从他们讨厌的坟墓里爬出来，在这座城市昏暗的角落里游荡。可怜的穷鬼。

米莉安的混账计划出了纰漏，自从早些时候她给加比打了电话后，她们之间就没再说几句话。当然，她们也没多少说话的机会，因为加比在上班。所以米莉安只拣她认为重要的东西收拾起来装了几个袋子，塞进史蒂夫·韦伯的后备厢，便驱车去接加比了。

接到加比，她们把行李搬进了她们这辆米亚达。

这会儿她们坐在车里，按照米莉安的说法，街对面就是亚伯拉罕·卢卡斯基斯的家。他的房子可不算漂亮。水泥走道上全是垃圾，门廊下的垃圾更多。屋里屋外黑黢黢的，几只黑猫在低矮的铁丝网围栏边走来走去。房前的车道上并没有车。

"也许他不在家。"米莉安说。

加比没吭声。

这种感觉就像坐在一个冒着蒸汽的热锅旁，不管怎样，锅最终会沸腾。所以米莉安决定干脆给它添把火。

"有什么话就说出来吧。"

"我没话。"加比说。

"你生气了。"

"我没生气。"

"得了,别说什么我没生气、我很失望之类的陈词滥调了,因为我现在最受不了的就是那种居高临下的屁话。"

沉默,像以倍数增加的虚无不断蔓延——空虚孕育空虚,她们之间的罅隙已经越来越宽。

"你应该很清楚吧?"加比终于打破沉默。

"清楚什么?"

"清楚你的计划有多失败!我们之前什么都不缺,至少需要的都有。我们有地方住,你也有薪水,我们还有医保。我们总算过上了真正的生活。或者说,我们有望过上真正的生活。"

米莉安硬生生地翻了个白眼,她几乎看到了自己的脑子。"你看,这就是问题所在。你要的是真正的生活,普通人的生活。工作、房子、车子,大概还要再来只猫或别的什么。可你偏偏选了这个世界上最差劲的人——最不正常的人——来做你的伴侣。"

"可我们现在一无所有了。"

"我本来就一无所有,现在变回去也没什么大不了的。"

即便从她自己口中说出,她也深知这是谎言。通常情况下,这一类话从她嘴里出来时,无论对错,起码都是她的真情实感。现在听起来却格外空洞,像毫无意义的虚张声势,像除了一团热气什么都没有的气球。她再也不可能像从前那样洒脱了。要知道她们刚刚失去了去看医生的便利,失去了公寓,失去了收入。她几乎已经适应那些存在了。不,她们在西好莱坞的破公寓并不是神奇的雪景球。那并非远离尘嚣的边缘地带,那里也没有白雪皑皑的丛林,没有猫头鹰。她们处在尘嚣的正中央,周围聚集着落魄的编剧、瘾君子,以及在中国剧院旁打扮得像迪士尼人物的酒鬼。但有一点无法否认,它很真实。

它属于她们。

如今她们失去了它。

格雷罗一定不会放过她。他会不遗余力地追捕她,他知道她要去哪儿。米莉安甚至有些意外他居然没有在这里守株待兔。

该死的,也许他已经躲在那黑暗的房子里等着米莉安自投罗网了。

"咱们进去吧。"米莉安提议说,"先查看一下……"

"不是我选择你来进行这场冒险。是我们选择了彼此。"

"哦,随便了。一天下来,我们的头号问题仍然是你把我想象成了我不是的样子。你试图改变我。"

"是你试图改变你自己,而我只是顺水推了个舟!难道这都是假的吗?你跟我说那些屁话只是骗我开车带着你转来转去,还有夜里给你捏脚?你简直是个孩子,况且你现在怀有身孕——你怀了一个孩子,一个有血有肉会哭会叫会拉会尿的孩子。"

"你就是个有血有肉会哭会叫会拉会尿的孩子。"

加比瞪着她。

米莉安也回瞪过去。

加比首先绷不住,扑哧笑出了声。

米莉安也笑了。

随后两人全都笑起来。她们笑得肆无忌惮,笑得歇斯底里,直到最后全都喘不上气为止。米莉安笑得肚子疼,不得不趴在仪表板上。加比笑得眼泪都流了下来,只好不住地擦眼睛。她们已经许久没有如此畅快淋漓地大笑过了。

"该死的!"米莉安骂道。

"该死的!"加比附和。

"你全说对了。"

加比扬起一侧眉毛。"你刚才说什么?"

"我说你说对了。听着,你以前是对的,现在也是对的。我一向是做在前头,想在后头。有时候甚至什么都不想。关键是,我愿意做事。这一次,我以为能行的——我可以用其他方式骗格雷罗告诉我名字,再偷偷溜掉。你警告过我，可我没听。结果就落到如今这步田地，也许我们会被那些无家可归的穷鬼给生吞活剥了。"

"积点口德吧，现在我们也无家可归了。"

"抱歉。"

"我也很抱歉。"加比说，"咱们没事儿，办法会有的。但是下一次让我收拾行李好吧？你拿的都是些什么垃圾玩意儿啊！"

"喂，我收拾的哪儿不好了？"

"你带了三包饼干，却没带牙刷。"

"我是个半成品嘛。"她咬着下嘴唇说，"也许我们该……我也不知道该怎么说，看看这个怪胎在没在家。我估计这家伙是个囤积狂，要么就是垃圾堆里长大的。"

"我跟你一起去。"

"你留在这儿。"

"不行，我们不能再分开了。"

"确定？"

"确定。"

她们蜻蜓点水地亲了个嘴儿，同时钻出了车子。

57 亚伯拉罕·卢卡斯基斯的家

她们躲避着成袋的垃圾，蜿蜒走上水泥路。虽然垃圾遍地，但她们并没有感觉特别臭，这说明垃圾袋中装的并不是食物残渣，更不可能是死耗子或肢解的人类尸体。米莉安用脚轻轻碰了碰一个袋子，里面发出瑟瑟之声，感觉像纸，另一个袋子也是一样。难道这些袋子里装的全是废纸？

怎么会呢？

门廊下吊着一些东西，在微风中晃来晃去，走近一看——

"死鸟？"加比蹙眉说道。

米莉安认得，那只是骷髅——纤细的骨头上还粘着干皮和羽毛。"我认识一个佛罗里达的家伙特别喜欢风铃，但这家伙完全是另一个层次了。"米莉安观察了一番那些死掉的小生灵，凭直觉便确定了它们的种类。

乌鸦。

它们在绳子的末端微微旋转，米莉安和加比猫腰从下面经过，加比去开门，但不出所料，门锁着。

"走，"米莉安说，"到后面去。"

她一步跃下水泥门廊。围栏与房子之间有条狭窄的过道，过道上杂草丛生，她们侧着身子蹭了过去。所谓的后院还没巴掌大，一半是水泥地，而且近一半的面积仍被整袋整袋的垃圾占据。这里也吊着许多死鸟，大部分为乌鸦，但也有一些麻雀。米莉安忽然想到一个说法：

亡灵摆渡者。民间传说中，鸟是一种载具，能将活人的灵魂带到死亡之地。也许，想到一件事，她不寒而栗，反过来也可以？

她们走到带露台的后门前，但这个门同样锁着。

门旁有扇不小的窗户，她们两个钻进去应该不成问题。米莉安试了试，窗户也锁着，但锁得并不结实。这房子看上去像二十世纪五十年代的，估计建好之后也没怎么修过。

米莉安的后兜里有把小刀，她掏出来，顺着窗户的下沿一划便插进了缝里。

"怎么，你打算再给我们加一条非法闯入的罪名吗？"加比在洛杉矶充满偏见的夜色中唏嘘道。

"那还用说。"

啪嗒一声，窗户开了。

"你说对了。"米莉安说，"女士优先。"

"那到底是你先还是我先？咱俩可都是女人。"

"这个我倒没想呢。为防万一，还是我先吧。"

"防什么万一？"

"我也不知道。老鼠、蟑螂、兽夹，或者陷阱？"

加比身上一哆嗦。"那不应该让我先进吗？你是孕妇啊。"

"孕妇不等于废物。你瞧，我上了。"说着，米莉安老练地用胳膊撑住窗台往上一跃（不过她的胳膊腿儿也很久没运动过了），身体便进了窗户。

她动作敏捷，又悄无声息——尽管她差点撞翻水槽里的一堆脏碟子。她往旁边挪了挪，跳进狭小潮湿的厨房。屋里的臭味儿差点熏她一跟头。这里面有发霉的味道，也有食物馊掉的味道，且不止馊了一次两次，而是三次，虽然从腐烂的角度不太可能，但起码证明没人清理。难道这里已经很久没有人住了吗？

她的希望像漏水的小船开始往下沉。

也许亚伯拉罕·卢卡斯基斯不住这儿。

也许他很久以前就离开了。

现在不是考虑那些的时候。米莉安扶着加比，毕竟在私闯民宅方面，加比毫无经验,所以作为老手她得确保两人不会摔倒在翻着皮的破油毡上。

她们不时确定对方没事。"但愿你打过破伤风疫苗。"米莉安对加比说。她自己倒不必担心,怀孕之后她就打了DPT[①]疫苗。在这一点上,莎西尼的态度很坚决。

米莉安从兜里掏出手机,翻开盖子,用屏幕上微弱的光亮充当照明手电。

慢慢地,她拐了个弯。

显然这并不是囤积狂的居所。屋里乱成这样必定另有原因。柜台上堆着一篮一篮的药草、磨得光溜溜的石头、奇怪的药膏,还有一些骨头。冰箱前挂着一个捕梦网。对面的柜台上靠里放着一排小玻璃罐。米莉安凑近了看,发现大部分都是香料:姜黄、肉桂、丁香之类,但有些里面也有小骨头或白色的卵石,有些看上去还像铁屑。

她们在大概是客厅的那个房间里也发现了同样的东西,只不过多了些别的:圣母马利亚雕像,几个瓜达卢佩圣母形象的烛台,绳子上吊着箭头,一个盛满盐水的碗,水里漂着玫瑰花瓣——

加比突然倒抽一口气,往后一个趔趄——她仿佛受到了惊吓,发出低沉颓丧的声音,同时攥紧了拳头,抱在胸前。米莉安急忙走到她跟前。"怎么了?"

"猫。死猫。死猫,米莉安。"

果然,她没有看错。

咖啡桌上横陈着三具成年死猫的尸体。

还有两具小猫的。

不知道它们死了多久,尸体已经木乃伊化,黑如沥青,像秋天的枯叶一样干,像炸透的鸡肉一样酥脆。它们一个个张着嘴,露出针尖一样的小牙。眼睛早就没了,只剩下干枯的洞。

"我碰到了一个,我碰到了一个。"加比一遍一遍地重复,"好恶心,好恶心。"她的手指像受惊的蜘蛛的腿在空中乱颤。

---

① DPT 指百白破疫苗,是百日咳、白喉和破伤风混合疫苗。

"别大惊小怪。"

"米莉安,这里为什么会有死猫呢?"

米莉安没有急着回答,而是转身走向一张皮沙发。这沙发早就变了形,看着就像一头牛死在那里。但沙发旁边有个靠墙的桌子。她俯身下去闻了闻一个梅森罐,那里面装着某种液体。罐子通体黑色,上面胡乱画着符号。

她只匆匆闻了一下便知道是怎么回事了。

随后她急忙后撤,躲避那股子臊臭味儿,并对加比说道:"猫的存在估计和罐子里装的尿是出于同样的原因。"

"猫尿?"

"我觉得是人尿,不过谁知道呢,我对尿也没研究。"

"唉,跟着你总能大开眼界。"加比说。

"我能说什么呢?当然要给你最好的。"

她继续朝里走,尽管这房子只有一层。很快她就到了一个小前厅,从这里的布置看,房主大概不是什么好客之人。门口堆着旧邮件和更多的垃圾袋。米莉安踮脚地走过去,左转进了卫生间。这里同样乱七八糟地放满东西,不过不是垃圾,而是烛台和雕像。镜子前挂着另一个小鸟骨架。

(一只布谷鸟。)

(她仍然不知道自己怎么就一眼认出来的。)

她朝镜子里看了一眼。

但她马上就意识到这是个错误。因为记忆中的一个场景立刻自动重现起来——

那是在佛罗里达,另一栋房子。她在卫生间里,默文的卫生间,一个刚刚死掉的老家伙。她和丽塔·谢尔曼斯基正在洗劫他留下的东西。那个卫生间和现在这个差不多大小。她搜刮完默文的药品柜,关上柜门,结果在镜子里看到了——

她现在从镜子里看到的是和当时一样的东西。

有个人站在她身后。

其实那就是入侵者,他按着她的脑袋撞向了镜子。至少幻觉中是这样的情景。

现在她糊涂了。

不知道这是幻觉还是现实。

也不确定那影子是不是入侵者。

总之她急忙转身,预备用拳、用脚,或者用咬去对付——

淋浴间里有个鼓鼓囊囊的黑影,看着像一大堆破布,或者蠕动翻滚的蚂蚁。卫生间光线昏暗,为那东西提供了天然的伪装。米莉安想大叫,想扑过去抓住这鬼东西——管他是真实的还是幻觉,然而这时她看到黑影缓缓抬起一个东西。

她很快便意识到那是什么,但还是晚了半秒钟——

那是一把霰弹猎枪。

枪响了,直接打中她的胸膛。

插 曲

沙滩，书，伊芙琳

风吹在身上。

像看不见的骑兵踏过顶着泡沫的灰色波浪，冲上沙滩，从她身上奔腾而过。米莉安大吃一惊，连呼吸都困难起来。她知道这个地方。她来过。

她身穿两件套泳装，黑色，简简单单。她的脚趾像老鼠一样在沙里钻来钻去。旁边坐着妈妈，伊芙琳·布莱克。她穿的是黑色连体泳衣，头戴软趴趴的沙滩帽，鼻梁上架着一个硕大的虫眼太阳镜。

伊芙琳正在看一本书：哈兰·科本的惊险小说。

"我死了吗？"米莉安问。当妈妈大声回答时，她便知道了答案。

"没有，米莉安，你没死。"

"我应该死了吗？"

对此她的妈妈似乎并不愿表态。她只是心不在焉地耸了耸肩。"人生是很奇怪的，"她说，"很多时候并不是看上去那样。"

"有人开枪打我，用一把……"

"霰弹猎枪。"

"对。"

她的妈妈缓缓摘下太阳镜，而后小心翼翼地折起镜腿儿，咔嗒，咔嗒，最后把太阳镜放在她身边的沙地上。海鸥在她们头顶盘旋尖叫。

伊芙琳注视着米莉安。

"你怀孕了。"

"是。"米莉安紧张起来,"中学那会儿你一直想让我留下那孩子,可最后天不遂人愿。现在好了,我们有第二次机会了。这正是你期待的结果,对吧?现在你高兴了吗?"

"高兴,当然高兴。"伊芙琳深深叹了口气,"不过一想到我没机会见到这个小家伙,真是要伤心死了。"她妈妈的眼睛里闪烁着使坏的神色,"听懂没有?伤心死了,哈哈哈。"

"你不擅长开玩笑。"

"人死了之后有大把时间培养新的习惯。"

米莉安翻了个白眼。"真叫人安心。也许你可以趁机学学做饭。"

"我做饭一直很拿手啊。"

"嗯哼。"她低头看着自己的肚子。她才刚刚开始显怀,不过穿着两件式泳装更容易看出她怀了身孕,"我在你眼里不应该只是个生孩子的工具。"

"可我在你眼中就是那样啊——我只是生了你的那个人。"

"是,可你跟别人不一样。你是像大炮一样把我射出来的。"

"这比方打得实在没水平。"

"我的亲娘,这已经是我超水平发挥了。"

"唉。"

"我想说的是,你不仅仅是把我带到这个世界上的人,你塑造了我。恐怕你自己也很清楚,你塑造的结果并不是多么让人骄傲,对吧?"

她妈妈耸了耸肩。这时几只鹈鹕低空掠过海岸,像失事的飞机一样一头扎进翻滚的波浪,将水中的鱼儿收进它们袋子一样的嘴巴里。

"米莉安,我知道自己不是个合格的妈妈。但我也并非一无是处吧?你看你不是好好的吗?"

"我好好的?我简直是个悲剧。我就是一辆冲向鳄鱼潭的婴儿车里的婴儿。我是在下水道里快淹死的老鼠。我是梅西百货感恩节大游行上的核事故。"

"可你心眼儿不坏。"

"我吃了一颗心。"

"我看见了。那实在恶心。你是个非常奇怪的女孩子。"

"谢谢。"

"你得走了。该回去了。"

米莉安叹息一声。"好吧，"接着她又说，"难道这真的是灵魂出窍吗？难道我现在所处的地方是介于天堂和地狱之间？游离？炼狱？你当真是伊芙琳吗？我知道你不是入侵者。快实话告诉我。你是谁？这是哪儿？"

"我是什么由你的内心决定。不过你说的没错，我确实不是你说的那个东西。他很愤怒，米莉安。他会是你遇到过的最愤怒、最充满恶意的对手。而且他对你似乎志在必得。他精心设计了一切，包括你肚子里的孩子，但我感觉这还不是全部，他一定还有更宏大、更奇怪的计划。只是他隐藏得很深，我一时也看不出来。"

"那个东西，你指的是入侵者？"

"对，但我们在这儿不那样叫他。"

"那你们叫他什么？"

"我们叫他亡灵之魂。"

58 霰弹猎枪

耳朵里一阵嗡响。

空气中弥漫着刺鼻的火药味儿,像令人作呕的臭鸡蛋味儿。

在卢卡斯基斯家昏暗的房子里,米莉安喘着粗气恢复了知觉——她胸口难受得厉害,一会儿是灼热的感觉,一会儿又是冰冻的感觉。她伸手去抓衬衣,她很清楚自己会摸到什么:霰弹枪的弹珠会把她的胸口轰得稀巴烂。她的胸骨会像被人一脚踢烂的门豁然洞开。她会摸到血和骨头。风呼啸着灌进她裸露的心脏。此时,一个念头像神圣的颂歌一样忽然在她不怎么灵光的大脑中闪现出来:快点自我修复吧,快点自我修复吧。

这时,哈里特突然出现了。她的脸像月亮一样惨白,双眼直勾勾地注视着米莉安,两只手扶着她的肩膀,嘴角咧开,露出尖利的牙齿和伪善的笑。

"米莉安,你没事吧?"哈里特问。

不对,问的人是哈里特,但声音却是加比的。

米莉安疑惑地眨眨眼睛,随后哈里特便消失了。眼前的黑暗渐渐消散,她发现俯在自己跟前的并非哈里特·亚当斯,而是加比。

米莉安很想告诉她,我有事,我被人打了一枪。可她嘴巴里只能发出一些吱吱的声音。加比要扶她坐起,但她拼命抗拒,因为她知道,一旦坐起来,她会失去更多的血,说不定她的心脏还会从胸腔里掉出来,就像从踢翻的饵料桶中滚出的蠕虫。可她抗拒的力量还是不够,现在她坐起来了……

她的手慌乱地在胸口摸索，可她没有摸到窟窿。

没有弹坑。

没有破碎的骨头和肉，没有裸露在外、被鲜血浸泡着的依然跳动的心脏。她所有的皮肤、所有的骨头似乎都安然无恙。

但是触摸之下感觉又很疼，虽然强度不高，也就相当于下巴上挨一拳。她手指一边摸索，一边惊奇地喘息。我自愈了，她想，*速度超乎想象*。

但这时加比举起一个方形的像个小枕头一样的东西。"豆弹。"她说。

米莉安恍然大悟。看来对方没有用铅弹，也没有用鸟弹或别的子弹袭击她，对方用的是一个豆弹。这豆弹以每秒钟数百英尺的速度击中她的胸口，难怪会那么疼。

"该死的！"她惊魂未定似的喘息着，眼睛里甚至还泛出泪来。

"要是打得低一点，"加比说，"后果不堪设想……"

米莉安摸了摸肚子，没什么异常的感觉。

加比扶她起身。"我看见有人从这儿跑出去，是个男的，有大胡子，手里拿着枪。他跑后面去了。"

"我们去……嗯……抓住他。"

"有点困难，米莉安，都过去好几分钟了。"

外面传来呼啸的警笛声，米莉安浑身一凛。搞不好是格雷罗，也许他们听到了动静。

不管怎样，此地不宜久留。"该死的，咱们该撤了。"

"走，咱们从后面溜出去，"加比说，"看能不能到车那儿去。你走路应该没问题吧？"

"没问题。"米莉安说。可问题是她离没问题还差着十万八千里呢。如果那人就是他们要找的通灵师，那么她们刚刚就活生生地错过了一个向他寻求帮助的机会。现在他要么很快就消失在茫茫人海，要么很快会坐进警车的后排。唉，米莉安每一次都高估了自己。

沮丧地唱起一首凄惨的挽歌，她们迅速离开房子，逃进天使之城昏黄的夜色。

59　死亡足迹

　　时间流逝，自然而然，又随心所欲。除了不停地向前，时间似乎也没有其他的欲望。对米莉安来说却不一样，她感觉时间并不是在向前，而是向下——它像扬起的谷子，越来越少，像无法回收的食物，像花出去的钱，像随着逝去的人生渐渐堆积起来的年龄。

　　时间一分一秒，走过无限的时钟、闹钟或沙漏：泰勒·鲍曼，被杀；米莉安的女儿，生下便夭折；还有加比，死于自杀，或者更准确地说是死于入侵者之手。更可怕的是，她担心这些时钟能够改变：时针和分针以越来越快的速度接近命运的拐点，因为有入侵者的存在，还因为有其他像戴维·格雷罗这样的异能者的干预，命运的轨迹因此多了几分不确定性。她和其他同类是命运的改变者。他们能拨动指针，能改变河流的路径。

　　在亚伯拉罕·卢卡斯基斯的家里遇到那个人之后她才忽然想到——假如那人是卢卡斯基斯本人的话——他在当时当场就可以轻而易举地要了她孩子的命。因为他和她一样也是善于打破命运的家伙。命运的链条捆不住他，而他却能把命运的链条砸得粉碎。

　　按照命运的安排，她的孩子将在出生之时死去，但通灵者的手可以改变这一点。入侵者同样可以。以前，入侵者需要她来改变命运；如今，他学会了自己动手——虽然现在可能还需要她。

　　也许她不该再继续叫他入侵者了。

　　因为她的妈妈，或她妈妈的灵魂给了她一个新的名字。

亡灵之魂。

她并不理解这个名字,也不知道该从哪里切入理解。亡灵之魂和幽灵是一回事吗?亡灵之魂特别在哪里?不过话说回来……

这有关系吗?

不管怎样,她们都需要找到亚伯拉罕·卢卡斯基斯。而与此同时她们又要保证自己的安全。所以,她们效法时间:保持向前。

她和加比从城里逃了出来。她们深知洛杉矶是戴维·格雷罗的地盘,留在那里不会有好处。逃命虽然狼狈,但总好过掉进他精心设计的陷阱。所以她们开着车子一路走,走进了沙漠。

米莉安给丽塔·谢尔曼斯基打了个电话,满心希望那老家伙(她从前干坏事儿的同党)能帮忙给她找个落脚的地方,可丽塔在西海岸没有熟人(丽塔说她在这儿认识的人都死光了),所以她们只能不停地往前开,同时在免费的本地报纸上搜寻租房广告。

最后她们在洛杉矶正东大约一百五十英里处找到了一个名叫二十九棕榈村的地方。这个村子正好坐落在约书亚树国家公园的边缘,同时又处在与莫哈韦沙漠的交汇点上。她们在一片几乎废弃的牧场上租了个破单间——房间里刷得像知更鸟蛋一样蓝——两百块一个月。房东是个派尤特族印第安老头儿,名叫沃尔特。付完房租,又交了押金,钱所剩无几,只够她们买些简单的生活用品。

加比在公园入口处的一家餐厅里又找了份做侍者的工作。工资都是私下结,好在游客们给小费时都很大方。

米莉安头发上的颜色已经掉得差不多了,她想染成红色,但加比唠叨了一大堆,说什么染头发会损伤毛囊,对胎儿也不好,所以米莉安只把头发剪短了些,留了个山寨莫霍克头。

这里的白天能把人身上蒸出水泡,不过夜里倒十分凉快,有时甚至还有点冷。她们从门口就能看到日落,那景色算不上美丽,看着就像火光照在一个全身瘀伤的人身上。

加比上班的时候,米莉安也不闲着。

她继续追查亚伯拉罕·卢卡斯基斯的下落。她仍然相信此人是她唯一的机会。她也试着寻找其他通灵者——她四处打听到了一些人,但结果不出她所料,能被她找到的都是些冒牌货、神棍、江湖骗子。但她又实在没有别的门路寻找真正的通灵者。卢卡斯基斯是她听说的第一个通灵者,很可能也是最后一个,拥有这种超能力的人似乎并不多。

最后是加比想到了一个办法。一天夜里,她们坐在家里望着沙漠发呆(除了发呆她们也没有别的事可做)。加比说:"他家里古怪的东西可真不少。"米莉安也觉得,那些死猫,还有用奇怪符号标记的人尿。"但有些东西,"加比继续说道,"看着神神秘秘的。也许他去过那种店,或许我们可以去碰碰运气。"

所以这就是米莉安新的调查方向。

可惜她的手机上没有神奇的因特网,原来的手机被她扔了,又从便利店买了部一次性手机。因此她来到希斯皮里亚的一座图书馆,重新回到了文明世界。她在那儿终于上了网,并搜集了一堆和新时代运动、玄学、神秘学、萨泰里阿教等之类有关的商店名称。随后她挨个儿给他们打电话,从离卢卡斯基斯家最近的店开始。

打第二个电话的时候,她已经发现了重要线索。

一个声音严肃沉稳的男子说:"对,我们认识亚伯,他没事吧?"这奇怪的问题无疑是个危险的信号。

米莉安不由得追问缘由。

男子解释道:"亚伯已经好几个星期,甚至也许有一两个月没有露过面了。他一向看起来都是战战兢兢的样子。"

米莉安撒谎说:"我是他的一个朋友,还以为你最近见过他呢。"

"没有,很抱歉。"

"你知道他大概会去哪儿吗?"

长长的停顿。"你说你是他朋友?"

"是啊,我去了他在博伊尔高地的家,但他家里乱糟糟的。"她忽略了和自己有关的部分。

又一段长长的停顿。"听说他很喜欢在内华达州亨德森的女巫圈里混。我记得他是在旧金山长大的,所以他很可能会去找他的家人,不过我怀疑他已经没有家人了。有时候他也会去孤松镇，我记得他和那里的土著有过交集，好像是肖松尼族印第安人吧。"

这便是追踪的开始。

米莉安返回二十九棕榈村的出租房。

回去的路上，她看到了一件有趣的事情。

60 美人鱼标记

"是那个该死的美人鱼海报！"米莉安说。

加比坐在她对面一张破旧的折叠沙发上，那也是她们每天晚上睡觉的地方。没办法，这种沙漠里的格子间虽然有家具，却唯独没有配床。她手里拿着一瓶科罗娜啤酒，一口一口地抿着，同时听米莉安讲述她的见闻。

"离开希斯皮里亚的时候我看见一家酒吧。"

"你没喝酒吧？"加比厉声问道。

"一个手里拿着酒瓶的女人居然还操心我喝没喝酒，这对我真是最残酷的嘲讽。"

加比噙着酒瓶口，不好意思地笑了笑。"那对不起？"

"呃，没关系。不妨告诉你，我没有喝酒。但是……这家酒吧外面的墙上有张海报，很脏、很烂，却有框，几乎就像老式电影院里的电影海报。那海报上画的是美人鱼，跟我灵视中的一模一样，就是在泰勒·鲍曼遇害的那个地方出现过的。"灵视画面在头脑中重现——

一记响亮的耳光把泰勒·鲍曼扇醒了。他被绑在一把椅子上。应该已经绑了很久，因为他的手和脚都已经麻木得不像他自己的了。周围很暗，但他仍能看清房间的大致轮廓。他看到一张桌子，看到了木镶板，还闻到了干枯和沙漠的气息。他在墙上看到一张旧海报，但上面没有名字，只是一个美人鱼打扮成啤酒广告女郎的样子，喝着一瓶啤酒。屋里地板上散落着许多纸张。

"你觉得那就是他遇害的地方。"

"有可能,这基本上是我唯一的线索了。"

"那你打算怎么办?"

米莉安咬着拇指指甲。"不管。"

"不管?"

"对啊,不管。这本来就不是我该管的事儿。"

"是,我知道,但是——也许你能利用一下这条线索。"

"什么意思?"

加比倾身过来,甚至有些神秘兮兮地说:"消息就是金钱啊。把它给格雷罗,算是表示和解的诚意。他需要可操作的信息,那就给他可操作的信息。说不定算将功赎罪,你还能再回去呢。"

米莉安并没有考虑太久。

"不。"她说。

"米莉安——"

"我懂,我懂,但你听我说。那样做风险太大。如果我给他打电话,他会立马锁定我们的位置,这样我说不说区别都不大。另外,万一这消息有误,那他岂不是会更加恨我。"

"但那样做起码能让莎西尼继续做你的医生。"

"是,我知道。"她把指甲都啃出血了,所以干脆像棒棒糖一样含在嘴里,"可到时候我们就无路可退了。"

"也许你担心得对,也许格雷罗确实不值得信任。"

"他瞒了我很多事情。"

"而且他随时都准备把你抓起来。他并没有替你消除那些指控。"

"去他的。这种人不配赢。"

"那么,"加比说,"你打算怎么办?关于泰勒·鲍曼。"

"我……我没有考虑。"

加比似乎很惊诧。"你就打算眼睁睁地看着他死掉?"

"加比,人总是要死的。我不知道你是怎么理解的,可每天都有人死掉啊。没有谁能永生不死,可以说死亡是生命的一部分。我没义务去纠正这些事情。以前是我少不更事，天真地以为那是老天犯的错误，可现在想想，也许这些事本来就和我无关。实际上，我的干预并没有引起任何积极的效果。"

"你救了路易斯啊。"

"可最后他还是因我而死。"

"你现在怀了他的女儿。"

"这个……算是唯一乐观的结果吧，但我得提醒你，她也难逃一死。"

"你救了我。"

"这个言之尚早。"

她们在沉默中安安静静地坐了一会儿。加比似乎也没什么话可说，也许她意识到米莉安的话是有道理的，但最终她好像还是坚持自己的看法。她俯身向前，用酒瓶代替手势，说道：

"不，我不那么看。你改变了很多人的人生。你除掉了杀人的凶手，这意味着很多你甚至不知道的潜在受害者因此而活了下来。你还点醒了很多人，比如你说的那个得了胰腺癌的老师，因为你的提醒，她才有机会把握自己人生剩下的时间，从而活得更加用心、更加精彩，最终面对死亡时也就更加坦然，了无遗憾。还有史蒂夫。"

"史蒂夫·韦伯。我怎么把他给忘了。我们应该打电话给他。"

"你觉得他们会把他抓起来吗？"

米莉安意味深长地嗯了一声。"应该不会，但可能会监视他。"

"那我们就不能给他打电话了。"

"是啊。"

"该死。"

"该死。"

"那……鲍曼就只能等死？"

"只能等死。"

"格雷罗也只能干着急？"

米莉安点点头。"如果我手里也有一瓶酒，这个时候就会和你碰一下了。"

"那我们就保持低调，专心追查卢卡斯基斯。"

"没错。"

米莉安又去吮吸她冒血的拇指，但血已经干了，指甲不仅恢复如初，甚至还奇迹地长出了一截。

61 残 余

加州,哈洛伦泉。

这里距内华达边界约四十英里,有一条高速公路直通拉斯维加斯。公路上处处可见朴素的墓碑:用以标记那些死在这里的人。他们多半是些喝得半醉,刚在拉斯维加斯输得底儿掉,凌晨四点往回赶的家伙。

她们的米亚达轿车停在一座废弃的加油站外,显得十分醒目。加油站上面架着一个硕大的箭头状的牌子。

内德加油站。

牌子下方是一行锈迹斑斑的小字:

加油有礼,24小时拖车,餐饮。

米莉安笨拙地钻出车子,她现在更像个孕妇了。为了躲避格雷罗的追捕,她们远离了洛杉矶,开始自我流放的逃亡生活,如今六周过去了,这意味着明星收割机已经又夺去了一个年轻演员的生命——报纸上说最近死的那个小伙子叫奥斯丁·科尔,是某个颇有前途的制片人的儿子。他死于一个月前。

一个月前的今天。

今天是十一号。

也是泰勒·鲍曼的死期。

米莉安很清楚今天是什么日子,但她尽量不去多想。下车后,加比跟着她走进这家废弃的加油站。

加油站看上去就很瘆人，到处都是风沙侵蚀的痕迹。窗户上几乎没有一块完整的玻璃。就连凳子和柜台上的镀铬条也生满了锈。这里就像是原本那座加油站的鬼魂，依然留在它曾经驻守的这条沙漠公路旁。

"就是这儿吗？"加比问。

"对。"

追踪亚伯拉罕·卢卡斯基斯——她们渴望找到的通灵者——这几周来，她们费尽周折，排除了一条又一条线索，从一个死胡同跳到另一个死胡同。认识他的人，买过奇怪东西的商店：他买过水晶，买过和睦烟斗，买过捕梦网，买过圣烛台、鸡脚护身符以及鸟和蜥蜴的骨头。听说他有可能去亨德森，于是她们就开车去亨德森，找到一个古怪的哥特少女，她向她们提供了一个卢卡斯基斯买大麻的毒品贩子。听说那人在孤松镇，她们便去孤松镇找到了这个自称"红小子"的毒品贩子。可红小子说没见过卢卡斯基斯（就这么点信息他还是在她们买了他相当大一包大麻之后才吐露出来的。不过这包大麻米莉安和加比都没有抽，加比转手把它卖给了餐厅里的其他服务员，结果让她落了个"麻姑"的雅称）。后来红小子打电话给她们，说他听一个信奉神秘主义的白人老头儿说卢卡斯基斯最近一直在哈洛伦泉游荡。他准备在那儿开一家店。

确切地点便是眼前这座废弃的加油站。

但米莉安可以肯定的是，他不在这儿。

米莉安走到柜台前，坐在一张歪歪扭扭的破凳子上。凳子上的衬垫脆得像椒盐饼干，坐下时发出咔咔啪啪的声音，犹如坐在一堆鸡蛋上。

柜台上刻满了名字和缩写，于是她也掏出小刀，刻上了：

米莉安<3加比

这么做感觉傻不拉唧，而且幼稚得可笑，中间那故弄玄虚的符号和数字什么意思？没什么意思。可管他呢，她喜欢。

（她不愿放过任何一个能给自己带来短暂安慰的机会。）

加比叫她过去，她跳下凳子。加比去了后面，在几台破烂冰柜附近和几张倒掉的架子后，她们发现一张脏兮兮的旧床垫和一堆破布烂毯子。不用说，还有一些圣烛台、一个陶瓷圣母马利亚雕像和一碟鸟骨。（米莉安看得出来,那是各种鸟骨的集合,有乌鸫、乌鸦,甚至还有一只高山蓝知更鸟的完整骨骼。)

"他来过这儿。"加比说。

"可他现在不在了。"米莉安顿时沮丧起来,"我感觉我们就像一直在追影子似的。"

"别急。"

加比弯腰捡起被床垫压着的一个什么东西。那是个破旧的信封,比普通信封要大些,足以装下一张肖像纸。加比打开信封,从里面掏出一张二十美元的钞票,几张外卖菜单,和——

一张地图。

地图上,本州内有数个地方做了标记:玛士撒拉树、声波浴馆、卢斯费利斯谋杀大厦、宰兹克斯矿泉,但这几个地方都打了叉号。

没打叉号的只有一个。

位于洛杉矶东南部的黑星峡谷。

"那些地方他为什么打了叉号?"加比问。

"不知道。看来他也在四处游荡。他肯定是出于某种原因才去的这些地方,或者由于某种原因把这些地方排除了,或者两种情况都有。"她说,"他一定有车,要么就是有人开车带这家伙跑来跑去。"

"我们可以去这个地方,一两小时就能到。"

米莉安脸上抽搐了一下。

"你这是什么表情啊?"加比奇怪地问。

"今天是个特别的日子。"

"今天就是今天,有什么特别的。"

"不,今天是十一号。"

"十一号怎么了?哦……噢。"

"是啊,噢。"

加比恍然大悟,今天是泰勒·鲍曼的死期。

"你不是说过不管了吗?"加比说。

"我知道。"

"可你还是放不下,对不对?"

"按理说不应该啊,我没必要操心。我……我一点都不喜欢这个小演员。那家伙喝的果昔一股烂洋葱和烂香蕉味儿,我还吐了他一身。按理说我不该在乎他的死活,可是……我明明能救他,能让他免遭杀害。他今天就会死,具体时间是三小时后。也许我还有机会阻止明星收割机,尽管我连怎么对付他都不知道。我不在乎。我就是这样对自己说的。去杀人,要不然我能干什么呢?可是……"

"你得走了。"

"就是感觉——"米莉安咬着牙,右手握起拳头抵住腹部,"我总觉得我不能袖手旁观,否则将来我该怎么对出世的女儿说呢?难道我要告诉她,对,因为我怕麻烦,就任由一个小演员被人剥皮残杀了。人生是很艰难的,孩子,遇到危难的时候没有人会来救你?我不想给她这种感觉。"

但米莉安并没有说出全部的心里话。

我不想让她经历和我一样的感受。

"你要去阻止的可是一个连环杀人犯。"

"是啊。"

"那很危险。要不给格雷罗打个电话吧,让他去处理。"

"这不是他的责任,是我的。他已经是过去时了,上次他还拿枪指着我。我已经不再相信他。"

"天啊,米莉安。别这么干,尤其今天。我们已经很接近目标了,我敢打赌亚伯拉罕会去这个叫什么黑星峡谷的地方。咱们也去吧,一起去。咱们一定能找到他。"

"你先去,我会去找你。"

"这可不是去买杯牛奶那么简单,你是要去阻止一个连环杀手。"

"但愿能阻止这个连环杀手。"

加比着急地踱起步来,因为她知道。米莉安知道她知道。

"我得和你一起去。"加比来回走着,忽然说道。

"不,你去找那个通灵者。杀手的事我来处理,我不会有事的。"

"这是最常用的遗言。"

"唉,那咱们只能祈祷别让它成为遗言。"

"你要多加小心。"加比嘱咐说。

"你也要小心。上次那浑蛋用豆弹枪打中我的胸口,快把我疼死了。"

"我爱你。千万不要死。"

"你也一样,宝贝儿。你也一样。"

第八部分

蜘蛛和苍蝇

62 白色的房间

此时。

米莉安被绑在一张检查台上，身上盖着东西，双脚固定，胶布缠得像褴褛，脚踝抬起，比头部的位置还要高。她的双手同样用胶布缠在检查台两侧的栏杆上——缠得一层又一层，鼓鼓囊囊，像肿瘤一样让人恶心。她胳膊上被子弹擦伤的地方已经开始痊愈。

（但伤处奇痒难耐，仿佛有无数蚂蚁妄图在她的皮肉里开辟出一片殖民地。）

房间墙壁洁白且装有护墙板。

地板却是橡胶的，黑不溜秋但很光滑。

天花板倒颇具工业味道，房梁、通风管和水管全都刻意地裸露在外。

最远一头的墙边有张包了外皮的黑色长凳。旁边是卫生间，挨着的壁橱敞开着，里面挂着各式各样的服装：一套实验服，一条艺伎裙，有个金灿灿的东西，还有个黑乎乎的、类似橡胶的东西。对面墙前有张红桌子，上面铺着一层红色的胶皮，桌子上方用金属杆搭起了一个框架，上面挂着各种各样的金属环和枷锁。

所有这一切都笼罩在一片扎眼的霓虹蓝色的灯光下。

他们没有堵上她的嘴，所以她就不客气地叫喊起来。

（就算他们堵上她的嘴，她把堵嘴的东西嚼碎了也是要叫的。）

实际上她还有点好奇，不知道这会不会就是戴维·格雷罗的感受——

被某个带有明显行凶意图的人困住，自己却不知道该如何逃脱。悲哀的是，她对这种感觉倒毫不陌生。哈里特·亚当斯和光头佬，知更鸟杀手，阿什利·盖恩斯，伊森·基和他的亚利桑那民兵组织。既然你要追踪杀手，那么杀手自然就会找上门来。

她自己掉进了这个陷阱，而今只能挣扎着往外爬。

在楼上，他们用枪指着她的肚子时，她就曾盘算过如何逃走——用脚踢、用拳头打、抄起什么东西丢出去，然后，跑。可那把枪虎视眈眈地盯着她的肚子呢，而那个戴面具的家伙挡着门，黑色盔式帽上的亮片闪闪发光。想跑，往哪儿跑？她自己冒险无所谓，况且她现在知道自己具备了自我恢复的能力。（这应该没错，因为哈里特就行，那臭婊子从房上掉下来摔断了腿都没什么反应，跟终结者似的。结果米莉安再次遇到她时，她又好端端的，看不出半点受过伤的痕迹。）可她肚子里的孩子让她有所顾忌：如果她逃跑，他们会开枪打她，万一子弹伤到孩子呢？按照命运安排，她的女儿会在出生之时死亡，但也许，只是也许，米莉安能改变这个命运呢？

但是子弹，她可不会躲子弹。

他们把她带到楼下，而且他们都戴着手套，所以她没机会知道这些人都是怎么死的。他们带她来的是个地下室，年纪大点的男人说这里是他的娱乐室。带来就带来吧，但他们用一种非常羞辱的姿势把她绑了起来。

现在她只能等着。

她能听到他们在楼上的动静。喃喃低语，来回走动。他们只有两个人吗？或者还有别的同伙？

米莉安说不准。

但现在她知道下面也有人。她听到了衣服摩擦的簌簌声，还有衣架的碰撞声。她从眼角瞥见：

壁橱里有动静。

她确定那不是幻觉。

可当她定睛看时，却又什么都看不到。没有动静，没什么东西，也没有人。直到——

一个黑影从挂着的衣服后面走出来。

一个巨大的黑影。

路易斯。

冒牌路易斯。

"米——莉——安。"他的声音低沉浑厚,但又有些扭曲,叫她的名字像唱歌一样,"邪恶的米莉安。"

"去你的!"

然而当他显出身形,像个滑稽的窃贼一样踮着脚尖一步一步走近她时,他又唱起了另一首歌:

你的建议我置若罔闻,

我的肉欲似春水无痕;

当我死了,请别忘记,

邪恶的知更鸟还在地狱呻吟。

知更鸟杀手的歌。

"你去死吧!"

"真恶毒。"冒牌路易斯说。当他又靠近一点时,米莉安看到他的一个眼眶里塞着一枚高尔夫球,球上胡乱画着一只眼睛,画得很蹩脚,像出自小孩子之手,但虹膜、角膜之类的一应俱全。"真可怜,你一次又一次经历这样的处境。哦,应该感叹历史总在不断重演。就像你是一张坏了的唱片,跳……跳……跳碟。一个功能障碍的大脑,总是重复最深刻的记忆。"

"这不正好如你所愿吗?"她吼道,"你不是盼着我落到杀手的老窝里吗?你不是盼着我走这条路吗?"

他吃吃笑了两声,像个病鬼一样,喉咙里仿佛堵满痰液。

"没错,你仍然在做我的工作。你到底选择了这条路。"

"那就放我出去啊。你不是会法术吗,浑蛋?"

"我又不是上帝。"

"你不是上帝,可你会控制别人的身体啊。到楼上去,随便找个王八蛋附他的身不就完了嘛。反正你现在也不需要我了。"

冒牌路易斯摇了摇头，咧嘴一笑。嘴巴咧开时，一只肥嘟嘟的驼螽从他嘴里蹿出来，掉在地板上，蹦跳着逃走了。

　　"不是这样的，我只能控制那些没有目的的人，他们的灵魂上有漏洞。楼上那些家伙有着非常明确的目的，他们很清楚自己在宇宙中的位置，所以我对他们无可奈何。"他的嘴巴越咧越大，几乎要把他的脸一分为二，"况且那么干还有什么乐趣呢？我一直很喜欢看你自己想办法搞定这些事，就像看逃脱魔术表演。你的想象力总能给我带来惊喜。"

　　"滚吧，去纠缠别人吧，亡灵之魂先生。"

　　听她如此一说，入侵者顿时挺直了身体，嘴巴也瞬间合上了。

　　"谁告诉你的？"

　　"看来我触到你的痛处了。"

　　"你还有事要做呢，米莉安。我建议你快想办法脱身，因为他们打算把你的孩子取出来，还要挖出你的心作为奖赏。别耽误时间了，快点自救吧。干掉那些杀手。打破循环。"

　　她冲魔鬼大叫，可魔鬼已经消失不见。

63 面具揭开

分钟汇聚成小时，时间无穷无尽，直到失去意义。米莉安挣扎、喊叫。她甚至还睡了一会儿，可惜断断续续，睡得十分不安。她双腿、双手全都麻木了，脸上发红发烫。胎儿挤压着她的膀胱，她好像尿了一裤子。她故意的，那帮浑蛋要对付她，她就得找机会恶心恶心他们。她能听到尿滴到台子上的声音，随后又从台上滴到地板上。遗憾的是地板很光滑，也就表示清理起来并不会太难。该死的。要是尿到他们的地毯上或是某种漂亮的木地板上该多好啊。他们想杀她，那她就让她的尿臊味儿永远留在这里——这是对他们鼻子的报复。

不知什么时候，她忽然睁开眼睛，发现身边站着两个人，他们都戴着黑色手套。

一个是这里的房东，身穿开襟羊毛衫，手戴智能手表。哦，还拿着一把手枪。

另一个人穿着银色西装，一只手拿了一把米莉安很熟悉的带钩子的刀，另一只手拿着黑色的盔式帽。

明星收割机终于摘下了面具。

米莉安认出了他。

伊森·基死亡时的情景在头脑中重新闪现，亚利桑那民兵组织的头领赤身裸体悬挂在管道上。

杀死他的人，如今就站在米莉安眼前。

他让伊森·基看了看一张扑克牌，但牌上只画了一只蜘蛛，好像是处在一张网的中央，蜘蛛背上有个圆圈。他问伊森·基："这是你的牌吗？"

在那段画面中，杀手说他来自卡特尔集团，随后他又说了一通无论在当时还是现在米莉安都觉得很奇怪的话，因为这些话似乎不该出自一个普通的杀手之口：

生命，存在。这些从一开始就是注定了的，是经过精心测量的。世间的一切，都是注定的。命运，来自拉丁语中的"分配"一词，意为一旦确定下来的东西，就无法更改，好比刻在了石头上。凡事都有定数。生命，毁灭，死亡。诺娜、得客玛、墨尔塔。残酷，坚定，威严。从你建立你那个小小的城邦开始，你的命运就已经注定。

很多人都以为创造是一种天赋，其实不然。这种能力并不是上天给的，而是自己挣的，或者说买的。从你拥有这种能力的那一刻起，你便背负了某种债务。世间一切都有始有终。而承担这种债务的不仅仅是人的生命。世间万物，只要存在，便欠了债。而一切存在的事物终有一天会不再存在。对有些人来说，这是件苦恼的事情，我却认为我们应该为之感到庆幸。我们的存在是有限制的——开始和结束。而每一个存在都有自己的故事，有些故事冗长乏味，而其他的，虽然短暂，却精彩动人。我觉得你的故事就很精彩。在这一点上，你很了不起。但它可能比你预想的要短小一些。

然后他就杀了伊森·基，一把刀直接了结。

这一段场景是本该发生的，却没有发生。因为米莉安知道伊森·基最终死在一个孩子的手上。那孩子也是个超能力者，叫艾赛亚，如今和加比的姐姐生活在一起。

眼前这个杀手从来没有杀过伊森·基。

当然，他没得手全是因为米莉安他们的干涉。

米莉安看见他就禁不住说道："诺娜、得客玛、墨尔塔。"

这一招果然管用。两人大吃一惊，面面相觑，甚至有那么一刻，两人之间还迸射出恐慌的火花，就像闪电在两团乌云之间传导流窜。

米莉安心中竟有一丝略带悲凉的得意。

"真是见鬼,你这女人可不简单啊,"穿羊毛衫的男子说道,"你比我们想象的还要狡猾。看来还是我们太善良了。"

"我不认识你。"米莉安说,但她扭头看着摘了面具的明星收割机说,"但是你,我认识你。"

他眼睛眯成一条缝。"是吗?"

"伊森·基曾经是你的目标。"

"伊森·基,还有他老婆凯伦。没错。"他的嗓音和灵视中一样,听上去就像烧得直冒烟的焦糖。他扬起一侧浓黑的眉毛,好奇地说:"你抢了我的活儿。"

事实却是艾赛亚干的,但米莉安不想纠正他。

"没错。"她说。

羊毛衫又开口了。"你瞧见了吧,亚历杭德罗?这个人很早以前就亵渎了织锦。我跟你说过,只要我们把饵放对了,他们迟早就会自己撞上咱们的天罗地网。"

"是,埃默森,你的判断完全正确。"

"可是这个人,"叫埃默森的那个家伙上前一步,"是对我们的奖赏。我从没想过会抓到一个怀孕的。"

"这件事你想都别想。"

"什么?我们可以扣下她。让她把孩子生下来,看看结果会怎样。就当是做试验。"

亚历杭德罗冷笑一声。"这头野兽你驯服不了。你只要碰一碰她,她就会把你的手整个儿咬掉。她命中注定要毁了我们,如果我们不小心的话,这就是她的命运。要我说就直接剖了她,把孩子取出来,然后用脐带把他俩都勒死。"

米莉安冲他吼道:"命运,来自拉丁语中的'分配'一词,意为一旦确定下来的东西,就无法更改,好比刻在了石头上。"她再次看见这个男人震惊的样子。

"这是谁告诉你的?"亚历杭德罗问。

"你。在你杀伊森·基的时候说的。"

他微微一笑。"这些话……是我干活儿时的口头禅。你很了不起,看来你确实有过人之处。"他的目光游移到米莉安身旁的地方,"你和我们其他人并无交集。只是你身上掉下来一条线,它连着某个东西或某个人。是什么东西,或什么人呢?"随后他对他的羊毛衫同伙说道,"我们现在就该杀了她。切断这种联系,以免她破坏了图案。"

埃默森又上前一步。"我有点为难。科学的头脑和医生的好奇心都希望我做出另一种选择。"

亚历杭德罗面露怒色。他皱着眉头骂道:"你这个愚蠢的老家伙——"

"喂!"米莉安吼道。

两人全都扭头看着她,既惊讶又气愤。

"你们到底是什么人?"她问。

埃默森回答了这个问题。

插　曲

这些浑蛋的身份

我想这一切你听起来肯定会觉得奇怪。

也许不该奇怪。我们不时口耳相传，我们的命运之线彼此平行……很少会出现交集的情况。

我和亚历杭德罗同属于一个不大的秘密组织。这个组织的前名叫铁角，但现在基本上已经弃之不用了。我们约定俗成地就叫它"组织"。

我们是……或者代表着……一份遗产。命运三女神，或叫摩伊拉，诺娜、得客玛、墨尔塔。希腊文化中则分别是克罗托、拉刻西斯和阿特洛波斯。确切地说，我们是后者，即阿特洛波斯的孩子。克罗托负责纺织命运之线，拉刻西斯决定线的长度，即主宰人的寿命，而阿特洛波斯——

（这里他用手指比画出剪刀的动作。）

——负责切断命运之线。

每一个人，不管活的、死的、尚未出生的，都有自己的命运之线。这条线被精心织进一幅织锦中。从个体上来说，每条线都混乱不堪。它们只是一道道的色彩、形状和纹理。当你凑近去看，你会发现每条线都和其他的线纠缠连接在一起，它们共同组成了线条和结头，而且看上去似乎更加混乱。色彩碰撞，结头缠绕成束。可当你向后退……

后退，后退，后退，退得越远越好，这时你就会发现，有意思的事情发生了。

织锦上开始浮现出清晰的形象。

一幅图案。由混乱的个体组合而成，整个织锦便具有了艺术感。

这是世间万物的本来面目。

但是后来就出现了畸变。

再后来就出现了你。

不是特指你，而是指所有具备超能力的人。有时候我们称你们为脱线者，但我们的意思是世间存在一小部分像你这样的人，你们具有看清织锦图案的天赋，但你们同样深受诅咒，拥有改变图案的能力。当你们使用这种能力的时候，往往放纵任性，毫不顾忌织锦的整体图案，肆意篡改。你们是厨房里的傻子、森林里的火苗，仅仅因为喜欢听颜料砸在画布上的声音就往名画上投掷颜料的蠢货。

你们非常有破坏性。

而你在帮助这些人破坏图案。我们认为，如果你继续毁坏图案，结果就不仅仅是磨损那么简单，整个织锦都有四分五裂的可能。生命，死亡，宇宙……

全部分崩离析。

就像地板上的剩饭。

拿你来说吧。有些人的死亡是命中注定的，而你去救了他们。命运选择了让他们死，证明他们的命运之线已经到达了尽头。为了给这些人续上命运之线，你只能切断别人本该持续下去的命运之线——但一条线并不能代替另一条线。图案原本是和谐的整体，但是你和其他人破坏了这个整体。

所以我们就找到你们。

阻止你们继续破坏下去。

你的命运之线必须终止。

64 虚 伪

好大一会儿,她只是凝视着他们。她脸上戴着极度怀疑的面具——不泄露一丝恐惧,完全是一张受够了他们胡说八道的脸。

这表情让他们很意外和不安,两人面面相觑。

米莉安最终问道:"你们的真实身份并不是明星收割机,那只是……用你们的话说,是伪装,是诱饵。实际上,你是卡特尔。"最后一句她是冲亚历杭德罗说的。

"没错。"

"就像哥伦比亚的贩毒集团?"

"独一无二。"

"而你,"她对那个叫埃默森的家伙说,"你拥有的这一切,你的葡萄园、你的娱乐室,都是见不得人的,对不对?你是个罪犯。"

"有钱人没一个干净的,全都是罪犯。"

她咆哮着说:"不要逃避问题。你又不是硅谷,你是该死的黑社会。我能从你身上闻出来,那味道和我的尿一样清晰。"

埃默森把枪往回收了收,枪柄差不多抵着肚子。米莉安认为这是一种威胁的暗示。但埃默森坦然承认道:"不错,我也涉足那个领域。"

"我也涉足那个领域。"米莉安模仿他的口气摇头晃脑地说,她轻蔑地笑笑,"你们这些自命不凡的浑蛋。来,听听你们刚刚那堆屁话老娘理解得对不对:你们和你们所谓的组织,其实就是一群无耻的不法之徒。你们到处干坏事儿。但是呢，哦，老天不允许你们毫无底线地干坏事。所以你们就编了个耸人听闻的神话故事自欺欺人。你们冠冕堂皇地说什么织锦和图案，而在现实中，你们不过是想给自己为非作歹的本质加上个光环罢了。你们装模作样地说你们有更宏大的目标、更高尚的心灵，都是屁话，还搬出什么诺娜、得客玛、墨尔塔、克罗托、拉刻西斯、阿特洛波斯？全都是扯淡。你们就是一群普普通通的浑蛋罢了。"

埃默森抿起了嘴唇，手里的枪微微发抖。

他毫不犹豫地对亚历杭德罗说："剖了她。"

卡特尔杀手丢下面具，晃了晃手中的剥皮刀。他上前一步，米莉安开始慌了，就像坐在电椅上，而不知哪个王八蛋刚刚推上了电闸。亚历杭德罗来到她双腿之间，举起刀——他割开了她隆起的腹部上的衬衣。刀光闪闪——

米莉安尖叫起来。

她的叫声几乎震耳欲聋，而与此同时她飞快地转动脑筋：*快想想办法，快想想办法，他们要剖出你的女儿摔到墙上，他们要把她剁成碎块，快想想办法*——

冰冷的刀片挨到皮肤时，米莉安不禁打了个寒战——

她眼睁睁地看着亚历杭德罗伏下身，一脸的凶狠邪恶。她知道开膛破肚对亚历杭德罗来说早已游刃有余，分分钟就能搞定。她目睹过泰勒·鲍曼的死亡过程，很清楚需要多久内脏就能从肚子里流出来——

她看了看埃默森，那浑蛋若无其事地交叉着双臂，手指在胳膊肘处轻轻晃动，活像一件烂夹克的边穗。他像个冷血的医生一样无动于衷地看着眼前这一幕——

这时米莉安发现了第三个观众。

埃默森的身后有一个高大魁梧的身影——冒牌路易斯。他那只惊悚的高尔夫球假眼角度奇怪，另一只正常的眼却紧紧盯着米莉安，而且他脸上露出十分诡异的笑容——那不是路易斯的笑，绝对不是。他笑得放纵，笑得疯狂，卷起的嘴唇让他看上去像极了小丑——

够了！

她立刻大喊起来:"等一等,等一等,我——我有个提议。"

刀停了下来。

她感觉所有的血液都流到了肚子一侧。

亚历杭德罗看看埃默森,埃默森也看看亚历杭德罗。后者用表情示意他在考虑,随后举起一只手。

亚历杭德罗后退一步,米莉安看到刀锋上往下滴着血。

"提议?"埃默森问,"我看不出你还能有什么筹码,不过说来听听吧。"

因此,米莉安告诉了他们。

65 米莉安善意的提议

"我把魔鬼交给你们。"她气喘吁吁地说。腹部随着心跳一阵阵地痛。看得出他还没有切得太深,尚未越过肌肉层。不过她已经能看到皮肤裂开形成的垄沟,就像热气蒸过的信封翻卷的接缝。

他们两个似乎都没听懂她的话。

"魔鬼?"埃默森问。

冒牌路易斯也不由得好奇地凝视着她。

"我的超能力,"她喘了几口气,让自己平静下来,"并不是我想要的。我一直都想摆脱这种能力。现在我已经知道方法了。我十六岁的时候怀过孕,把我肚子搞大的那个男生的妈妈,她……她在卫生间里袭击了我,结果导致了内出血,孩子也没了,但就在那个时候,我的身体发生了变化,里面钻进了一个魔鬼,一个幽灵。"

冒牌路易斯现在反应了过来,他怒不可遏,脸上顿时乌云密布。

"闭嘴,米莉安!"冒牌路易斯吼道,不过只有米莉安能听到他的声音。

"这个东西,叫作亡灵之魂。我不知道他的来历,但我知道如果我生下这个孩子,就能打破诅咒。但在那之前,我可以把魔鬼交给你们。"

"不要脸!"冒牌路易斯厉声骂道。

"你怎么交给我们?"埃默森问。

"埃默森,"亚历杭德罗,"你不会——"

"嘘,先退下,亚历杭德罗。我很好奇。"

"我认识一个通灵者。"米莉安解释说。但她在撒谎。她知道一个通灵者,而此刻她只祈祷加比能找到他并说服他,从而得到他的帮助,否则她就万劫不复了。"他会帮我。"

说到这里,冒牌路易斯大步走上前来。他缠在亚历杭德罗的身上,就像一条蛇缠住一棵树。他的肌肉伸展扭曲,下颌张开,喉咙膨胀,好像被锤子砸过的手指——有什么东西正在他的胸膛里移动,从胸口到喉咙,就像软管中的一股水流,随后从他张大的嘴巴里喷出来——成群的蝗虫蜂拥而出,它们振动着翅膀,就像在孩子单车的辐条上玩纸牌,但孩子有上千个,单车也有上千辆。它们像一团乌云朝她席卷而来——

她吓得直哆嗦。

但它们忽然不见了。

因为它们根本就不存在。

入侵者——亡灵之魂——也不见了。

亚历杭德罗犹如盘旋而至。他已经迫不及待,他的刀同样饥渴难耐。

"解开她,"埃默森说,"把她带到楼上去,包扎一下伤口,不过,"他说着瞥了一眼米莉安胳膊上受过枪伤的地方,"也许她不需要包太久。"

"埃默森,你个老东西,"亚历杭德罗吼道,"这样做大错特错。"

"也许吧,但是年龄越大,你就会发现犯错也是很有意思的事情。我们,以及我们的所作所为,本身就是错误。我们要正视错误,整理错误,这样才能从错误中学到东西,咱们就从这件事上开始学吧。不要再争了,亚历杭德罗。你已经搞死我两个工人了。在这件事上你的判断已经不再可靠。"

亚历杭德罗转身面向米莉安,他眼中闪烁着光芒。

米莉安意识到了,*这人终归还是要杀我。*

他举刀向前却只是割开了她手脚上的胶布。从检查台上下来,她的胳膊和腿全都麻木不堪,一下子瘫倒在垫子上。她忍住不哭,让血液像缓缓的河水一样不情愿地填充四肢。

66 玫瑰是红色的，暴力是蓝色的

米莉安重新回到楼上，坐在厨房柜台前的一张凳子上。他们给了她一条纱布，她把它缠在腹部一侧——纱布很快就被鲜血浸透，但与此同时她也能感到伤口痒痒的，因而知道她那神奇的自愈能力正在努力修复。

傍晚，硕大的月亮把太阳赶下了地平线。天空一片魅惑的紫色，像碾碎的脚趾。

她面前放着一杯蒸汽腾腾的热茶。

"谢谢你们的茶。"她冷冷说道。

"那不是茶，"埃默森说，"那是蒲公英泡的水。"

"这该死的就是茶。"亚历杭德罗说。他站在米莉安曾经站过的地方——可以俯瞰外面车道的大窗户前。只是他并没有望着窗外，而是盯着米莉安。他手里拿了把枪，但并不是埃默森之前拿的那一把。这一把更长，枪管巨大，上面有凹形槽。一看就是好东西，简直是台大炮。

"你懂什么叫茶吗？"埃默森一点也不谦虚，"茶树上采下的才叫茶叶。用茶叶泡出来的才叫茶。人们常说的草本茶和茶叶没关系，那不过是用某些植物泡出来的水，比如甘菊、芙蓉花或者甘草根——"

米莉安说："有什么区别吗？都该死的是泡出来的。"

两人全都看着她。

"喝个茶还要听你们啰唆半天，还不如直接杀了我。"她说。

亚历杭德罗不动声色地把枪口对准她。"我可以如你所愿。"

"我想表达的是，"埃默森没有理会他们，"我们需要规范我们的措辞，以免造成歧义。比如说红酒，欧洲人眼中的红酒只能是用葡萄汁发酵酿造出来的，这跟你买到的果酒是不一样的。我比较喜欢正统一点，是什么就是什么。风土条件说的就是这个理儿，只有来自法国香槟地区的香槟才叫香槟。其他地方的只能叫发泡酒、起泡酒，或者普罗塞克。葡萄栽培也是一种文化。"

"那些玫瑰呢？"米莉安一只眼睛盯着枪口问。让他们啰唆下去吧，说不定时间长了你就有机会逃跑了。"我想问，为什么每一行葡萄藤的尽头都种上玫瑰？"

埃默森会心一笑。"米莉安，你果然洞察非凡。表面看你普普通通，但你绝对不是一般人，就连被一个狰狞可怖的面具人追着逃命的时候你还能留心观察周围的环境。"他探身向前，似乎很乐意有机会解释一二，"玫瑰对葡萄园来说，就好比煤矿里的金丝雀。它们对许多葡萄疾病和瘟疫都很敏感，比如枯萎病和锈病。遇到这些病害时，它们会首先感染，所以如果发现玫瑰开始死亡，我们就知道该想办法救治葡萄了。"

"哈，真是学无止境。"米莉安说。

"这正是我的人生信条，"埃默森说，"但这不单单是个学习新知识的问题，对不对？而是一个将学到的知识情境化的问题——即找到新知识和旧知识的联系。"他再次站起来，手伸到酒架上。那些红酒一律瓶塞朝外，他握住一个瓶子的瓶颈，拖出来，轻轻放在米莉安面前。"你看，红酒就是一种学习尝试新东西，但又不会忽略其本源的产品。这就叫继往开来。"

说完他扭动瓶身慢慢转了半圈。

红酒的标签正好对着米莉安。

黑比诺葡萄酒

加利福尼亚州蒙特利县

生产商：

米莉安差点一屁股坐在地上，就像有人突然一脚踢开了她的凳子。

不会吧。

生产商：考尔德克特葡萄庄园。

埃默森冷冷一笑。"你喝过我们的葡萄酒吗？看样子你似乎喝过。"

"考尔德克特。"她用极小的声音念出这个名字。

"对。"

"埃莉诺·考尔德克特。"

"那是我姐姐。"

米莉安盯住他。"她没有兄弟姐妹啊，这是她自己告诉我的。"

"她撒谎。实际上，我们是个非常大的家庭。埃莉诺是我们家的败家子，她和卡尔·基纳的事惹了不少麻烦。"

埃莉诺·考尔德克特：考尔德克特女校的护士长，也是那所学校校长埃德温的妈妈。他们那个家族臭名昭著，曾经利用学校的幌子杀害了几十名女学生。

埃莉诺和她的家族就是知更鸟杀手。这是一个集体名词。她对命运有着相当敏锐的感知能力，难道不是吗？

那女人曾对米莉安说：

命运有自己的路径。你的介入意味着通过结束一部分生命的方式改变了另一部分生命。你能否认吗？我就是这样，作为一个家族，我们也是这样。我们看见那些女孩儿在风中摇摆扭曲——她们是一些受到毒害的、颓废的、不健康的女孩儿。这些女孩儿发展下去终究会成为危害社会的分子。她们的生命就像飓风和龙卷风，所到之处，摧天毁地，满目疮痍。

在提到他们的一个受害者安妮·瓦伦丁时，埃莉诺说：

安妮·瓦伦丁的死是一件很纯粹的事情，是好事。成就好事自然免不了牺牲。她的人生就是一座仇恨的花园，那里土地贫瘠，寸草不生。一个死了的孩子，一个死了的母亲，还有其他许多人，将她从时间线上清除了出去……

于是花园便恢复了生机。

说到那里的时候，埃莉诺也像埃默森那样用两根手指模仿剪刀的动作。埃默森·考尔德克特，埃莉诺·考尔德克特。米莉安现在才意识到他们之间竟有如此多的相似之处。埃莉诺和知更鸟行凶的时候会在他们戴的防毒面具的钩形鼻中焚烧药草——玫瑰和康乃馨。另外,她对园艺似乎同样精通。米莉安还记得考尔德克特家的温室,郁郁葱葱,生机盎然。植物长在肥沃的黑色土壤中——因为那土壤是用他们的受害者的尸体制成的。

全是死去的女孩子。

几十个。她们也像米莉安一样是害群之马。她们破坏了某些时间线,干扰了命运,破坏了织锦上的图案。

"兜兜转转,我们还是回到了原地。"埃默森说。

"你姐姐,她也有……特异功能。"

"是。"说话间,他已经咬着手套的一根指头把手套摘了下来。他用手紧紧抓住米莉安的手腕——

嘈杂。风在咆哮,犹如鬼哭狼嚎。周围一片虚空,天在下雪——

他急忙松开了手。

"你和我一样也被诅咒了。"她惊叫道。她扭头看看亚历杭德罗,枪口依然对着她。表面上他装出一副轻松自在的样子,但米莉安看得出来他内心极为紧张不安,随时都会发作。"我敢打赌他也一样吧。"她说。

"真聪明。"亚历杭德罗皮笑肉不笑地回答。

"那请你们告诉我,"米莉安气愤难平,但仍克制着说道,"既然你们和我们是同类,你们又怎么能追踪和杀害像我这样的人呢?如此虚伪对你们有什么好处吗?这能让你们变得高尚起来吗?"

"这是我们自己选的,"埃默森坦率地说,"我们选择捍卫和拯救命运这幅织锦上的图案。米莉安,这也是你要为我们做的。你已经提出了你的建议,但我还没有接受——我先跟你说说这项交易的条件吧,如果我们双方能达成一致,那么我们就能合作了。我们会让你留在这里,留在这栋房子里。让你做我们的客人,但你不能离开,还要受到我们严密的监视,一直到你把孩子生下来。据我推算,还有十二到十三周?在这段时间里,我们会替你找到这个通灵者朋友,而他得跟我们合作。另外,你似乎还认识其他的同类,所以你得帮我们找到他们。帮助我们清理你那些同类就算是你将功赎罪了。当然,你最好也能帮我们找到你说的那个……魔鬼。所谓的亡灵之魂,如果他是真的,而不是你精神错乱产生的幻觉,那我们同样也要除掉他。"

她的手一阵抽搐。

她想象中的下一步动作会非常迅速。埃默森与她说话时会俯身过来，颇有些纡尊降贵的感觉——他喜欢被倾听、被看见，所以他会越来越靠近她。当他靠得足够近时，米莉安会一把抓起酒瓶砸在他的脑袋上。

可然后呢？

米莉安不需要有预见未来的能力也会知道，这一击定能把埃默森砸晕过去，而后她就和那个卡特尔杀手一对一了。

他定会开枪，一枪或者数枪。在她来得及做任何事之前，她和她腹中的孩子很可能就双双毙命。

她握紧了拳头。

这意味着她首先要搞定亚历杭德罗。

因此她一边点头附和着埃默森的话，一边让意识飞散出去。她找到了她需要的东西——

一只土耳其秃鹰正在天空盘旋。它乘着风，踏着热浪，寻找着死亡。

她更希望有只雄鹰或猎鹰，不过秃鹰也凑合吧。这只鸟体形还算庞大。*我来给你死亡*，她在心里告诉它。她知道那是一只即将牺牲的鸟。米莉安轻而易举便钻进了它的意识。她张开黑色的翅膀，转动光秃秃的脑袋和钩子一样的喙。它的眼睛——现在成了米莉安的眼睛——发现了下面正沐浴在骨白色月光里的房子。她收起翅膀，开始俯冲——

砰！

米莉安回到了自己的身体。她只觉眼冒金星，仿佛有人在远处的天空放烟花。一只大手揪着她后脑勺上的头发。她的眼睛与柜台垂直，茶水从杯沿上溅了出来。她觉得脑瓜疼，亚历杭德罗站在她身后——*该死的竟然按着我的头往石英柜台上撞*，她心想，而他手中的枪正抵着她的太阳穴。

"我看见了。"他得意地奸笑道，"你往外抛了一根绳子，你想拉拢什么？"枪管恨不得插进她的脑袋里，她疼得龇牙咧嘴，眼角差点流出泪来，"是鸟，对不对？你就是用那些黑鸟把我的车子撞坏的。你这该死的贱人。"

埃默森弹了下舌头。"控制鸟类，了不起。你不仅没有失去你的能力，布莱克小姐，它反而变得强大了。"

亚历杭德罗一下子把她从凳子上提起来——她感觉腹部一侧的伤口又撕裂了。他的枪顶着她的下巴。他脸上重新出现激动的神色。这个变态，杀人让这个家伙兴奋莫名。

什么图案啦，织锦啦，保持平衡啦，这些全是扯淡。

这家伙是个有恋物癖的变态，这才是本质。

埃默森绕过柜台，站在她的另一边。

"真让人失望，"他说，"我还以为能拉你入伙呢，但现在看来，你就是个喂不熟的野猫，你一有机会就要破坏我的家具。亚历杭德罗，你说的没错。看来这个女人不能留。"

"等等，"米莉安恳求道，"我没有——"

"把她带回到楼下去，我可不想让她的血弄脏我的厨房。"

亚历杭德罗提溜着她转了个身。她低吼一声，抬脚朝他的裆部踢去。他惨叫一声，随后把她丢出去。她一屁股坐在坚硬的西班牙瓷砖上。

"我就在厨房里动手了。"他气得咬牙切齿，一丝不乱的黑头发此时也东倒西歪，贴在他的额头上。

他举起了枪。

哐！

他的头猛地一甩，好像被一只无形的手扇了一巴掌。

血从他脑袋两侧的洞里流出来，稍远那一侧的洞里还流出了一些白乎乎的东西——脑浆。

这个不可一世的杀手最后望了米莉安一眼，随即向后轰然倒下，手里的枪也掉在地板上。

米莉安飞快地瞥了一眼。

——窗户上有个蜘蛛网一样的图案，中间有个洞。

——亚历杭德罗的左手在瓷砖上不停地抽搐，就像一只濒临死亡的鱼被人从海里捞出来丢进了一个空空的冷藏箱。

——埃默森·考尔德克特的双眼没有理会她，而是盯着地上的枪。

米莉安扑过去。

他也扑过去。

但米莉安抢了先,她抓紧了枪,并拼命从埃默森的拉扯中挣脱出来——

意识到失去了先机,埃默森急忙后退,他抬手在柜台上一扫——

就在她举枪瞄准的时候,茶杯落在了瓷砖上。

滚烫的茶水飞溅而来。

(蒲公英茶。)

她被烫得大叫,随即扣动了扳机。她打偏了,子弹打在架子上,击起一片碎屑。

砰!

窗玻璃碎了。

柜台上的红酒瓶也碎了——像只被耗子咬了屁股的兔子般跳起来。酒洒得到处都是,绿色的玻璃碴儿下雨般劈头盖脸砸向米莉安。

晕头转向的米莉安扶着一把凳子站起身,只差一点就滑倒在红酒和玻璃碴儿上。

埃默森·考尔德克特却不见了踪影。

捕猎开始。

67 伸出利爪

突如其来的感觉熟悉得可怕。

拿着枪在有钱人的房子里搜索,寻找考尔德克特的影子。上一次是在埃莉诺的家——那也是个大豪宅,她在那里了结了埃莉诺凶残恶毒的孩子们。该死的女家长倒是没有死在自己家里——她是在河里淹死的,临死前她还拉着雷恩,想让她一起陪葬。米莉安救回了雷恩,但随后她们两个双双陷入激流。最后是路易斯突然出现救了她们两个。而路易斯却在半年前——

死在雷恩手上。

她在屋里转来转去,经过几乎望不到头的高大的白石壁炉;经过一台挂在墙上的电视,电视的曲面屏幕几乎和墙一样大;而后她又经过一个光滑的黑石早餐台,走向后面的露台,从那里可以俯瞰后院里背光的泳池和极可意浴缸。她忽然意识到自己身后留下了一条悲剧的轨迹。同样的情形不断重复,拯救生命,结束生命,报仇,洗冤,一遍又一遍,以眼还眼,以牙还牙。米莉安时而被追杀,时而又追杀别人,就像天上的秃鹰围着一个看不见的轴心转圈圈。

通往后院的门开着。夜晚的牙齿终于伸了进来。微风习习,带着暖意灌进空荡荡的房间。她侧耳倾听,却什么动静都没有听到。除了——

她掉转枪口。

枪口停下时,正好对准了戴维·格雷罗。

他的枪也同样对准了她。

"米莉安，"他小心翼翼地说，"把枪放下。"

"你先放。"

"那可不行。"

"不行也得行。"

她看出他在考虑，就像一个人在心里默默计算该给服务员多少小费。他在掂量，在推断自己有没有赢的把握。

就像俗话说的，你得知道果汁值不值得榨。

盘算到最后，他选择放下了手枪。

米莉安也放下了她的枪。

"埃默森·考尔德克特藏在屋里，或者——"她指了指门，"外面。"

"你没事吧？你在流血。"

她低头瞅了一眼，确实，她一侧腰间已经红了一片，而衬衫另一侧的旧血已经变成褐色。她脸上被茶水烫到的地方也隐隐作痛。

会好的，她想，迟早会好的。

"我没事，你得找到他。"

"我们会的。"

两人你盯着我，我盯着你。

"现在怎么办？"她问，"我被捕了吗？我是不是应该逃命？或者咱们来场决斗，看看谁的枪快？也许你比我快，但我警告你，我也不是吃素的。"

"你的伎俩我很清楚，米莉安，"他举起双手做恳求状，"咱们两清了。"

"这么说，你知道自己刚刚打死了明星收割机？"

"我猜到了。"

"那我猜咱们都有些事情需要解释。"

"我想是的。"

68　遣散费

此时此刻,她特别想抽支烟。她靠在格雷罗的车子上,恨不得把它的保险杠啃下来。

靠上去就是第一步。她想靠在这里,向后仰着头,叼一支烟,让烟雾充满她的肺,浸透她的身体,再把烟雾吐向黑暗,就像幽灵从肉体中飘然离去。

可她没有烟。

她连回屋里把地上的葡萄酒舔干净的机会都没有。

她顶多能再去泡点茶。

对不起,不是茶,是蒲公英泡的水。

该死!

她累了。

今天的事、昨天的事,还有昨天之前许许多多天以来的事折腾得她疲惫不堪。她已经准备好结束这一切。在一个完美的世界里,此刻她应该正和格雷罗以及安纳亚搜捕埃默森·考尔德克特。可她身上血迹斑斑,脑袋里嗡嗡作响,刚刚发生的事情仍令她心有余悸。另外还是那句话,她很累。

累得刻骨铭心,累得怀疑人生。

屋里,其他FBI探员走来走去。除了格雷罗的车,外面还停了三辆车。法医小组和其他外勤人员正对房子实施全面勘查,寻找能够确定埃默森·考尔德克特下落的线索。

灌木丛里传来簌簌的声音。随之而来的脚步声让米莉安心里一惊。埃默森·考尔德克特会不会拿着一把血淋淋的刀突然出现？或者僵尸一样的哈里特·亚当斯，会不会又来找米莉安报仇了？

但来的并不是敌人，而是戴维和朱莉。朱莉肩上扛着把步枪，米莉安这时才知道从窗外开枪打死亚历杭德罗的人是她。他们把车子停在葡萄园里，藏在两行葡萄架中间，她趴在车顶，拉出步枪，支起两脚架，眼睛趴在瞄准镜上。

是史蒂夫·韦伯让他们来的。

反正他们是这么说的。

但米莉安心里很疑惑，不管是坐在引擎盖上还是靠在保险杠上，她一直在想这个问题，他们的话可信吗？

时间上，她也不清楚自己在这里待了多久。但从韦伯得到消息，联系他们，再到他们赶到这里……靠什么？追踪她丢在葡萄园里的手机信号？这一切时间上够吗？但他们是这么说的。也许他们真有那么出色……

"没找到他。"朱莉·安纳亚说。

"但他跑不了。"格雷罗急忙加了一句，不知道是为了安慰米莉安，还是为了安慰他自己。

米莉安想尽量装作不以为意的样子，可她做不到。一想到考尔德克特还没归案，她心里十分忐忑。他对米莉安一定恨得咬牙切齿吧，他姐姐死在她手上，如今又在她手上折损了另一个他所谓组织里的同伙。

但也许现在这是格雷罗的事了。

她如此对他说道："考尔德克特现在是你的了。"尽管她心里有点不舍，毕竟她很想亲自料理了那个家伙。不解决掉考尔德克特她会寝食难安。可她现在还有更要紧的事。"我得给加比打个电话，好让她知道我没事。"

"我已经给她打过了，"格雷罗说，"不过你亲自给她打一个也好。"

"谢谢你们救了我一命。"米莉安不情愿地咕哝道。她心里还在想着，要是有支烟就好了，那样她就能潇洒地朝格雷罗吐一口烟气，那能起到淡化她的感激之情的效果,让格雷罗知道她虽然要谢他,但同时也很想抽他。可是没有香烟这个道具,她只能一脸嫌恶地拿出亲切友善的姿态。

"很遗憾咱们的合作无果而终,"格雷罗说,"要是你能信任我——"

"去你的吧,"米莉安说,"信任?你在利用我。你知道,我也知道。你践踏了我对你的信任,还把我当猴耍。"

她看出格雷罗怒不可遏,他正要反驳——

但朱莉打断了他。"你说的没错,米莉安。"她说,"我们的确没有把你当成一个平等的搭档对待,结果呢,你看我们遇到了多少麻烦,这不是自讨苦吃吗?"这女人努力挤出一丝微笑,"好在没出什么大事。"

听了此话,米莉安俯身向前,狐疑地眯起眼睛说:"是,我还正想请教呢。"

"你说吧。"戴维说,但他明显有点怀疑。

"你们是怎么做到的?"在他们开口之前,米莉安站起身继续追问,"我们在哪儿,蒙特利?洛杉矶北边,开车起码五六小时,这是在保证不堵车的前提下,而这就好像保证太阳不会升起或男人不会突然变成傻帽一样。我什么时候给韦伯打的电话?今天早些时候?他要联系到你们肯定得花点时间,然后你们追踪手机,来到这里。你们肯定不是坐直升机来的,因为——"

她朝身后指了指,"——你的车在这儿呢,格雷罗。"

他不以为然地笑了笑。"米莉安,我们是FBI啊,我们的效率是你根本想象不到的——"

"但问题是你在拖车里办公。你现在基本上已经被组织驱逐了。但你知道谁的效率更高吗?"

他们充满期待地注视着她。

"通灵者。"她说。

朱莉和格雷罗互望了一眼。

"米莉安,你误会了——"

朱莉打断了他。"告诉她吧。"

他用手指梳理了一番头发，随后叹了口气。

"你从我电脑上窃走卢卡斯基斯名字的那天，我……坦白地说，我特别气愤。我感觉受到了背叛。真的，还有朱莉，那也是背叛。她拦住了我，你应该记得。因为朱莉也有超能力——"

"超视，"米莉安说，"我在名单上看到了，但说实话，我并不明白那代表什么意思，是千里眼吗？"

朱莉耸耸肩。"其实我也不清楚。我的能力并没有那么鲜明。我有很多直觉，我认为那更像是第六感之类。我能收到很多……闪现，这些闪现的东西并不会告诉我什么实质性的内容。它们不是信息，不是顿悟，只是一些感觉。所以我只能跟着这些感觉走。"

"我一直学着倾听她的感觉，"格雷罗说，"当她说放你走时，虽然很不情愿，但我照做了。可是那天晚上我怎么都睡不着，我一直在为自己的决定耿耿于怀。为什么我要放你走？为什么在你走后我不去追？后来我意识到，其实你和我一样。你说过我是个放逐者，实际上你也是。不管你接不接受，我们的身份已经把我们边缘化了。我们不属于主流社会，而为我工作把你拉回了主流社会，结果……却妨碍了你，让你像个什么都做不了的俘虏。你需要跳出这个世界才能施展你的魔法。所以你那么做了，而且你做到了。你找到了杀手，并把我们引了过来。"

米莉安勉强苦笑。"故事讲得不错，老兄。可这还是没有解释你们是怎么找到这儿来的。"她朝格雷罗逼近一步，用更小却更坚毅的声音问道，"格雷罗，你到底有什么特异功能？"

他犹豫了。

"你不在名单上，所以我不知道你如何给自己归类。"

但他最终还是开了口：

"官方说法？我属于超自然生物动力感应系。"

"能说人话吗？"

"意思就是我擅长找人，尤其寻找其他异能者。"

米莉安抱起双臂。"那我们还等什么呢，戴维？赶紧去抓埃默森·考尔德克特那个王八蛋啊。"

"我只能找到那些我见过的人。"

"该死!"说完她眯起眼睛,"等等,这么说,一直以来你都知道我在哪儿?"她恍然大悟,"你知道我去了哪儿,知道我干了些什么。你相信我会自己去追查泰勒·鲍曼和明星收割机,所以我去哪儿你就跟着去哪儿。你说过,我就是个诱饵。"

"不是诱饵。"朱莉说。

"你可以把我们想象成狼,"戴维说,"我们追寻其他狼的足迹。也许你是条独狼,但那也是狼。你很擅长搜寻那些怪兽,而我们要消灭怪兽就只好仰仗于你。"

"天啊。"米莉安揉着眼睛。她的腰间突然痒得难受。她知道,伤口正在浸满血的纱布下自动愈合。这时肚子里的孩子也动了起来。"那现在我们算什么?"

"我说过,咱们两清了。你的所有指控都已经消除。当然,我们欢迎你继续与我们合作,哪怕作为顾问。你不必每天都上班,只要能随叫随到——"

"不!"她唐突地叫道。或许太过唐突了。"我是只喂不熟的野猫,我不习惯被圈着。我倒很乐意当一只家猫,可惜啊,格雷罗,我在外面游荡得太久了。"

"可以理解。"

"所以,这意味着没有工资,也没有医保之类的。"

"没错,半年后这些都会取消。"

"等等,你说什么?"

"按照规定,我们是要给你一笔补偿金的,或者说遣散费。你为政府工作了,我们就得负责嘛。所以你每周仍能收到一小笔生活津贴,还能得到为期半年的医保。另外那套公寓你还可以继续住。但是半年之后,你就只能靠自己了。"

那就不需要你操心了,格雷罗。

"可我们还没有两清,"她气呼呼地说,"离两清还差得远呢。你欠我。我已经拿到名字:亚伯拉罕·卢卡斯基斯。现在我需要——"

"你想知道他的下落。"

"那当然了。"

于是格雷罗便告诉了她。

"该死!"米莉安小声骂道,因为格雷罗完全出乎了她的预料。

第九部分 黑星峡谷

69 扰乱分子

第二天,格雷罗把米莉安送回公寓,加比已经在家等着。米莉安迫不及待地冲进门。两人的重聚是灾难性的。她们近乎残暴地拥抱着彼此,像两道巨浪从相反的方向汇聚在一起,像一个大陆板块全速撞向另一个板块,像两只老鹰扑向对方,爪子紧紧相扣,快乐地翻着筋斗,无所顾忌地坠向地面。

她们恨不得把对方吞没在自己的怀抱里,但米莉安忽然"哎哟"一声。

"对不起。"加比边说边亲吻米莉安的脸,接着是嘴,然后又打算像垃圾压缩机一样搂住她。米莉安的热情虽然不落下风,但她不会一味被动。她并没有被困在拥抱里,就像一个拼命摇晃自动售货机好拿出卡在里面的芝多司,结果被售货机砸在下面无法动弹的家伙。她很投入,只是疼痛的感觉总是让她分心。因为此时此刻她浑身上下好像每个地方都在疼,都在痒。

公寓里,有人清了清嗓子——

米莉安扭头发现史蒂夫·韦伯也在。

"我收到你的留言了。"他说话就像滚珠子,"吓得我差点尿裤子。我当时完全震惊了。显然你遇到了大麻烦,所以我就按你说的,联系格雷罗——我当时一点都没有犹豫。我知道他们想抓我,可顾不上了,我不能见死不救啊——"

"你救了我。"米莉安说。这样说并没有错。虽然格雷罗知道她的位置,但如果没有韦伯的报信,他们怎么也不会知道她遇到危险需要帮助。

"谢谢你。"

"人生短暂，对吧？"他声音有些紧张，原因大家都知道，他的生命比他预期的要短一些，"但抱一下还是足够的。"

他张开双臂。

"我一般不这样，"她说，"我不习惯搂搂抱抱。"

"你刚刚还抱了加比。"

"我和加比拥抱是事实。我们爱彼此。不管怎样，你干得很漂亮，短裤哥。"

但她拥抱了他。而且一点都没有觉得痛苦。甚至还有些舒服。

就一点儿。

但这一切只会让她分心。米莉安很清楚，她必须得抓住重点——忘了明星收割机，忘了戴维·格雷罗，让埃默森·考尔德克特见鬼去。他是米莉安以后才需要担心的问题。现在的米莉安有别的问题需要考虑。

和史蒂夫·韦伯拥抱之后，她对加比说："快告诉我，告诉我格雷罗没有撒谎。"她深吸一口气，"告诉我你找到亚伯拉罕·卢卡斯基斯了。"

"我……"加比回答。

恰在此时，一个陌生人从卫生间里踽踽着走了出来。他那身打扮杂乱无章，活像个叫花子：灰黄色的身体上套了一件黑色T恤，外面罩了一件破破烂烂的灰色连帽衫，连帽衫外面又套了一件被耗子咬得全是窟窿的黑色睡衣。往上看，他完美诠释了什么叫蓬头垢面。只见他头发里全是头皮屑和灰尘，但头发长势惊人，不知多久未曾理发。他的胡子同样茂盛且邋里邋遢。因为他身形佝偻像个坏了的衣帽架，所以不仅头发和胡子彼此衔接难舍难分，就连胡子也不安分地垂到胸口，好似要勾搭胸毛的样子。他拖着脚步，呼呼噜噜地走过来。

"你。"他说，声音低沉洪亮，像刚刚打开的古墓嗡嗡作响。他看着米莉安。"你就是那个扰乱分子。"

加比在她耳边轻声说："我找到他了。"

"在哪儿找到的？"她也耳语回去，"地狱吗？"

"差不多。"

70 通灵者

卢卡斯基斯狼吞虎咽地吃着意大利面。他的胡子上粘了许多面和橙黄色的酱汁,场面颇为壮观。而且他吃饭动静极大,嘴里吧唧吧唧个没完,时不时还要捶打一番胸口,免得自己被噎死,吃到兴头处还要发出哼哼唧唧的享受之音。他吃面的时候眼睛盯着碗,好像一个先知要从食物的造型上寻找秘密的真相。

他坐在角落处一张小桌子的一侧,其他人——米莉安、加比和史蒂夫——则站在桌子另一侧,看着他。

米莉安附耳问加比:"咱们有意面罐头吗?有的话我早该吃了呀。"

"他自己带来的。"加比瞠目结舌地盯着卢卡斯基斯的吃相回答。

"我自己带来的。"他重申了一遍。

"他自己带来的!"史蒂夫·韦伯也重复了一遍。他话里似乎带着气,好像他不确定自己应不应该留在这是非之地。

"这么说,"米莉安开口了,声音很大,异常大,"你就是通灵者。"

"我是通灵者。"他的声音好似是加州瘾君子与做波兰饺子的东欧人的奇怪混合体。他来自别的地方,但他显然在这里已经待了很久。"而你是扰乱分子。"

"你老说这句话,可我都不知道是什么意思。"

他咕哝了句什么,又从罐头盒里挖了一大勺意面塞进毛茸茸的嘴巴里。"我也不知道。"

"要不你解释一下?拜托了。"

"嗯,嗯,好吧,好吧。"他拿起餐巾——他自己的连帽衫——擦了擦嘴,随后伸出舌头舔舔嘴唇,把几绺胡子卷进嘴里,嘬干净上面的食物残渣。"你被鬼缠上了。你已经不完整了,而你又因为被鬼缠上去破坏别的东西。我看见——"他站起身,没有冲米莉安,而是冲她周围的空间打了个手势。"扰乱分子。我以前就见过。听到过他在风中低语,听到过他在下水道里冒气泡。负能量会自动寻找弱点,就像水会自动寻找缝隙。死了的正在死去,精神正在失去自我。扰乱分子,你就是。"

米莉安看看加比。

又看看史蒂夫。

他们也反过来看看她。

所有人都一头雾水。

"你说的什么乱七八糟的,完全不合逻辑啊。"米莉安说。

"不必合乎逻辑,"卢卡斯基斯说,"猴子不会理解地心引力,可地心引力仍是地心引力。"

"他好像说我们是猴子。"加比说。

"这有点过分了吧?"史蒂夫说。

"这有点过分了吧?"卢卡斯基斯用嘲讽的口吻模仿道。

"实话告诉你。"史蒂夫·韦伯说,听口气他似乎要来段长篇大论,但米莉安没时间陪他们耗。史蒂夫看懂了她的神色,立刻止住了。

"我确实被缠上了。"米莉安忽然说。

屋里瞬间安静了下来。

"我有一个入侵者。我不知道我的异能是不是拜他所赐。我甚至不知道他是什么东西。很久以来,我以为他只存在于我的头脑中,也许曾经是,但现在他跑出来了。如果我是他的牢房,那他已经想到了越狱的办法。但他并没有彻底离开我,他在试探,在确认他的路线,即便他的地道还没有挖通他也知道该往哪儿去。我妈妈对他有个不一样的称呼,她说那是亡灵之魂。"

"你妈妈?"加比低声问。

"我妈妈。"

"米莉安,你妈妈已经——"

"是,是,我知道,她已经死了。但她……给我托过梦,告诉了我这东西的名字,现在我又告诉你们。"

"亡灵之魂。"卢卡斯基斯玩味似的重复说。

他的声音也很低。

如果米莉安没有猜错的话,他很害怕。

这使她也害怕起来。倘若有什么东西令这个家伙感到恐惧——

那么他们肯定也有恐惧的理由。

"你知道他是什么吗?"她问他。

"知道。"

随后他便娓娓道来。

插　曲

亡灵之魂

从前，一切都以最自然的形式存在着。

人死了以后，会留下自己的一部分在世间。有时候，这一部分的能量远远超过他们转移到另一个世界的能量，而如果这部分能量足够强大，就有可能影响我们的世界。

鬼魂，幽灵。徘徊，游荡，显现。有时候，这些实体非常安静；很多时候，他们迷茫，困惑；其他时候，他们为怨气所累，暴力狂躁。留在世间的这一部分能量充满了消极情绪，灵魂的一部分惨遭破坏，留下严重的创伤和无法弥补的后果。

这就是轮回。听起来有些匪夷所思，但事实如此。死亡无法避免。死亡就像劈向灵魂的一把斧子，虽然只能劈下一小部分，但这一部分却会留下来。

如此往复，恒久不息。

我能看到那些留下的部分，我能和他们对话。

我一辈子大多时候都在和这些鬼魂打交道，或者也可以说是他们主动来找我。现在他们与我形影不离，就像一群挥之不去的苍蝇。

可是这群苍蝇的规模却在缩小，因为留下来的鬼魂越来越少，有些鬼魂从平静变得愤怒，但这并不是普遍现象。愤怒的鬼魂可以变得消极，但消极的鬼魂却未必会变得愤怒。真正的死亡可以消除创伤，但却无法重新建立。

久拖不决的死亡会引来黑暗。影子会投向他们，扰乱分子会找上门来。他们焦虑不安，这通常表现为喋喋不休的歌唱或疯狂的独白。但他们不理解也不知道这是怎么回事。

有时候，我看见他们群体移动，就像一支幽灵大军，走过大街或穿过田野，呼啸着蹚过草地。他们脸上带着明显的愤怒，而且他们有着坚定不移的信念。他们不和我说话。他们的愤怒和忧伤像瘴气一样围绕着他们，而且会像油脂一样粘到我身上。结果我便和他们一样的愤怒和忧伤。

有一天，我忽然想弄清楚这种群体性的移动究竟是何动机。所以我就去那些死亡能量聚集的地方。在那些地方我的能力会有所增强，但鬼魂的力量也会增强。在那里我可以抓到鬼魂，把他们摁在地上——就像用拇指摁住一条蛇的脑袋，虽然蛇尾扫来扫去，但却无法脱身。我找到了一个人的鬼魂，那是个喜欢徒步旅行的年轻小伙儿，被人杀死在树林里。他被人追捕、折磨，直至脖子上挨了一枪。我把他困在一只丛林狼的身体里，然后问他为什么要这么做，为什么要逃，打算逃到哪里。他回答说他要去找亡灵之魂，他要和其他人一道打破轮回。

这时丛林狼的下颌突然张开，且开到吓人的角度。鬼魂挣脱了我的束缚，操纵着丛林狼直扑向我。它的眼睛红得像火、像血，肋骨从皮肤下伸出来，就像碾碎的人类脚趾骨。那些骨头从我的腰身一侧刺入我的身体，它的爪子刨着我的胸骨，就像狗试图挖出埋在下面的玩具，只不过这玩具是我的心脏。我显然不是它的对手，但幸运的是，丛林狼的身体不足以承载鬼魂太长时间，它的皮很快就像四季豆一样裂开，里面的东西一股脑地翻出来。鬼魂也趁机逃走了。

我不想去医院，但在坐公共汽车回家的路上，我昏了过去，醒来后却已经身在医院。

我讨厌医院，那里困着许多死人的鬼魂。他们四处徘徊寻找轮回转世的机会。他们每晚都来到我床边，有些甚至哀求我帮帮他们。其他的则对着我滔滔不绝地说许多话，辱骂我，说我干预了轮回是要遭报应的，还说亡灵之魂迟早会找上我，到那时我的末日就到了。

71 死亡以死亡为食

"那是两年前的事了。"他站在那里,像大风中的树苗一样晃来晃去。

"发生在什么地方?"米莉安问。

"就是你朋友找到我的地方。"

"黑星峡谷。"加比说,她的声音里透着恐惧,"那地方……很不对劲,米莉安。你能感觉得出来,就像挂在墙上的画,角度明显歪了,可你却怎么都扶不正。"

亚伯拉罕点点头。"那是死亡的能量。它自给自足,创造死亡的条件,就像火不需要燃料来增强火势,而只是需要更多的火。那里最早是美国捕猎者让雇佣兵处决印第安偷马贼的地方,他们声称自己是马的主人。后来亨利·亨格福德在那里打死了詹姆斯·格雷格,据说也是为了争一匹马,这次是价钱没谈拢。再后来有人非法占据那里,藏在暗处袭击背包客和骑行者。死了两个人。有人说那里有动物和人类献祭活动,我可以确认前者,倒不是因为我在那里牺牲了一条丛林狼,虽然我也不是有意的。其他人声称撒旦崇拜主义者会在那里举行仪式,这也是真的,不过他们并没有人们想象的那么阴险邪恶。事实上我发现,撒旦崇拜主义者倒是些相当友善的人。"

"这个我可以做证,"史蒂夫·韦伯说,"我曾拉过他们一些人去参加集会,他们人还挺不错的。"

"好极了。"米莉安明显有些恼火,"也就是说,那些鬼魂都去找亡灵之魂了,可我还是不明白。"

他耸耸肩。"我也不明白,但如果这个东西招惹上了你,那我得说你麻烦可就大了。"

"我谢谢你指出来。"

"亡灵之魂是个消耗体,非常贪婪,所以会吸纳灵魂。至于为什么,没法说。"

"也许他并不是以个体形式存在,而是一个集体。"她说,"如果是这样有些事就说得通了。比如他为什么会有不同的形体和声音,他每次都以不同的面目出现。"

"也许吧。也许他就像死者的目录、幽灵的主脑,或者他们的殖民地。可是为什么呢?"

米莉安周身泛起一丝寒意。"轮回。你刚才提到过轮回。这就是万物之理:人死了以后,会留下一些精神上的东西。我也听人说起过……图案、织锦之类。这些似乎都是一个更大的概念的一部分。一切都应该是本来的样子。"突然,耳边回响起她妈妈的声音:*该是什么就是什么,米莉安*。"也许他想打破轮回。生与死以及生死之间的东西。他很愤怒,他想……复仇。他认为死亡不公平,所以想打破这种模式。"她双膝发软,"他想利用我打破这种模式。"

"可能被你说对了。"

米莉安强忍着才没有一口气背过去。她得坐下,要不就得倒下,所以她胡乱拽了把椅子一屁股坐上。她把视线集中在百万英里太空外的一个点上。穿透一切,远离此处。

不!她猛地站起来,差点撞翻了椅子。米莉安焦灼地踱起了步,而后忽然转身,面朝卫生间。她看到了镜子中的自己,疲惫、失落,又有些任性不羁——她的双眼看起来有些浮肿,好像已经为痛哭一场做好了准备。该死的镜子!于是她冲进卧室。百叶窗拉着,屋里昏暗无光。她以为黑暗能让她放松和平静,但这无济于事。因为她还在这儿,她自己,不管她走到哪里——

她都在。

"该死!"她低声骂道。

加比走了进来,一只手温柔地放在她的肩膀上。

"你没事吧?"

"没事,不,我怎么会没事!我上当了,加比。这一切都是阴谋,而我只不过是个符号。是绳子拴着的一条狗,是套在手上的玩偶。我做过的事没有一件是对的,我……我彻底搞砸了,而且我是代表一些不高兴的鬼魂搞砸的——这东西不是什么噩梦和幻觉,他是真的,而且那么长时间以来他一直驱使着我在这条路上走下去,结果我还以为自己所做的一切都是对的。可实际上我不是英雄,而是坏蛋。我就是一个悲剧。"

"米莉安,不管那东西对你有什么企图,你做了你认为对的事,这就够了。我们这些人来这里都是因为你啊。"

"是啊,都是我害的。"

"我可不是这个意思。我是说……我们来这里是因为我们爱你,相信你。我们来是想帮忙的。不管你需要我们做什么。懂吗?别再管过去的事了,也别再管那东西究竟想怎么针对你。掌控你的人是你自己。你已经尽力了,其他的都无所谓。"

无所谓。

一方面,她确实需要听到这样的安慰。

而另一方面,去他的无所谓。

她有所谓。

所以这一切都不可能无所谓。

但她现在还有挽回的余地。

"加比,时间已经不多了。离你杀死那个比格尔医生……你也意识到了,对吧?时间紧迫,现在没剩几天了。但也许我们还能挽回。"

她狠狠吻了一通加比,吻得加比目瞪口呆,一头雾水。随后米莉安旋风般地从她身旁经过,又经过站在走廊上的史蒂夫。史蒂夫冲她叫道:"你们丢下我一个人陪那疯子。求你们别让我单独和那疯子在一起——"

但米莉安已经向卢卡斯基斯走去。那个通灵师用一双奇怪的猎犬一样的眼睛瞪着她。他眼睛里有紧张，也有阴郁。他眼睛下面全是皱皮，硕大的眼袋拉扯着下眼皮儿，真不知道他平时怎么把眼闭上的。米莉安怀疑他搭飞机的时候还得掏额外的行李费。他就那样盯着她。

"你想怎么办，米莉安？"他问。

"我想做个了断。我想找到他，抓住他，干掉他，哦，他已经是个死东西，那就随便用什么方法毁掉他。我想请你帮我，卢卡斯基斯。你必须得帮我。"

他点点头。"好，我会帮你。但这件事非同小可。去吃点东西，睡一觉，准备一下，我们很快就要离开这里。我们得在午夜之前赶到那里，因为午夜是不同世界之间界限最薄弱的时候。"

"你说的那里是哪里？"

"还能是哪儿？黑星峡谷啊。"

72 章鱼、尿罐子和沙皇神秘主义者的真相

天黑很久之后他们才出发。夜里十点。史蒂夫开车,加比坐在副驾,米莉安坐在后排,旁边是名字叫作亚伯拉罕·卢卡斯基斯的黑黢黢的一团。汽车遨游在洛杉矶夜晚璀璨的霓虹灯的海洋里:快餐店、文身店、电影院,各种招牌鳞次栉比。不同的车里传出不同的音乐,说唱、舞曲、重金属,应有尽有。他们穿过城市,驶上I-5号公路,又转上91号公路。即便已经快到半夜,公路上依旧车水马龙,川流不息。他们只得走走停停。米莉安心想,洛杉矶的公路系统简直就是特别的炼狱。她怀疑那些司机是否永远都不离开公路。他们在路上吃,在路上睡,在路上工作。他们吃快餐,听有声书,开电话会议,直接对着车窗外撒尿,说不定还会直接把屎拉在快餐袋里。他们把自己托付给了这地狱般无穷无尽的公路。

米莉安不愿想这些有的没的,可她是被逼无奈,因为只有胡思乱想能让她忽略亚伯拉罕·卢卡斯基斯浑身散发出的刺鼻气息。并不是说他身上特别臭,那不是体臭,不是垃圾的腐臭,也不是尿臊臭。而是他闻着就像一颗秋天的大松果,还混合着肉桂和丁香。就好像他刚刚和圣诞老人以及南瓜香料狂欢归来。南瓜香料是香料女郎吗?米莉安不记得。她猜应该是。

他两腿之间放着一个袋子。基本上就是他们在他公寓里以及在哈洛伦泉那家废弃的加油站里发现的那些玩意儿:圣烛台、许愿烛、鸟骨、粉笔、水晶之类。

（感谢上帝，他没带那些尿罐子和死猫。）

"那些东西，"米莉安说，"我们在你公寓里也见到了。"

"抱歉我给了你一枪。"他咕哝道。

"没关系，我还活着。"她扫了一眼那个袋子，"你用这些东西干什么？它们有什么用处吗？"

"没用。"

"什么？"

"我说它们没什么用处。"

"不不不，我听见了。我只是本能地要问一句。我的意思是，你说它们没用是什么意思？没用，你还带着它们干什么啊？"

"因为带着它们能让我心里踏实。"

"它们就只是心理安慰？"

"很多事都只是心理安慰。每个人都有自己的小迷信，敲木头、肩膀上撒盐、摸兔子脚。即便毫无意义，有时候我们还是习惯做出一些举动。我们假装冰箱里的果菜箱就是用来装果菜的。我们相信烤面包机的把手能让面包颜色更深。我们喝补药、服用维生素，尽管它们对我们没什么鸟用，最后还不是——"他用手指了指裆部，"——都尿出去了。我们偏爱自己偏爱的东西，做自己认为该做的事，这让我们每一天都过得心安理得。正是这些癖好——"他着重强调了这两个字，"——让我们人类和动物区分开来。"

"这些癖好有助于增强你的异能吗？"

他耸耸肩。"不知道，反正也没坏处。"

"那岂不是很奇怪？"

"什么东西不奇怪呢？你指的是哪个方面？"

"你。拥有和鬼魂交流的能力。"

"我一向都是个怪人。"

"你从出生就有了吗？这诅咒。"

他摸了摸花白的长胡子。"不，我死过一次。死的时候身体里好像打开了一个通道，从那之后就再也没有关上。"

米莉安扬起一侧眉毛。"你死过？"

"是啊，我偷了一个人的狗。他老是打那只狗，而我不希望他再打它。所以，那时候我还是个孩子，又是冬天，我晚上就悄悄地去驯他拴在门廊下的狗，每天晚上。我喂它面包和温水，渐渐地，我赢得了它的信任，随后我就放了它。我带着那条红毛猎犬跑了，可那男的听见了铁链的声音。他拿着一把步枪就追了出来。我抄近路，从结冰的湖面跑回自己的家。狗跟着我，但它在冰面上老是打滑。我听见一声枪响，狗翻了个滚儿栽倒在冰上，血流了一大片。我趴在它身上护住它，但血的温度融化了冰面，我们掉进了湖里。"

史蒂夫从前面扭过头问："那条狗救了你，对吗？它把你从水里拖了出来？那条狗成了英雄？"

"对。"

史蒂夫如释重负地呼出一口气。"谢天谢地。"

"然后那条狗就死了。"

"啊？该死的！"

"是开枪打死狗的那个男人把我从湖面拖到岸上，又叫了救护车。我死了，但又活了过来。那条狗也死了，但我却仍能看见它。那时它一直陪着我。现在有时候我还能看见它。"

米莉安蹙起了眉。"那条狗变成了鬼魂？"

"没错。"

"原来狗也有鬼魂。"

"没错。"

"所有动物都有鬼魂吗？"

"不，只有聪明的动物才有。狗、猫、章鱼、渡鸦。"

"就这些？有鬼魂的动物就只有这几种？"

"我也说不准，也许还有鹦鹉。"

"也许？"

"也许。"

听起来很扯，但也不是毫无用处。他这席话虽然荒诞可笑，但却让米莉安平静了一点。她的身体已经快紧张到了极限,就像一袋海胆在互相戳来戳去,或一包蜜蜂、一团饥饿的蛇。但现在她感觉好多了。心理安慰,果然有用。

"很遗憾,你死过。"她说。

"我已经习惯了。"

"习惯死?"

他点点头。"我都死过六次了。"

这一次是加比一脸惊诧地扭过头来。"你到底是谁啊,拉斯普京吗?"

"对。"他回答得很坦率,好像这是再明显不过的事。

"谁是拉斯普京啊?"米莉安问。

史蒂夫这时插进来说:"格里高利·拉斯普京,一个俄国老家伙——"

"他是个神秘主义者,"加比抢过话头说,"还是沙皇的顾问。"看到其他人惊讶的表情,她连忙解释说:"我在社区大学上了不少奇奇怪怪的课程。"

"我只看过《地狱男爵》。"史蒂夫说。

"他死过很多次,"加比说,"算是吧。反正他遇到过很多次暗杀之类的,但他就是死不掉。"

"没错,我就是拉斯普京再世。"卢卡斯基斯说。

大家都不知道该如何接话。

"在我所有的搭车经历中,这一次最奇怪,"米莉安说,"而我曾经坐过一辆SUV,有个家伙的腿被砍掉了。"

73　死亡能量

靠近黑星峡谷，这次疯狂的汽车旅行已经越来越让人压抑。米莉安感觉得到——她将此归咎于不断膨胀的焦虑情绪，它们像蚂蚁在五脏六腑中不断繁殖，但她无法否认实际感受比这要更为明显真实。她的皮肤刺痛难忍，而且她能在各种奇奇怪怪的地方感觉到脉搏：指尖，眼球，小腿肚。还有肚子里的孩子似乎也在不停地翻身，好像那小姑娘怎么都找不到舒服的姿势，好像她知道有事情要发生，知道有什么地方不对劲。对米莉安来说，这种感觉就像在倾听死亡频率，或来到了一个安静得有些诡异的地方。

当史蒂夫按照卢卡斯基斯的指示把车停在路边时，这种感觉更加强烈。"这就是我们要去的地方。"通灵者说道。

他指着路边一条灌木丛生的狭窄的护坡小道——经过一段上坡，小道消失在黑暗中。尽管月光皎洁，但米莉安的视力仍然有限，只隐约看到一排好似金属栅栏的东西。

"你确定吗？"她问卢卡斯基斯。

"我什么都不确定。但这儿就是我们要去的地方。"

他在前面领路，其他人随后，史蒂夫也想跟过来，但米莉安说："不，你留下，守着车子，也许我们会需要你。"

"你确定？"

"不，我也什么都不确定。但我们现在的处境就像恐怖片一样，留个接应的人总会保险一点。"而她心里却有另一番话：伙计，你是个好人，我不想让你跟我们去冒这个险。

他点点头，留了下来。

米莉安和加比跟着疯子摸黑去了。

一阵窸窸窣窣，他们穿过灌木丛，爬上护坡道，来到栅栏前。卢卡斯基斯说的没错，这就是他们要来的地方。栅栏链条离地挺高，足够他们从下面钻过去。

他们一个个钻进去，米莉安是最后一个。她是仰躺着钻的，因为肚子。但在她一寸一寸往里挪动时，她能感觉到栅栏刮破了衬衣，划破了皮肤，在她苍白的身体上留下三道爪印一样的口子。

但她咬着牙，继续向前。

血从伤口缓缓流出，浸湿了衬衣。

"见鬼！"加比担心地叫道。她迅速来到米莉安身边，提议立刻回去找些纱布。

"我的伤口能自愈，你忘了吗？"米莉安说，"放心吧，没事的。"

"米莉安，我心里不踏实——"

卢卡斯基斯打断她们。"流血是好事，就像水里的大马哈鱼，能把鲨鱼招来。咱们继续走吧。快到午夜了。"

他跟跟跄跄地钻过矮树丛，走向一条泥土小径。米莉安和加比紧随其后。米莉安心中闪过一个疑问：她们真的能相信他吗？当然，格雷罗似乎就相信他。卢卡斯基斯看起来也像个耿直的家伙。米莉安喜欢耿直的家伙，他们也许很蠢，但却很诚实可靠。而且根据她以往的经验，这类人要好过其他所有人。

可是，她总觉得这个地方有点……

酸臭。她想吐，好像刚刚喝了一杯醋。空气好像得了病，变质了，闻起来并非健康空气的味道。反正就是不对劲，不新鲜，腐烂了。

他们盘旋而上，翻过一个小山丘，而后开始下坡。

加比通常会在米莉安的包里放一个备用的迷你镁光手电，此刻米莉安拿出来打开。卢卡斯基斯扭头瞪了她一眼，黑色的眼睛在浓密的头发和胡子中间闪闪发光。但他没说什么,而是继续朝前走,因而米莉安也就没关手电。

他们经过一个被藤蔓缠得密密麻麻的招牌。

此路无养护。

通行者出现任何财物损失或人员伤亡,橘子郡概不负责。

招牌上遍布弹孔。

再往前,他们发现一顶破帐篷——起码弃置有数月甚至数年,烂得不成样子。周围丢满煤渣砖、篝火灰烬、空易拉罐、生锈的罐头盒。附近的矮树丛中有半堵墙,上面被人喷了各种各样的符号:无政府主义标志、五角星、重金属S——中学时米莉安经常在自己的笔记本上写这个符号,原因至今未明。

往前走,又是一堵墙,墙体中高高低低冒出许多石头。墙上写着一句话:**我们都得死!** 过去,一辆侧翻的大众客车,车顶写着骂人的脏话。

真是言简意赅,米莉安心想。

他们没有停下。米莉安的眼睛只能看到手电照到的那一个圈,光圈之外的所有东西都只是朦朦胧胧、令人毛骨悚然的影子。树木像到天上摘星星的大手,岩石像躺在地上睡觉的巨人的脑袋。

前面有一根柱子斜挡在路上,看样子像是倒掉的电话线杆,他们只好猫着腰从下面钻过。

杆子上喷写着最直接、最可怕的警告:

回头吧

不值得冒险

米莉安更倾向于理解为这是一个半途而废的背包客在点评网站上对这条小道做出的评论:*差评,垃圾路线,一颗星,要是能打零星我就打零星了。* 但直觉上她更愿意相信这是一个善意的警告,它在提醒你继续向前有可能要付出意想不到的代价,而不管你要去干什么,都不值得。

她清了清嗓子,和加比赶上卢卡斯基斯。

"有什么计划吗?"她问,"我们还要走多远?"

"不知道。"

"不知道什么？我问了两个问题。"

他咕哝一声。"那我一并回答了，米莉安·布莱克，你的两个问题我都不知道答案。"

"你没计划？我以为——"她咬牙忍着没有发火，"我以为咱们起码得有个计划。"

"这种事计划不来。咱们又不是做数学题或搞科学实验。这是艺术，艺术哪有什么计划。但如果硬要我说——"

"对，该死的快说吧。"

"我们还按我以前的做法。我们召唤鬼魂，把它引到这里，困在某个动物的身体里。估计还得用丛林狼。然后就拷问，如果有必要，我们就杀死这条丛林狼。"

加比不由得问道："那有什么用呢？米莉安已经说过，这东西很乐意杀死自己的……宿主？我们这样做对它应该没用吧？"

"在别的地方没用，但这里是黑星峡谷。这里的死亡能量会在宿主与鬼魂之间建立一种亲密的关系，它会被困在宿主身体里。"

"这个方案听起来还是有点勉强，感觉像治标不治本的临时方案。"她嘟囔说。

"你从鬼魂的存在中应该已经知道，所有的方案都必然是临时的。就连死亡都不是永恒的。"

"你确定能把它困在丛林狼的身体里吗？"

"对。"

"你一向都能做到？"

他摇摇头，晃了晃一根手指。"不，我的能力在进化。和你的一样，你的没有进化吗？起初，我只能看见死人，随后我便能和它们对话，接下来我又能……驱使它们，把它们约束在某些东西或野兽中。那让它们更容易对付，困住之后，它们更有可能告诉我它们的真实动机。"

加比插嘴说道："上次你说把鬼魂困在丛林狼的身体中，结果并不妙啊。那东西差点要了你的命呢。而这个幽灵，米莉安的入侵者，他要强大得多。恐怕没那么容易被困住。"

羞愧使他脸上突然浮现出一团阴影。加比的话触到了他的痛处。在此之前他一直都是一副吊儿郎当心不在焉的样子，*也许这能行，也许不行，反正我都死了六次了*。然而此刻他好像忽然没了信心，看上去特别失望、忧虑，还有些受伤，甚至有点萎缩。"也许你说得对，上次我确实失败了，这一次说不定还会失败。"他用鼻子深吸了一口气，"要不咱们回去吧，这是个错误。"

他转身便往回走。米莉安一把抓住了他的——呃，她也不知道究竟抓到了他衣服的哪里，说心里话，她倒希望他能像壁虎舍弃自己的尾巴那样挣脱出去，可他却被她拽住了。

"喂喂喂，"她叫道，"你说过你能做到的。刚才你还雄心勃勃，怎么现在却要临阵退缩了？"

"我……我可能太自负了。愚蠢。我有过不少次失误，可那是我一个人的事，对别人没有影响。但现在我如果失误却可能伤害到你和她，还有你肚子里尚未出生的孩子。这代价太高，我无法接受。"

米莉安差点把自己的嘴唇咬下来。"我们不能半途而废。这件事必须得做，现在就做。"

"这太危险了，你朋友说得对。我只是听过一些关于亡灵之魂的传闻，但至少有一点很清楚，他很厉害。我实在胜任不了，我很可能没办法把他困在动物身体里太长时间，万一失败，那野兽会袭击我们……那些牙齿、爪子，若是被一个复仇心切又怒不可遏的幽灵控制，后果不堪设想。"

"那我们就把他困在一个不会袭击我们的东西里。"

"米莉安。"加比说。

"怎么了？"

"我有个主意。"

"你赶紧说说。"

"别用丛林狼了，"加比说着又扭头问卢卡斯基斯，"你能把幽灵困在鸟的身体里吗？秃鹰或者渡鸦之类的。"

他嗯了一声，点点头。"可以。"

米莉安心领神会。

"哦,哦,如果是只鸟,我就能钻进它的脑袋里。你把幽灵困在鸟的身体里,我进入鸟的大脑。我控制鸟,也就控制了入侵者。那你就有时间干掉它了。"

她既恐惧又兴奋,激动得有些头晕。和入侵者——亡灵之魂——同时困在动物的意识中?想想就觉得恐怖,她没有这方面的心理准备。可唯有如此她才能找到自己苦苦寻觅的答案。如果她能起码找到一个地方并发挥自己意识的力量,也许他们就有赢的机会。也许她的责任就在于此。也许入侵者就该这样终结。

"鸟可以,好得很,"他说,"鸟是亡灵摆渡者,它们本身就是灵魂的载体。把入侵者困在鸟的身体中……绰绰有余。"但他又连连摇头,"可这还是很危险。你确定要这么做吗?"

"不确定,"米莉安如实答道,"但这是我们能想到的最好的办法了。我想干。"

"好吧,"卢卡斯基斯说,"那我们得抓紧时间了,因为马上就到午夜了,我们还有段路要走呢。"

74　宽恕我们的罪过

他们来到林中的一片空地，这里地势低洼，四处散放着许多一截一截铁锈红色的管道——管道很大，只要低着头就能从里面走过去——有些在他们这边，有些则像地狱里的烟囱一样对着天空。周围还有很多石头，部分上面有炮眼，大到足以插进钢筋或雷管。空地中央是一个环形大坑，里面寸草不生，土呈黑色，中间有死树根和破布条。

卢卡斯基斯说鬼魂们把这里称为传送门。

"它们在这里聚集，"他说，"就像水流向低洼地带。"但随后他环顾四周，视线越过他们，望向似乎非常遥远的地方。他并没有看特定的东西，他在看穿这个世界。"可现在这里一个鬼魂都没有。这是死地中的死地。除了虚无什么都没有。"

米莉安很想装作不懂的样子，可惜她懂了。她感觉得到。就像一个房子突然停了电，周围陷入可怕的死寂。她感觉不到任何生命和能量的频率。空气停止了流动，且突然寒气逼人。

这时——

平地里突然刮起一阵阴风，热烘烘的，且带有呼吸的声音，这是恶魔的喘息。它带来一股什么东西燃烧的臭味儿，像腐臭，也像硫黄。但这阵风很快就过去了，空气再度凝固起来。

卢卡斯基斯低声说道："有东西过来了。你的那个幽灵发现我们了。它被你引到这里来啦。你的能量在这里汇聚，它不可能忽视。"他迅速在传送门周围摆上蜡烛,还把鸟骨悬挂在附近的树枝上。它们看上去就像用来恶作剧的圣诞树上的装饰。加比帮他摆放各种仪式用品,他不耐烦地冲米莉安喊道:"你该寻找你的鸟了。"

她让感官向外辐射。她从来没有以这种方式操作过,此刻她意识到亚历杭德罗的说法是多么形象——向外扔一条绳索以捕捉某个目标。可她没有发现任何目标,这里简直就是死亡地带,一只鸟都没有。不不不,这怎么可能?鸟向来无处不在啊。但这个地方是人间的地狱,鸟是不愿到这里来的——

她一时有些喘不过气。

时间仿佛慢了下来。

卢卡斯基斯和加比继续把他带来的东西安放在空地周围。

但这里还有别的存在。

现在这种感觉和在埃默森·考尔德克特的地牢中时一模一样。

入侵者已经到了。

他们看不见他。他们的动作就像慢镜头一样,但亡灵之魂却能以可怕的速度移动。他就是扑向米莉安的那团影子。他几乎没有形体,也没有脸。他像一团滚动的雷雨云,四肢和须蔓从中央衍生出来,而后变成一团飞舞的苍蝇,最后化为蒸汽。亡灵之魂怒不可遏,咆哮声震耳欲聋。

"你们在干什么?"

她费力地吞下一口唾沫,再度将意识的绳索抛向更远更宽广的空间,但这时那无形的亡灵之魂突然有了形体。路易斯。他那只废掉的眼睛就像这里的环形大坑,里面充斥着黑土和死树根。从那坑里伸出来一丛蜘蛛的腿,那腿像螃蟹的螯一样粗大。它们蜂拥而出,冲下入侵者的脸。那些锋利的腿把入侵者的脸划成一道一道,随后这张脸像被蒸汽熏变形的墙纸翻卷,脱落,一张新的面孔从里面显现出来:埃莉诺·考尔德克特。她的脸上糊满了水草,且遍布死亡的印记。可接下来这张脸也脱落下去,露出另一张新的脸:亚历杭德罗。他的双眼像两枚硬币一样了无生气。就这样,一张脸接着一张脸,像撕挂历一样:拿着红气球的男孩儿,杀死路易斯时的雷恩,毁容前的加比,色眯眯地舔着嘴唇的阿什利·盖恩斯,龇牙咧嘴、满口血肉的哈里特，脑袋上寸草不生的英格索尔——

"你以为你们能骗得了我？"入侵者吼道，他的话仿佛同时从五六张嘴中说出来。

米莉安这时才意识到入侵者的强大，可惜已经太晚了。我们完蛋了。这是个错误。我们根本无法制伏他……

她连连后退，被什么东西绊了一下，身体控制不住地向后倒去。她一屁股坐在地上，脑袋撞上了一块石头，一时眼冒金星，耳朵里嗡嗡直响。

现在入侵者又变回了路易斯的脸。

"你就是一块破碎的小饼干。"

现在变成了伊森·基。

现在是一个戴着医生口罩的人。

现在是本·霍奇，得到她第一次的那个男生——

现在是他的妈妈，她的脸因为狂怒而极度扭曲，紫色的嘴唇上沾满唾沫，两眼充血，连眼白都变成了红色，像捏碎的樱桃——

卢卡斯基斯也注意到了气氛不对劲。

他能看到他吗？他能看到亡灵之魂吗？他知道米莉安的入侵者已经来到这里吗？她不清楚。

他挥舞着胳膊冲过来——

"快找鸟！快找鸟！"

她大叫一声，闭上眼睛，开始搜寻——

插　曲

曾经午夜，枯燥无味

一英里外，一只渡鸦在黑暗中孤零零地栖息在一棵树上。

那是一只普普通通的渡鸦，之所以普通是因为它们数量巨大，十分常见，尤其是美国西部。但就智力而言，它们可毫不普通。

乌鸦也很聪明，但与渡鸦相比却稍显逊色。所以这一点务必要搞清楚，乌鸦不是渡鸦，渡鸦也不是乌鸦，两者不可混为一谈。（同样还有乌鸫、寒鸦、松鸡或喜鹊。）它们的叫声也不同，乌鸦沉闷，渡鸦刺耳。乌鸦体形小，渡鸦体形大，大如某些老鹰。关于渡鸦的神话有很多。比如在瑞典，渡鸦在午夜之后的鸣叫被视为冤死者的呼喊，说明死者很可能死于谋杀，或没有得到正规的基督葬礼，所以他们的灵魂还在外面游荡。渡鸦适应能力很强，它们富于同理心，会记住人的面孔。它们可以是食腐动物，但也可以是食肉动物：捕猎鸟蛋和小鸡。捕猎时它们会驱散鸡群，使得母鸡无法有效防御。渡鸦也有一些天敌，其中最大的敌人当属人类。渡鸦聚集通常被视为不祥之兆。

一言以蔽之，渡鸦不是笨蛋。

这只渡鸦同样也不是笨蛋。它经常与领地中心这片死亡地带保持着距离。它不知道这里是什么地方，但它知道这里不正常、不对劲，所以它和它的同伴们都不愿涉足这里。它们一直牢记这一点。

随后，也就是这只鸟的嘴巴一张一合的工夫，米莉安得手了。

渡鸦那聪明的头脑被更高级的智慧取而代之了。

（当然，聪明的头脑只是对鸟类而言。）

新的头脑反客为主。

这头脑不是来自另一只渡鸦，不，尽管新的头脑在很多方面仍像渡鸦一样去思考，而且它们在残酷的本能智慧和对捕猎的狂热之间有着很多相同之处。因此，对渡鸦身体控制权的交接就容易了许多。现在，这只大鸟的身体供米莉安驱使了。

它展开双翼，从树枝上一跃而起，飞上天空。

它飞向了死亡地带，尽管意识深处它非常清楚自己不该到这个地方去，因为——

因为它可能会死。

它在黑暗中翱翔，像夜一样黑的鸟，掠过像夜一样黑的天空。它飞过死掉的树和灌木，飞过扭曲的标志和报废的卡车，飞过古老且浸透了鲜血的大地——鲜血可能已经无迹可寻，但在鸟的记忆深处，那泥土和石头下面必定血迹斑斑。这个地方早在人类踏足之前就已经见识过血腥。野兽在这里撕碎别的野兽，因为它们对鲜血的渴望至高无上。对许多野兽而言这里都是鬼门关，可对渡鸦来说却是机遇。（当然，前提是它们得远离这死亡之地。）

渡鸦很快就听到了呼喊。人类。它知道该谨慎一点，但却也忍不住好奇——有时候，人类会杀戮渡鸦，但有时候人类对渡鸦也很有用。正如渡鸦能利用小树枝捕获洞穴中的蚂蚁，它们同样也很乐意将人类视为有助于捕猎的工具。人类也是猎手。他们用车撞死动物，而后抛尸荒野。人类甚至会杀害自己的同类。而这种时候，渡鸦很愿意出现在他们的周围。

准备大快朵颐。

但此刻这只渡鸦感觉到了恐惧，可它又无能为力。它阻止不了恐惧，也阻止不了自己朝恐惧的方向飞。它的目的地是死亡之地。很快，人类发出的尖叫和话语便清晰起来——

它降低高度，飞向他们，飞向那个染着红头发，眼睛向上翻的女人；飞向那个奇怪的看着就像一个人形白蚁丘的男人；飞向那个脸像破碎的镜子一样的女人。

但它同时也在飞向另一个东西。

渡鸦看不到,但能感觉到他。一个无形的存在,死亡之地的化身。那无形的东西非常懊恼。他像一群蝗虫嗡嗡作响,像暴风一样裹挟着混乱和无序:不,更糟,是龙卷风,是飓风。

渡鸦极力想夺回主导权。

但这很难。它的命运,至少暂时的命运是屈从。

它硬着头皮往前飞,最后落在一截管道上。

什么东西攥住了它的脚,就好像它那小小的脚指甲陷进了管道中,动不了,也叫不出。

有东西在逼近。

完了,渡鸦知道。

但什么完了?

它自己,还是更加宏大的东西?

或更奇怪的东西?

75 疏　漏

　　米莉安此刻在渡鸦的身体里。她发现了这只鸟，并把它带到了现场。她几乎用上了全部的精力才控制住它，因为通过渡鸦的耳朵和眼睛，她能听到和看到正在发生的一切。她知道自己目前一动也不能动，形势十分危险。她知道入侵者——渡鸦看不到，但能感觉到——已经离米莉安而去，此刻正扑向加比，他那触手一样的影子将她按倒在地，大概在寻找她灵魂上的漏洞。她还知道卢卡斯基斯就站在那里挥动着胳膊，仿佛在对着风发号施令，又像个疯子似的在打太极拳，搅起只有他自己能看到的精神的激流。加比尖叫起来。卢卡斯基斯吼了起来，米莉安也开始喊叫，但发出声音的并非她的人类身体，而是那只渡鸦。它一声接一声地叫着，又因为恐慌不停地扇动着翅膀，因为周围什么事都没有发生，他们准备的一切都没有起作用。米莉安很清楚，加比根本无法抵挡入侵者——

　　这时她忽然有种奇怪的震撼感，就像一道没有声音的霹雳击中了她。巨大的压力变化将她包围。加比猛然站起身，喘息不定。卢卡斯基斯一个趔趄险些趴在地上，就像他原本扶着一把椅子，但椅子却突然被人抽去。渡鸦身体中的米莉安感觉到一团浓厚的黑暗向她袭来，渡鸦的头脑似乎在变大又似乎在变小。米莉安仿佛被装进了一个真空密封袋，而周围的世界却在一片无垠而又可怕的虚空中猛烈爆炸。她最后看了一眼站在那个世界，站在那片死亡之地中的自己——她后背僵硬，弯成了一座桥，血从她的鼻孔中喷出来，就像被人踩烂的酱包里溅出的番茄酱。

　　随后她便再也看不到自己。她气喘吁吁，但是——

76 苏 醒

  米莉安在医院的病床上乱踢乱打。她喊着，叫着，扯下插在鼻孔中的氧气管，拔掉扎在胳膊上的输液针——血喷出来，像水笔一样在白色的墙壁上画出一道细细的红线。撕下贴在胸口的电极片，周围的仪器顿时响作一团。随后她挣扎着翻身下床，但她的双腿疲软无力，结果身子一沉，膝盖重重跪在地板上。

  她伸手摸了摸肚子。

  腹部的隆起消失了。

  孩子没了。

  她的肚子软软的，还有些凹陷。她绝望地喊道："不，不！又来？！又来？！"她嘴唇干裂，舌头舔在上面犹如舔在砂纸上。就连她的牙齿都像沙子一样干燥。她想站起来，找个人，随便谁，可双腿颤抖得厉害，身体软得犹如橡皮筋……

  黑暗再度攥住了米莉安，并彻底将她拥入怀中。

第十部分 天堂鸟

77 破碎的小饼干

这不是真的。

这不是真的。

这不是真的。

这是当他们和她说话时,米莉安在心里不断重复的一句话,她重复的次数太多了,这五个字已经开始失去原本的意思。它们听起来越来越不像一句话,而更像噪声,让人舒适的、单调的噪声。

医生是个肥肥胖胖的家伙,头顶上的头发好像全都搬到了眉上和鼻孔里。他正在向米莉安解释昏迷后的反应。"米莉安,从昏迷中完全苏醒并不是一蹴而就的事情。大部分电影里都是骗人的,他们演的好像昏迷的人说醒就醒了,可事实并非如此。过去一周里,你进入了最小意识状态。你的身体能对疼痛刺激做出反应。你的眼球能在眼睑后面移动,但你并没有恢复意识。你出现的是典型的昏迷反应,所以我们认为你苏醒的概率很大,结果你果真醒了。"

"这不是真的。"她说。这句话在她头脑中又转了好几圈。说出来的感觉和她在脑子里想的感觉一样矫情,但她还是说了。

她的妈妈坐在床的另一边,微微蜷缩着身体——脸上带着奇怪的厌恶表情。仿佛她没有认出自己的女儿,或者她在担心自己疯掉了。"医生,怎么会这样?"伊芙琳·布莱克说,"她这是说的什么话呀?"

医生转过身,应该在对伊芙琳说话。

"这是正常现象。"他的声音像狗一样粗哑,"昏迷病人苏醒时对现实会有种不确定感。他们处在植物式的梦境状态。创伤导致——"

"还是她遭到袭击的原因?"伊芙琳冷冷问道。

"对,对,"他回答的时候依然没有看米莉安,当然他也并非在和她说话,"袭击给她的身体和大脑都造成了相当严重的损伤。她出现了阿谢曼综合征,另外,还有脑出血。我刚说过,她受到的损伤是相当严重的,足以让她昏迷三个星期,但至于究竟严重到何种程度,我们还要等待她的身体和意识恢复到一个……相对更容易评估和稳定的状态。但好消息是,她醒了——"

"我已经醒了,你可以跟我说话。"米莉安小声说道。眼前的场景分外熟悉。这一幕肯定发生过。

这些经历是真的。

但却并没有发生在眼前。

医生半转过身体面对她。"你醒了,米莉安。我们会治好你的。稍微做些理疗你就能站起来了,随后做个心理鉴定,你就能回去继续上学了……"他滔滔不绝地说了许多,但米莉安的心已经飞到了别的地方。她努力寻找加比,寻找路易斯,或其他任何能把她从噩梦中拉出来的人。最后,医生说道:"小姑娘,你简直是一块破碎的小饼干,但我们会让你恢复如初的。别担心,最坏的部分已经过去了。"

78 最坏的部分才刚刚开始

　　治疗师是个屁股大、肩膀窄的女人,身体塞在一件看着就让人发痒的毛衣里。她阴沉着脸,不苟言笑,鼻梁上的眼镜大得离谱,活像福尔摩斯的放大镜。

　　"有这种感觉很正常。"她对坐在对面的米莉安说。米莉安蜷缩在一张硕大的棕色皮座椅中,两只胳膊抱着膝盖,把它们紧紧搂在胸口。

　　"不敢相信我真的在这儿。"

　　"这种游离的感觉很正常,而且很快就会过去。"

　　"这不是感觉,"米莉安吼道,"我很肯定。"

　　治疗师——夏普医生——问道:"米莉安,你知道我是怎么死的吗?"

　　米莉安一愣。

　　"不知道。"她最后说。

　　这是实话。

　　"在你的幻想中——"

　　"相信我,这不是幻想。"

　　"在你的灵视中,"夏普说着笑了笑,脸上的皱纹能夹住烟头,"你有那种超能力,对吗?看到别人怎么死?"

　　"是。"

　　"但你现在应该看出来了,这只不过是……幻觉,对吧?一种关于超能力的幻想。咱们来捋一捋。你怀孕了,然后……你男朋友,也就是孩子的爸爸，自杀了。而后他的妈妈于盛怒之下在卫生间里袭击了你，结果导致胎儿流产，并让你昏迷了长达一个星期。在处于植物人的状态中时，你创造了一个世界，在那个世界中你拥有一种可以阻止死神的能力，但前提是你对某个死亡事件感到愤怒，而且你需要用另一起死亡事件来阻止这一起死亡事件。在这个世界中，你很特别，你是一切的中心。你——你怎么描述来着？你破坏了命运织锦上的图案。有时候，你拥有的这种能力是一种天赋，而有时候却是一种诅咒，但后来你是怎么摆脱这种能力的呢，米莉安？告诉我。"

"我没必要告诉你任何事。"

"求你了，告诉我吧，就当是为了我好吗？"

米莉安叹了口气。"好吧，我……我后来又怀孕了。而这次怀孕能让我改头换面。它会终结诅咒，让一切回归正常。"

看。

她说了。

治疗师注视着她。那皮笑肉不笑的表情居然一点都没有闪烁。"你终于说出来了，你没有感觉到轻松吗？或者安慰？难道你不觉得这个故事有可能是你的头脑为了缓解你受到的打击而编造出来的？"

"不。"米莉安违心地回答。她从椅子里下来，站起身，用一根手指指着治疗师的脸说，"那你倒跟我解释一下：我知道我得了阿谢曼综合征。那天夜里在医院听到这个名词之前我对它一无所知，闻所未闻。可我就是知道，医生跟我说那些话的场景，我在很多年前就经历过了。"

"很可能是你无意间听到他向你妈妈解释。"

"也许吧，可是——"

说到这里，米莉安又坐了下来。

她忽然觉得自己像个开了缝的玩具娃娃。

记忆中医生与她妈妈对话的那一天，她感觉就好像不在房间里。*就好像你处在半清醒半昏迷的状态，他们只是在你旁边说话罢了。*

夏普继续追问："还有一点，米莉安，你提到的那些名字……路易斯、哈里特、加比等等，我查过了，这些都是你的护士的名字。其中路易斯看护你的时间最长,不过他现在已经调到其他楼层了。"

米莉安眨了眨眼睛,赶跑眼中的泪水。"也就是说,这一切就像《绿野仙踪》的故事?"

"我不会这么轻易地下结论。你经历了大多数人都没有经历过的事——在你处于昏迷状态时,你的大脑编织出了一个保护性的幻想故事,而现在你醒了,也就不再需要那个幻想。我建议你这么看。在你的梦境中,你一直在寻找回归正常的方法,但现在……现在就是你的机会啊。"

现在她真的哭了起来。她控制不住。她不停地抽噎,用手背擦着泪。"你不明白。我真的遇到了那些人,我爱他们,我怀了一个女儿,她快要出生了……我打算救她,我打算……"

夏普把纸巾盒递给她的动作充满了居高临下的味道。感觉不是,喏,你需要这个,而更像是,给,把自己擦擦。就像一个妓女把湿巾递给刚刚完事儿的嫖客。我真的知道这是什么意思吗?妓女?嫖客?我真的过过那种站街或者在公路上揽客的生活吗?或者,那真的是我的幻觉的一部分吗?

"你还可以重新爱别人。"夏普说。

"我不知道。"

"我们的时间到了。"

79 打破图案

有些夜晚她睡得深沉,仿佛重新回到了昏迷状态。而另有一些夜晚,她整宿都无法入眠。床单像蛇一样缠在身上,勒得她近乎窒息。她在床上翻来覆去,有时痛哭流涕,到第二天早上枕头还是湿的。妈妈的态度也变来变去。有时候她把米莉安当成一个一碰就碎的瓷娃娃,什么事都会顺着她,不让她受一点点刺激;而有些时候,米莉安又似乎变成了一个陌生人,或者是一个在老屋游荡的鬼魂,总是想方设法制造出各种各样古怪的动静来吓唬她的妈妈。

"你会好起来的,"伊芙琳总是说,"你有布莱克家族的魂。"她指的自然是她的血统,可米莉安却偏偏放大了那个"魂"字:鬼魂。

入侵者。

她开始寻找入侵者。

镜子,窗玻璃。她望向外面的树林,期望能看到他站在林间或路边,一只眼睛残废了,凹陷的眼窝里有虫子在蠕动。

回到学校,她依然没有放弃寻找他。储物柜,老师身后,卫生间。听水槽排水的声音,看管道中会不会传来喃喃低语。还有卫生间,她找到自己遇袭的地方,她差点死掉的地方。如今地板已经清洗干净,没有血迹,也没有任何发生过暴力事件的痕迹,至少不明显。她还没有恢复正常的走路姿势,学校里的同学没人愿意理她。好像她受到了新的诅咒——一个贱民,一个流放者,一个因为发生在她身上的事而被驱逐到世界边缘的人。

她去了那些在记忆中出现过的地方。

厄运之鸟破窗而入的客厅。

格罗斯基身首异处的卧室。

他们房子外面的公路,她在那里走过,坐着公共汽车远离知更鸟杀手,来到她搬出的那栋房子。

有时她试着用自己的意识去联络鸟类,试着控制它们。可它们毫无反应,往往啾啾叫着飞走了。

她上网搜索:

知更鸟杀手。

路易斯。

英格索尔、阿什利·盖恩斯,印象中的任何人,所有人。

可她一无所获,仿佛那些人、那些事毫无意义。

米莉安陷入深深的沮丧。她开始接受她记忆中的那些事情并未真的发生过,那一切只是幻想。也许是头脑为了避免她受到现实的伤害而自动激发的保护机制。或者,也许那只是大脑受创产生的附带结果。毕竟她的大脑是从死亡线上挣扎回来的。

(六次,她忽然想到,可这声音不属于她,而是来自一个看起来并不真实的像疯子一样的神秘主义者。)

她的生活仿佛悬在半空,日子一天一天过去,她的沮丧有增无减。她没有被沮丧压在下面,但她认为这沮丧就是真正的入侵者,一个如影随形、对她纠缠不休的黑色幽灵。

学业很快结束,她毕业了。

她妈妈带她出去吃晚饭。加里波底,一家意大利餐厅,离她们的家大约十分钟路程。

在那里,米莉安做出了一个重要的决定。

30 重要决定

米莉安决定离家出走。很快,也许过了今晚就走。

就这样吧。她受够了。

她不知道这样做是否有助于她的恢复,但她知道,在昏迷中经历的那种生活比她现在过的生活要精彩得多。留在这里,她只会成为一个普普通通的人。不可否认,她会过上无比平静的日子,这日子就像抹黄油的餐刀,有用,但无聊至极。

她希望自己的生活更加锋利,更有意义。

有獠牙,能切割。

于是她下定决心,就这样吧。

她要离开这里,正如她头脑中那个米莉安所做的那样。她要学那个米莉安逃离家园。

那个米莉安虽然生活一团糟,但却很酷,很潇洒。

她要走了。

但首先,这顿晚饭。

她和妈妈默默吃饭,相顾无言。伊芙琳看起来十分遥远,而米莉安更是心不在焉。她们虽然近在咫尺,但又感觉远在天涯,或许此时此刻她们已经各自神游到不同的大陆上去了。

米莉安吃着肉丸意面,这是能给人带来慰藉的食物。

伊芙琳吃着沙拉。

此外她们还叫了蒜香面包结,因为蒜香面包结称得上是这个世界上为数不多的真正美食。

妈妈虽然吃着沙拉,但却不忘教米莉安如何往面包上抹黄油。它们浑身已经涂满了橄榄油,但黄油能让它们更多脂、更爽口,也更能突出大蒜的香味。所以她们都拿着黄油刀抹起了黄油。

伊芙琳点了一杯冰茶。这倒少见,因为她平时不愿接触含咖啡因的东西。

米莉安依稀记得她妈妈在佛罗里达穿着海滩装抽烟喝酒的样子。现在米莉安决定也要学会那些事情。等她上了路,她也要抽烟喝酒。

也许她可以去佛罗里达。

在梦境中,她讨厌佛罗里达,但她决定再讨厌一次。这样似乎才公平。

"你以前抽烟吗?"米莉安问她的妈妈。

"什么?"伊芙琳惊讶地问,"不,当然不。别傻了。"

"那你喝酒吗?"

"米莉安,我不喝酒。"

"一点都不喝?玛格丽塔、鸡尾酒之类的也不喝?"

伊芙琳打量了她一番。"好女孩儿是不喝酒的。"

"你一直都是好女孩儿吗?"

"当然是啦。"随后她妈妈不易察觉地动了动嘴角,那是微笑的暗示,微笑的幽灵,"通常都是。"

随后她妈妈拿起吸管,把装着吸管的纸袋撕开一半,而后从一头吹了口吸管,纸袋像皱缩的火箭一样飞出去,正中米莉安的眉心。

噗,啪。

"妈!"

伊芙琳笑着问:"怎么了?"

"妈,我不知道你什么时候拿了吸管。"

"怎么说呢?我还是有点手段的。"

米莉安一愣,笑到一半便凝固了。

怎么说呢?我还是有点手段的。

"我也有。"她吼道。

"想见识一下吗?"冒牌路易斯问。

"放马过来吧!"

随后,毫无征兆,冒牌路易斯不见了。

前一分钟他们还面对面,她鼻孔中还充斥着他身上的酸臭味儿,可下一分钟,他却在她眼前蒸发了。黑暗的触手也消失了。大地的震动停止了,路面恢复了原状,树木也好端端地挺立在周围,没有一棵断掉,没有一棵倒下。

一切都恢复了平静。

几片孤零零的雪花自天而降。

然而夜晚的寂静被一声枪响彻底打破。

"米莉安?"伊芙琳叫道。

米莉安一下子醒过神。她把一块蒜香面包结放在手心,漫不经心地在上面抹了点黄油。

随后她拿起黄油刀,一把插进她妈妈的眼睛。

刀插得很深,米莉安甚至还用手掌根又往里推了一把。伊芙琳发出一声惨叫,身体后仰,从椅子上翻滚下去。冰茶洒了一地,米莉安意识到她犯了个可怕的错误。昏迷中的幻觉感觉如此真实,她以为也许这就是,这就是那一刻——

伊芙琳转身瞪着她,黄油刀像根发光的杠杆戳在一只眼睛里。

"是我太过分了。"伊芙琳说。

"什么?"

"我控制不住自己。我以为这样会很有趣。我只是想消遣一下。但我打破了围墙,破坏了幻觉。"

眼睛里的液体像凝胶一样从刀锋上渗下来。透明的凝胶,就像做B超时涂在孕妇肚子上的东西。

伊芙琳接住一滴塞进嘴里,吧唧吧唧地品了品。

"是你。"米莉安叫道。

破裂的眼球中钻出许多蠕虫,它们爬上黄油刀的刀柄,就像缠上旗杆的藤蔓。

"差点就骗到你了。"入侵者摊开双手说。从伊芙琳口中传出的是路易斯的声音。"看来猫最终还是从袋子里钻出来了，对不对？"

81 演出结束了伙计们，出口请走这边

"你这个浑蛋！"米莉安骂道。

她低头看着自己：她已经不再是十几岁时的米莉安。她又变成了黑星峡谷中的那个米莉安，穿着破洞牛仔裤、白T恤，头发染成像怪物一样的血红色。

而她的妈妈，眼窝里冒出一团团蛆虫，它们滚落在地板上，湿漉漉、黏糊糊的。她妈妈在吃吃地笑，听上去格外阴森恐怖。她扭曲的嘴唇间再次发出路易斯的声音——

"我曾经拥有你。我让你走了，但我又去毁了这一切，不是吗？我就是那么贪婪、狡猾，话还有点多——怎么说呢？我还是有点手段的。哼，呸。有时候我们谁都可能会玩火，对吧，米莉安？但这一次，我引火烧身了。没关系。反正我又不会一直这样下去。最终所有的幻觉都得消失。"

周围，这家小小的意大利餐厅的墙壁开始腐烂——就像开了快进功能一样迅速腐烂。崩坏、破裂，水渍像膨胀的黑暗在天花板上蔓延。

米莉安被激怒了。

她的愤怒像岩浆一样在身体中奔腾咆哮。

但愤怒之余，有些事也渐渐清晰起来。

胜利。

"我逮到你了，"她咧嘴笑着，充满了邪魅，"我已经看透了你的伎

俩。现在咱们该做个了断了。"

她举起双臂,四面的墙开始分崩离析。黑色的羽毛在他们周围盘旋而起。那些羽毛不断移动、变化,像一只呼吸着的黑鸟。他们很快暴露在黑夜和月光之下。片刻之后,餐厅彻底消失了。他们的脚下什么都没有——他们飘浮在由羽毛组成的一团黑色上。

"这么肯定?"亡灵之魂问。

"你现在是我的了。我控制着这个空间,控制着这个动物。我只需——"她举起一只手,做出要打响指的姿势,"杀掉这只鸟,我就可以脱身出来,而你则死路一条。"

"我已经死了,亲爱的。"

"死了的也可以再死。"

"死了的就不能再死了。这可能是我们得到的最大奖赏。"她的妈妈沿着一条不稳定的轨迹绕着米莉安飘动,她张开双臂,仿佛在邀请所有人欣赏这个地方。但她完好无损的那只眼睛一刻也不离开米莉安。"不管那个白痴巫师跟你说了什么,他都在撒谎。他根本不了解现在的情况。不过他已经死了。"

周围的羽毛中开始渗出血液,且血液一点点向他们逼近,一道道红线犹如饥饿的暗夜爪牙。它们蜿蜿蜒蜒,滴着血水,渐渐浸透了这片虚无的空间。

"他没死。"米莉安说,"你又想骗我。"

"那你认为这是谁的血呢?"冒牌伊芙琳用冒牌路易斯的声音问。

她每说一个字,声音便增大一分,身体也随之扭曲、膨胀,越变越大。"是他的。我已经杀了他,在你困在这只动物的身体里,迷失在我为你制造的幻象中时,我可没闲着。我是亡灵之魂嘛。我可不是单个的亡灵,而是成百上千亡灵的集合体。你没办法召唤我,更不要妄想把我困在这只不起眼的动物体内。我代表的是一支军队,一支亡灵大军,我们的数量数不胜数。而我们早已饥饿难耐,米莉安。我们渴望正义,渴望该死的哪怕一点点补偿。那么多生命,被这无情的宇宙贸然终结,什么说法都不给。你是我们重返世界的关键。你帮助了我们。你看到了命运的掠夺行径。你骨子里认为发生在你身上的事情是极不公平、极不正确的,这是事实。你想纠正命运,征服命运。就像我们想征服生命一样。我们希望能终结死亡。难道这是坏事吗?打破轮回,让所有人都能永远地活下去,这有什么不好?不再有死亡,不再有任何生命被无端剥夺,就因为所谓的狗屁自然规律。我看到了一个更完美的世界。"

到目前为止,入侵者一直在挥霍这声音——米莉安妈妈身体上的皮肤已经像蒸过的西红柿一样裂开,露出一束束白花花的肌腱与缠着绳子的鳗鱼交织在一起。她的脸同样皮开肉绽,露出下面黑色的油乎乎的头骨和一只渡鸦死去的恐怖的双眼。她的牙齿不再是牙齿,而是一个个单独的喙,足有数十个,成百上千个。它们像篱笆桩一样整齐排列,像嗷嗷待哺的雏鸟发出啾啾啾的声音。

"不,"米莉安说,"死亡是平衡的方式。所以我在拯救一条生命的同时会牺牲掉另一条生命。这是不可更改的自然法则。"

"自然法则由我说了算。"那鬼魂用尖厉的声音叫道,但在这声音里,米莉安听出了别的:绝望。

还有更奇怪的:犹豫。

他不知道米莉安在帮助它打破轮回。他相信了。他有信仰,但那信仰并非不可动摇。

现在米莉安也不由得好奇:埃默森·考尔德克特告诉她的话中有多少真实可信?入侵者的话有多少真实可信?万一他们都错了呢?万一他们也和大多数人一样误听误信呢?人是很容易犯错的。入侵者也好,亡灵之魂也罢,他毕竟不是外星人,也不是恶魔。归根结底他也是人。是人就能犯错。

虽然现在这些都无所谓了。

不管这东西究竟是什么,也不管他信仰什么,反正他必须得滚蛋。

米莉安的意识飞向渡鸦,发现它已经远远地避开这一切。这可怜的东西极为紧张、害怕,而且还受了伤。

它想死。

米莉安为它感到难过。

其实她也为入侵者感到难过。

但这一切必须结束。

"该是什么就是什么。"她说。

随后她打了个响指。

让那只鸟自行折断了脖子。

32 你错了

　　回到自己的身体中，就像从一个极端温度丢进另一个极端温度：比如从沸腾的热锅跳进冰冻的湖底。突如其来的刺激令人振奋。她触电般一跃而起。首先她摸了摸自己的肚子，还好，她仍然怀着孕，她能感觉到女儿在肚子里蠕动、焦虑、烦躁。*我也一样，孩子，我也一样*。米莉安停下来，环顾四周——

　　她的周围简直经历了一场大屠杀。

　　亚伯拉罕·卢卡斯基斯布下的所有圣像和物品悉数被毁。鸟骨七零八落，蜡烛也是七零八落。一个盐瓶被打烂，盐像雪一样撒了一地——

　　（破碎的雪景球中的雪）

　　在这片狼藉中间有具尸体。

　　加比……

　　不，那是他，是卢卡斯基斯。

　　他坐在一根硕大的锈迹斑斑的管道中，背靠管道内壁。他右眼圆睁，左眼却被替换。

　　被替换成了那只渡鸦。

　　这无论如何都是不合常理的——渡鸦的身体与眼窝相比可谓硕大无朋，可它的身体依然有一半被塞进了卢卡斯基斯的头颅，只留下它的两条腿向后伸着，爪子蜷缩成钩子一样的形状。他的脑袋有些膨胀，仿佛是为了适应渡鸦庞大的身躯。他的嘴巴张开着，嘴唇苍白，舌头像条睡着的蛇的脑袋耷拉在下嘴唇上。亚伯拉罕·卢卡斯基斯确实死翘翘了。

可加比在哪儿呢?

米莉安转了一圈,四处寻找。她多希望看到加比晕头转向地从灌木丛里爬出来啊,可她知道自己会看到什么。她会看到加比的尸体,支离破碎,像个破风筝一样挂在树上。

可这样的情景她也没有看到。

米莉安喊了起来。"加比!加比。"

没人答应。

但她听到了动静。

一阵仿佛漏气的嗞嗞声,一阵急促而又含糊不清的低语。

她缓缓转过身,看到卢卡斯基斯的下巴在机械地一张一合,嘴角冒出一团团气泡,从他喉咙里发出来的嗞嗞之声变成模糊的语言,但他那只完好的眼睛依旧了无生气地盯着空气。

"我们是同类……你和我……"那声音说道。这是卢卡斯基斯的声音,但米莉安知道他在为谁说话:入侵者。"现在卢卡斯基斯是我们的一员了。他目睹过亡灵的力量。加比很快也会加入我们。现在你该看到你错得有多离谱了吧。你应该受到惩罚。她的时间到了……"

米莉安捡起一块石头丢向卢卡斯基斯。石头沉闷地砸在他的额头上,扑通一声掉在管道里。

他的下巴不再动弹。

声音也戛然而止。

米莉安叫喊起来。她发现此刻的天空开始明亮起来,怕是要不了多久他们就将迎来日出。可这并没有给她带来希望,反倒让她忽然意识到时间的飞快。她已经被入侵者制造的幻象困在鸟的头脑中长达好几小时了。

这陷阱对入侵者无效,反倒将她束缚得结结实实。

她恐惧起来,加比呢?入侵者一定抓到了加比。

她听到附近的灌木丛中传来窸窸窣窣的声音,有人在靠近。

"加比?"她低声问了一句,随后又提高音量,"加比?"

灌木丛分开一道缝隙,史蒂夫·韦伯跌跌撞撞地钻出来。他的半边脸上粘满了血,像个面具。"米莉安,"他上气不接下气地说,"加比……"

"她没事吧?"

"她……拿石头砸我。"他举手怯怯地摸了摸脑袋,脸上露出痛苦的怪表情,"昏倒之前我只看见我的车尾灯,她开车跑了。"

米莉安有种自由落体的感觉。这一切都是她引起的。当她干预命运时,只会让命运的牙齿陷得更深。久而久之,她摸索出的经验便是杀掉那些企图害人的家伙,似乎唯有如此才能打破循环。但入侵者说的没错,你杀不了它。死了的怎么能再一次杀死呢?那现在该怎么办?

想到这里,她好似当头挨了一枪。

他们时间不多了——理查德·比格尔的死期已经越来越近,他将死于加比之手。他大限将至。

加比杀了他。所以,她一定是去找他了。

"你赶快去。"她对史蒂夫说。

"去哪儿?咱们可以一起去啊,米莉安——"

"现在还不行。快走,到有信号的地方去,用你的手机——你还带着吧?"

他点点头,举起手机亮了亮。

"很好,"她说,"走,到有信号的地方去,打电话给格雷罗。他能帮我们。"

"那你怎么办?"他问。

她扫了一眼四周。

"我得把这儿清理一下。"她撒谎说。

83 数虫子

他们又一次需要和时间赛跑。命运是终点，而时间是通往终点的路。所有的干预措施都失败了。十小时前，米莉安醒来后发现自己坐在亚伯拉罕·卢卡斯基斯的尸体旁边，加比不知所终。她没能阻止入侵者带走她。十小时后的此刻，她坐在这里，焦急等待着飞机起飞。

等待着它把她带去佛罗里达州的迈阿密。

离最后时间还剩十八小时。她要利用这段时间赶到那里，赶到理查德·比格尔医生的办公室，阻止加比杀害他。他的死亡时间是在明天。

可惜此刻她身在西海岸。

目的地却在东海岸。

这意味着她首先便失去了三小时，因为这三小时被一个叫作时区的怪物吞了。十八小时减去三小时，等于被咬掉了一条腿，现在她还有十五小时。

而飞行需要六小时。

剩下九小时。

下飞机后她需要租辆车子，希望不要超过一小时。

驱车向南前往塔威尼尔，顺畅的话要一个半小时，堵车可能就要两小时。应该还行，因为现在是下午两点，在佛罗里达下飞机应该就是晚上八点，不，别忘了该死的时区，应该是晚上十一点。

那时路上应该不会太堵。

半夜赶路。

大约凌晨两点之前抵达医生的办公室。

他的死亡时间是早上六点。她起码有四小时的缓冲时间。

可是缓冲什么呢？除了焦灼和不安，这四小时必定如刀山火海般煎熬，但聊胜于无吧。现在她只希望这该死的飞机赶快起飞。

她不明白究竟怎么回事。他们都已经各就各位，系上了安全带，行李也规规矩矩放在头顶的行李舱中。飞机已经滑行到跑道上，可现在却安安静静地在这儿等着。偶尔引擎会加速运转，好像说，哦，哦，我们要走了，可然后就没了然后。

她旁边，位于中间的座位空着。米莉安的座位靠着窗户，望着窗外的机翼和地面。该死的，这个时候她看到的该是天空和白云，可他们如今仍像个该死的鸵鸟一样待在地上。

她扫了一眼手机，界面上仍然是最后收到的那条格雷罗的短信。

迟了一步，她已经去迈阿密了。

格雷罗已经尽力，他试过让人阻止加比，可等他们搞清楚是怎么一回事时，已经晚了。监控显示加比离开黑星峡谷之后不久便上了飞机，说明她是直接奔机场而去的。她用她们仅剩的钱买了最近的航班，什么都没带便直接登机了。

不，米莉安心想，不是她。

不是加比。

是他。

入侵者。

亡灵之魂。

无所谓了，她对格雷罗说现在已经无力回天。格雷罗提议请当地警察或联邦调查局探员协助，但她反对这么做。"那只会让他们去送死，"她说，"命中注定的事，谁都改变不了。"她知道这听起来有些自恋，可事实就是如此，只有她能搞定这件事，因为她是命运的敌人，是能让命运河流改道的人。

我能逆天改命。

她是破坏者。

此时此刻,她甚至想毁掉这架飞机。她气呼呼地举起手,一名空姐匆匆走来。那女人皱着眉头,一脸不耐烦,好像刚刚吸过用醋泡了的卫生棉。

"怎么了?"她极力装出友善的姿态,可事与愿违,"小姐?"

"怎么还不起飞?"

"很快的,马上就能起飞。"

"我们现在就得起飞,我需要——"米莉安点了点手表,"我有急事,十万火急。"

"小姐——"

"不要叫我小姐,我不是小姐,叫我女士!"她的每一个字都仿佛浸透了毒液。

空姐脸上掠过一丝阴云,声音也忽然变得冷淡许多。"我们前边还有几架飞机排队等着起飞呢。您有问题吗,女士?"

您有问题吗?

这差不多就是米莉安的人生写照了。

她很想对空姐说:对,我有问题,我就是该死的问题。有人要搞事,我不喜欢,所以我就是要改变现状的问题。

但她现在不能这么干。地点不对,时候也不对。

所以她咬牙说道:"没问题,小姐。"

"很好,那请您坐好。"

空姐转身回到自己的座位,一路上用手检查着头顶的行李舱。

该死的,快起飞,快起飞,快起飞!

她感觉时间就像燃烧的绳子正从她的手指间溜掉。史蒂夫原本要求和她一起来的,她没同意,虽然现在有些后悔,但他的余命已经够短了。她当时对他说:"你搭别的飞机吧,找个你想去的地方,好好玩一场,然后到别的地方,把你以前没做过的事全都做一遍,不留遗憾——去火山上玩高空索道,去玩直升机跳伞,到肯尼亚骑长颈鹿,干吗都行,反正这些事情都不会要你的命。"她告诉他,虽然他只剩三年寿命,这是诅咒,但也是天赐的礼物，因为在这三年里，他想干什么就可以干什么。就像野兽男孩唱的那样，他现在有了生病的执照。

但他说："如果我现在最想做的就是和你一起去呢？你已经给了我一份礼物，我想回报你。"

米莉安让他滚。但她的语气前所未有地温柔，而且她还给了他一个深情的真心的拥抱。

可现在她真希望自己没有说那些话。

要是他在就好了。

因为她还没有做好一个人扛下这一切的准备。

她爱加比，就像爱路易斯一样。入侵者从中作梗害死了路易斯，现在他比之前更加强大。他附在了她的爱人——她想与之相伴一生的人身上，如果她不能及时赶到——

不是及时，而是马上，现在，现在。

那么加比就要行凶杀人。

你休想把她从我身边夺走，她暗暗发誓。

她几乎已经能听到入侵者在她脑海深处发出狂妄的嘲笑。

飞机广播中传来声音。"各位乘客，按照顺序，我们是下一个起飞的航班，请大家系好安全带，并调直座椅靠背。几分钟后我们就将起飞。祝大家旅途愉快。"

84 时间，流在地板上的血

延迟，延迟，再延迟。飞机终于起飞，但得克萨斯上空出现雷暴，航行时间不得不延长。他们晚点半小时落地，却又在跑道上滑行了一圈又一圈，因为暂时没有空闲的登机口。感觉他们就像来到了但丁的地狱，掉进了一个神秘的怪圈。最后下机时已经过了午夜，所有的汽车租赁点都已经关门，而按照规定他们是要开着门的。于是米莉安不得不拨打紧急电话，把人给叫过来。这又花了一小时。

这段时间里，孩子在肚子里一直动得厉害。

更糟的是，她想吐，不是因为怀孕，而是因为无法改变时间的无奈。

（而且，她最后吃的那顿饭并不管用，此刻她饥肠辘辘。）

最后米莉安终于租来了一辆日产轿车，于是大脚油门，不顾一切地向南驶去。她向所有的神灵和所有的恶魔祈祷，希望这一路上别遇到警察，别遇到施工，别遇到任何事儿。

汽车在佛罗里达群岛上画出了一条线。两侧是乌沉沉的海水，月亮正移向地平线。

时钟嘀嗒嘀嗒地走着。

她还有两小时来完成这一个半小时的车程。

我能做到，我能做到。

只要别出岔子，我能做到。

为了确保说到做到，她下意识地又用力踩下了油门。

车子飞驰。她握着方向盘的指关节都变成了白色。她的心脏在手腕上、在脖子上、在太阳穴上活了过来，它们怦怦怦地响个不停，像只啄木鸟在一棵老树上不停地啄。加速，加速，加速。

从迈阿密到肯德尔，到霍姆斯坦德，又到基拉戈岛。

时速六十英里。

时速七十英里。

时速八十英里。

没有警察，没有警察，谢天谢地，没有警察。

终于——

到了。就在前方。跨海公路旁边。她差点在黎明前的黑暗中开过了地方。猛一脚刹车，打下方向盘，她一头冲进那捕鼠笼一般的办公楼外面的停车场。这里既是医生的家，也是他做生意的地方。

现在她还有半小时的富余。

我做到了。

但加比也许在这儿，也许不在？米莉安环顾四周，视野中没有其他车辆的影子。停车场上只有她一个人。一百码之外，海浪有节奏地拍打着堤岸。

为保险起见，她伸手去拿她的刀。

这时她才想起自己没带刀。刀是上不了飞机的。现在的她手无寸铁。

虽然有刀也未必用得上，她要对付的是入侵者，那是个什么东西？唯一能让她拿刀去捅的是加比。可手里有个家伙心里终归踏实些。

该是什么就是什么。

她毅然走进办公楼。

85 她又出来了

太阳出来时,地平线仿佛烧着了。

米莉安又来到了外面。她站在清凉的海风中,靠着车子瑟瑟发抖。她终于撑不住,转身吐了日产车一轮子。那吐出来的都是什么呀,铁锈红色,冒着泡,里面还有些碎块。她恶心地打了个寒战,赶紧把头扭开。

理查德·比格尔已经死了。

他已经死了好几小时。

她赶在他的死亡时间之前来到了这里,可无济于事。加比棋高一着——不,是占据着加比身体的入侵者棋高一着——他现在已经强大到可以像米莉安一样打破命运的镣铐。他在比格尔的死期到来之前动了手。

现在的首要问题是,*加比在哪儿?*

可这个问题她已经知道了答案,不是吗?倘若入侵者可以为所欲为——若他真能改写一个人的命运——那他肯定会一路向南,带加比回家。

回到家后,再要她的命。

如果他还没动手的话。

很久以来,米莉安确信加比的命运已经注定——因为在自杀导致的死亡中,她该杀掉谁来阻止自杀呢?这种情形下,杀人者与受害者是同一个人。命运的天平无法保持平衡,因为按照宇宙的奇怪法则,命运的天平是自主维持平衡的。可米莉安一度天真地认为,加比的自杀可以阻止……

此刻,记忆中的那段灵视画面在她头脑中重现——

空气像一条气喘吁吁的狗呼出的鼻息,她翻来覆去,皮肤上感觉有虫子在爬,心脏跳得像只焦躁不安的老鼠。

又一阵恐慌发作,哦,在这如此狭小的世界中,她的恐慌可谓巨大,让她感觉自己渺小得可怕,就像被人踩在脚下的虫子。

加比翻身下床,走进卫生间,打开灯。她脸上纵横交错的疤痕就像一只歪歪扭扭的靴子上随意加上的花边。那些伤早已愈合,但那些隆起的粉粉的新肉看上去格外恐怖。它们有的交叉,有的平行,好端端的皮肤变成万千沟壑。

这张诡异的脸就像一个孩子不小心打碎了花瓶,而后又笨拙地用胶水把它复原。

她可真丑,她的心在滴血。没有人会爱她了,没有人能爱上她。

她的呼吸越来越浅,她感到眩晕、恶心,对自己充满憎恶。

打开药柜。

氧可酮,旧处方。

还有安必恩,她的安眠药。

以及劳拉西泮,治疗焦虑症的。

她往嘴里倒了一把,自己也不清楚究竟有多少片。

随后她就着水龙头灌了几口水。

药片咽下去了,她回到床上。

很快便停止了哭泣。

但却开始颤抖,

出汗,

喘息——

米莉安心想,我可以爱她,我可以向她证明我爱她,那样她就不至于走到这一步,不至于来到佛罗里达,不至于因为觉得自己丑、没人爱就吞下一堆奇怪的药片——不,那样的话,她的命运会完全不同,因为她被人爱着,她很美。但此刻米莉安又想到了那句话:

命中注定的事,谁都改变不了。

命运终将达到它的目的。

而入侵者会助其一臂之力。

真讽刺。

当太阳点亮头顶的天空,米莉安看到一团乌云飘来飘去。那是一群鸟,怕有数百只,甚至几千只。它们动作一致,阵形紧密,彼此距离远近适中,没有一只离群的。米莉安抓住机会,闭上眼睛,让意识飞到鸟群中间。她躲避,俯冲,猛扑,盘旋。这些并非她在加州见过的椋鸟,而是一群树燕。这里的气温越来越高,不久之后它们就会向北迁徙。它们组成各种各样的图案,时而如漏斗云,时而如收割者的斗篷,以此吓退那些妄图袭击它们的本地捕食者,比如游隼。这些鸟只能靠群体的力量对抗天敌,延续生存。

米莉安眨眨眼睛,回到了自己的身体。

加比也许死了。

也许还活着。

她得抓紧时间,放手一搏。不论死活,她都要亲眼看到。

这时,米莉安有了主意。

86　收割者的斗篷

房子静悄悄的,太阳已经升起,米莉安在床上找到了缩成一团的加比。地板上丢着药瓶,其中一个滚到了一大堆呕吐物上。一束阳光透过破烂的百叶窗射进窗户,照在加比破镜般的脸上。

米莉安强忍着泪水,跪在床边。

她想都没想就伸手摸了摸地上的秽物。

仍是温的。

"你还在她身体里。"她轻声说道。

加比缓缓睁开眼,但眼睑却似乎没有力气完全抬起。她的嘴唇嚅动了几次,仿佛是想微笑。"你好,米莉安。"

那声音是加比的,但又不是。米莉安听出这声音背后还有别的声音,像蝗虫在别处歌唱,很远的地方。你好,米莉安。短短五个字,里面有浅吟,有低唱,还有振翅的嗡响。米莉安拉住加比的手。加比——入侵者——却把手抽了回去。不过那动作十分迟钝,所以米莉安又把她拉回来,紧紧握住。

"躲在一个将死之人的身体里,感觉很奇妙,"入侵者含混地说,"上次很快,一枪爆头,但这次……米莉安,很特别。非常非常非常特别。"

"我要把你赶出去。"

"别,这里很温暖。等加比死了,我就……把她带走。她的灵魂将成为我的灵魂的一部分。那样一来,她就能永远成为你的一部分。这是送给你的礼物，米莉安，我送给你的。"

米莉安抚摸着加比的手背。"你不再需要我了，入侵者。你自己就可以阻断命运的河流。你有改变命运的能力。所以请你放过她吧。去做其他你想做的事。"

"不……"那鬼魂痛苦地说道，它的声音已经不再是加比，而是路易斯。这时加比恢复了意识，她脸上还粘着呕吐的秽物，但试着坐起来。"你不明白。我费了好大的功夫才做到如今这一步。我还需要你。你仍然是我的最爱。况……况且，没有你我算什么呢？没有我你又算什么呢？"

米莉安捧住加比的脸，用自己的前额抵着她的前额——入侵者试图扭头，但她太虚弱了，没力气反抗。

"加比。"米莉安对着眼前这个女人的耳朵叫道，"我知道你还在，现在我请你尽力试一试，好好听我说。这鬼东西之所以能附在你身上，是因为他相信你没有任何目标。你的灵魂上有漏洞。但我需要你，把这个作为你的目标吧。让我成为你留下来、活下来的原因。我很孤独，我要生孩子了，她会活下来，我保证。但我需要你在我身边，支持我，帮助我。没有你我会迷失的。你就是我的翅膀，帮助我飞翔。"

入侵者挣脱出去，退到角落里，举着一个枕头当盾牌。加比剧烈地眨着眼睛，仿佛被激怒一般。当她开口时，发出的却是不和谐的哼哼声，每一个音节几乎是颤动着连在一起。"你干什么？她现在不能赶我出去，你奈何不了我，米莉安。我就是藏在墙缝里的蟑螂。让我出去的唯一办法……"她脸色一沉，翻了翻眼睑，"就是烧掉整栋房子。"

这时加比忽然身体僵硬，就像她所有的肌肉同时麻痹。她咬着牙，紧闭的嘴巴里发出吃力的呻吟。

"不，"入侵者说，"留在这儿。"

米莉安急忙说道："加比，你不用把他完全赶出来。我只需要你用一把力，把他逼近你意识的表面就行。"

随后她起身走到窗口。

入侵者问道："你要去哪儿？"

"我带了朋友过来。"米莉安回答。

从百叶窗透进来的阳光忽然被一个闪动的黑影挡住了，接着是又一个黑影，然后还有。墙上似乎布满了黑色的斑点，米莉安打开窗户。

一只树燕落在脱水机上。这是一只雄鸟，脸像黑白面具，背上却闪着荧光蓝。

第二只鸟落在它旁边。

两只鸟一同进了房间。而接下来，好似一下子拔掉了瓶塞，不计其数的鸟涌了进来，它们像从山洞中蜂拥而出的蝙蝠，拍打着翅膀绕过米莉安，落在台灯上、梳妆台上、床头板上、书架上。

还有更多的鸟等在外面——树枝上、房顶上，或在地上跳来跳去，跳来跳去。

加比不屑地笑笑，但米莉安却能看透她的表情。

"这算什么？"入侵者问，"你干什么？"

米莉安耸耸肩。"怎么说呢？我还是有些手段的。"

"你的手段我全都知道。"

小鸟们啾啾叫个不停。

"我要让你离开加比，到这些鸟的身体中。"

"做梦！"入侵者怒道，她像狼一样坐着，双手撑着地面。她下巴前伸，牙齿紧紧咬着舌头，嘴角渗出血来。"你不懂驱鬼，卢卡斯基斯已经死了。"

"我知道他死了，是你杀的。如果他没死，说不定会反对我吃掉他的心脏。"

加比睁大了眼睛。

入侵者呆住了。

"什么？"

"是哈里特让我知道我们的能力藏在哪里，"她戳了戳自己的胸口，"我吃了她的心，现在我也吃了卢卡斯基斯的心。只是现在我还不太熟练他那一套，加比，帮我一把，把他往外推——"

她现在已经感觉到。入侵者正被拖向加比的灵魂表面，他像条寄生虫般一点一点地朝伤口移动——那是个黑色的恶毒的东西，病态的身躯翻滚着,他的愤怒超出米莉安的想象。她差点被这愤怒的情绪打倒在地。黑暗试图攥住她,但她奋力冲了出来。她的额头遍布豆大的汗珠,泪水蜇得眼角刺痛,膀胱也已经失去了控制。入侵者在做困兽之斗,但米莉安已经咬住了他,拼命地把他往外拖——

"啊!"入侵者一声大叫。加比的脑袋突然耷拉下来,她痛苦地喊着:"快把他从我身体里赶出去,赶出去——"

我在努力,加比,我在努力。

她浑身上下的每一块肌肉都紧绷着,皮肤几乎要裂开。她忽然意识到这项任务的艰巨程度——就连送走史蒂夫后吃掉卢卡斯基斯的心脏也没那么容易。因为她不得不摔碎卢卡斯基斯的一个烛台,用碎玻璃划开他的肚子,从胸骨下面像刨食的狗一样掏出他的心脏,而他的心脏又脏又臭,还十分坚韧。她能感觉到他的力量在她身体里涌动,但却不知道该如何驾驭——现在她明白是自己能力不够。

卢卡斯基斯同样无法胜任。米莉安开始担心起来,这力量恐怕会把她撕碎。一个可怕的念头闪过脑海,像一颗子弹击中了她的胸膛:我会失去我的孩子。拯救加比会害死我的孩子。而更可怕的是,她很可能救不了加比,孩子只能白白死去——

她僵硬的手指向外张开。

它们开始一根根折断,清脆的声音令人胆战心惊。

米莉安极力克制才没有吐出来。现在她能看到占据加比身体的精神能量正一点点分离出来,他们像失去重力的黑色油污,以一道道线的形式飘浮在空中——

她足跟上的肌腱像钢琴弦一样断掉,随后她扑通一声跪在地上。鼻孔中冒出血来,流到了嘴里。耳朵里感觉黏糊糊的,那也是血。或许是脑浆?哈,看来以后想变聪明是没指望了。

这时她的胳膊向后弯曲,骨头断开,从皮肉中透了出来。她疼得大叫,但仍将所有的意志都集中起来——

接着,仿佛有人点燃了一串炮仗,耳边响起噼里啪啦的声音。那声音震耳欲聋,犹如在打机枪。

米莉安朝前倒去。

入侵者，好似一面破碎的镜子。

其精神分裂成千万碎片，从主体上撕裂分离出去——每一片都进入一只树燕的身体。

于是所有的鸟儿腾空而起。它们形成一个庞大的旋转的漏斗，尾端像电线一样抽动不止。这个移动的燕子漏斗再次飞出窗户，消失在遥远的天空。米莉安曾想继续控制它们，把它们引入大海，淹死它们。可转念一想，已经死了的不可能再死一次。她希望入侵者就此不复存在，毕竟那些受它裹挟的灵魂已经有了新的归宿，至少目前他们已经化身群鸟。

亡灵摆渡者，将灵魂从活人之地带到死亡之地。或许还能反过来。

米莉安倒在地板上。

她浑身上下已经没有一处完整的地方。

加比从床上爬下来，偎依在她的身旁。"我还是会死的，"加比说，"我吞了很多的药。"

"我也够呛。"米莉安说。

外面传来尖厉的警笛声，越来越近，越来越响亮。

"还好，"米莉安气若游丝，"来之前我叫了救护车。"

说完她再无力气，和加比依靠着瘫在地上，不动了。

87 早产迹象

时间流逝,自然而然,又随心所欲。除了不停地向前,时间似乎也没有其他的欲望。但让米莉安恐惧的是,时间可能会带她去往一个她完全无法理解的地方,让她遇到一些毫无头绪的神秘事件,就像一个句子在结束之时画的不是句号,也不是感叹号,而是一个巨大的问号。

今天是个关键的日子。

它的关键有着两方面的意义。她的女儿将在今天出生,而按照命运的安排,孩子也将在今天死去。她不确定自己是否已经改变了命运的设定。她觉得自己做到了。她愿意相信扼杀孩子生命的那只手来自入侵者,而今入侵者已经魂飞魄散——确切地说,她把那浑蛋肢解了,并打入了一群鸟的身体——由此她认为,女儿得到了拯救。

但这只是推断。

在加比家当天她便已经知道,入侵者已然成为过去。就像她曾许多次迷失在群鸟之中一样,入侵者现在也迷失了自我。不计其数的灵魂从一群鸟到另一群鸟。她从这些灵魂身上感觉到了一种满足。

还有失落。

不仅仅是悲伤,而是毫不夸张的自我迷失——活着的时候他们是谁,死了之后又成了谁,与入侵者为伍时是谁,归入鸟群又是谁。生命沉浮,潮起潮落,迁徙运动,循环不休。

说到底,这也只是推断。

"你还好吗?"加比问,她坐在医院的病床边,正在看电子书。她抓着米莉安的手,捏了捏。

"好极了。"他们说她有早产迹象。她的羊水破了,所以才被送到这里——尽管电影里经常出现这样的桥段,但对大多数孕妇来说,这种情况并不常见。实际上,他们说要不得不重新打破羊水,因为孩子的头已经靠近产道。

疼。

从那天与入侵者的最后对决之后,她浑身都疼。救护车来了之后首先给加比洗胃,他们喂她吃了些什么东西,清肠道的玩意儿。至于米莉安,他们说她要经过很长时间的牵引和物理治疗才能康复。

可她不需要。

第二天她就能站起来了。又过了一天,也就是胳膊断了两天之后,她已经开开心心地吃上了五兄弟汉堡。她的伤自动痊愈了。医生们无比震惊,以为见到了奇迹。他们想让米莉安上电视,但米莉安的回答是:滚!拜托!谢谢!随后她便和加比回到了洛杉矶,从此过上了正常人的生活。故事到此结束。

好吧,也许不算完全正常。她们还有许多事情需要料理,毕竟理查德·比格尔以及亚伯拉罕·卢卡斯基斯都死了,而她们或多或少都被牵扯了进去。不过这件事格雷罗帮了忙,他确保米莉安和加比与这两人的死不会扯上任何关系,但他叮嘱说,鉴于在这个国家个人根本没什么隐私可言,他无法保证将来不会有人旧事重提。好在那两人都死在偏僻之地,没有目击者,所以他们只能祈祷老天保佑,真相永远不要曝光。

史蒂夫·韦伯听从了米莉安的忠告。

他去了冰岛。

有时候,他会给他们发些照片或自拍,比如攀爬黑色巨石,或者在冒着泡的温泉里泡澡。显然他在享受人生最后的时光,尽管这时光无比短暂。

现在她们俩又来到了医院。

米莉安尽量不让自己流露出忧虑的神色,可这很难。

她忧心忡忡。我不想让我的女儿死。护士不时进来检查宫口扩张的程度,这听起来蛮搞笑。(似乎没有一个护士听懂她"请这位姑娘喝一杯"的玩笑。)他们说宫口扩张到一定程度后,她就正式进入了分娩阶段,然后是过渡,最后是胎儿从她身体里蹦出来。当然,不是真的蹦出来,她得用力往外推,这听起来就可怕。如果生不下来,就只能剖腹产,这是米莉安最愿看到的。她不知道那种办法行不行得通,毕竟她有超强的自愈能力嘛,万一肚子划开又长上了呢。

加比看出了她的心思。"你好像很担心。"

"没有,我好得很,"她骗她说,"就是屁股有点疼,真的。我的背也疼,你能帮我揉揉吗?"

"你说的是揉后背,不是屁股,对吧?"

"今天就不跟你玩儿重口了,加比,只揉后背就行。"

她侧过身,加比拿起一个海豚形状的后背按摩器。她让海豚光滑的塑料鳍和尾贴在米莉安的背上。哦,真疼。但也很爽。爽的原因一部分也是因为疼。

"担心是很正常的。"加比说。

"我没有,我不担心。我相信会一切顺利。"可是她焦虑得直想吐,"孩子不会有事。"

"孩子一定会好好的,你做到了。你救了我,也救了你的女儿,明白吗?"

"明白。"

可她并不相信。

时间一小时一小时地过去。她知道最后的时刻马上就要到来。她有自己的时钟,这时钟就在她脑子里,在她的血液里,嘀嗒作响。或许为了缓解她的紧张,加比总是不断制造着话题。她说起生产过程,可米莉安偏偏最不愿意听的就是这一段。所以当加比说到黏液栓和胎盘时,她终于受不了了。

"我不想听这个,太可怕了,更可怕的是我马上就要经历这一切,而我又改变不了。女人生孩子的命运是我最无能为力的事情。"她皱着眉头,"况且我很有可能会拉一床屎。很多孕妇生孩子的时候都会大便失禁。这太恶心,也太丢人了。加比,原来我们都是被生在屎里的。而最后等我们要死的时候,很多人也会大小便失禁,到时候又是一摊屎。人这一辈子,从生到死,都躲不开和屎的缘分啊。"

"你胡说八道什么呢?"加比叹息着说,"人生哪是那个样子啊?人生是很美好的,我们现在就在享受着它的美好。你瞧,米莉安,你正用自己的身体创造生命呢。有比这更美妙、更了不起的事情吗?"

这就是加比和她不一样的地方——她的人生刚刚拿到了一份新的租约。重获新生的感觉一定很棒,所以现在的她别提有多乐观了。米莉安心里很不爽,她是这么想的。但实际上她很高兴,或者至少可以说她需要这个重生的加比。这能抵消她……呃,一贯的消极情绪。

比如现在。

护士又进来了。

"准备好硬膜外麻醉了吗?"

"你要做硬膜外麻醉吗?"加比问,"这个并不是必需的——"

"我要做。这可是高级麻醉药。我都九个月没有抽烟喝酒了。老天爷,他们说不能吃午餐肉,加比。火腿!我连火腿都不能吃。"她扭头对护士说,"你能在麻药里加点火腿吗?我好想吃火腿啊,或者汉堡也行。啊,汉堡。"整个分娩过程她都不能吃东西,其实她也不想吃,因为吃进肚子就会变成屎,肚子里有屎就保不准生孩子的时候会拉出来。她绝对不想那样。

"说到吃的,我还没吃午饭呢。"加比说。

"你要丢下我?"

"就一会儿,等你上了麻药再说。"

"给我捎个汉堡。"

"不行啊,不过我可以替你吃一个。"

"真是畜生。"

"畜生会这么爱你吗?"加比说着在米莉安额头上亲了一口,随后屁股一扭便出去了。

347

护士是个顶着一头橘黄色头发的白人姑娘,她挂上输液瓶,转身去叫麻醉医生。麻醉医生是个圆圆胖胖的黑人哥们儿,大脸盘儿,笑容可掬。他哼着小曲儿,吹着口哨就进来了。他让米莉安往左翻身侧躺着,而后对她说:"你知道这一针是要打在背上吧?确切地说是脊椎。"

"就算打屁股上我也不介意,赶紧给我上药。"

"收到。"他说。

话音刚落,针头便扎了进去。

88 轻飘似羽毛僵硬如木板

她安安静静地躺着，等待护士来检查；等待加比回来（她的呼吸中必定会有食物的味道，在孩子出生之前，米莉安只能让鼻子过过干瘾）；等待莎西尼医生的到来——格雷罗特意安排莎西尼为她的医生，这表示将由她来负责接生。当然也在等着疼痛的感觉渐渐缓解，她希望焦虑也能随之而去。孩子不会有事，孩子不会有事。孩子——只要她念叨的次数足够多，说不定就灵验了——不会有事。

她小睡了一会儿，然后醒来，尿憋得难受。她忽然睁开眼，看到卫生间的门就在几步之外——她有独立的卫生间呢，不错，产房也是独立的，不需要和别人共用。她还注意到墙角的电视开着，播的是关于洪堡鱿鱼的纪录片，满屏的红色触须和愤怒的鸟嘴在翻滚的黑色海水中挤挤攘攘。于是她想：好吧，关掉电视，去卫生间撒泡尿，然后继续回到床上。

她伸手去拿遥控器。

或者说，她试着去拿，但却够不着。

她一动都动不了。

她能呼吸。

可以四处看。

她想叫护士——

可嘴巴里只能发出呜呜的声音，像女妖在低沉地发牢骚。不不不，出问题了。

该死。

怎么回事？

不管怎么回事，这很可能就是害死她女儿的罪魁祸首。硬膜外麻醉是有风险的——麻痹，对吗？——现在说不定会影响胎儿。万一这就是孩子死掉的原因呢？她的身体对麻醉药愚蠢的渴望难道……

可这本该很安全的呀，这里是医院啊。

天啊，千万别出事。

病房门开了，谢天谢地，进来的是位医生，不是莎西尼，而是个男的，瘦高个儿，但肚子很大，脑袋也秃——

她再度发出呜呜的声音，医生转身面向她。

"米莉安。"他说。

埃默森·考尔德克特。

他关上门，锁住。他随身带着一个小小的黑匣子，此刻放在床沿。他从匣子里掏出一把熟悉的刀：亚历杭德罗用的那把带钩的猎刀。

她想大叫，你这个浑蛋，离我远点儿！可她只能像猪一样发出无济于事的哼哼。

他拿起刀，在她的脚底上戳了戳。

"很好，"他说，"我在你的药里多加了点麻醉剂，这样才方便我进行接下来的部分。我先向你解释一下接下来我们要干什么，米莉安·布莱克。我要把手伸进你的肚子，把孩子拽出来，然后割断她的喉咙。你得看着，看着这个生命来到这个世上又马上离开。这是对我姐姐的补偿，也是对亚历杭德罗的补偿。最主要的，是因为我想这么干。因为我喜欢。因为你是个该死的小婊子。你没资格要孩子。不过我会让你多活几天。我想看看过了今天你会变成什么鸟样。"

她试着扭动身体，试着用意志控制她的身体做出反应。

可她做不到。

考尔德克特举起刀，粗鲁地分开她的双腿。

"嗯……"她绝望地想要发出点声音，不是恳求，而是警告。她想夺过那把刀，把眼前这个杂种碎尸万段。

"你是不是很想知道我是怎么进来的？难道你没有意识到我是个医生吗？我是外科医生啊，米莉安。决定别人生死大权的人是我，不是你。在我家的时候，你说我是个罪犯……"他失望地摇摇头，掀开她的病号服。米莉安的身体完全暴露在他面前，"我在医学界也算颇有名望。可是你，你用你那些指控毁了我的名声，也毁了我的人生。你还让FBI来抓我？必要的时候，我可以救人，也可以杀人。如果我想到黑市上卖几个器官……"

他向米莉安伸出手，但又中途停下："该死，这电视可真够吵的，吵得咱们都没办法好好说话了。我想让你清楚地听到这把刀是如何结束你这孩子的生命的。遗憾的是我不会让你听到她的哭声了，刚生下来时他们都不会哭，要等一会儿才行。但我可不会等，待会儿你就知道了。"

他绕到病床的另一边去拿遥控器。

然而这时，卫生间的门咔嗒响了一声。

门缓缓打开。

里面有个低矮的像人一样的黑影。

考尔德克特转过身，用遥控器对着电视机——

米莉安·布莱克从卫生间里走了出来。

病床上的米莉安不相信地眨眨眼睛——不，那不是她。她看上去很像几天前的米莉安，头发更长、更黑，穿着破洞牛仔裤、白色T恤。这人就像是她的二重身。一个克隆人，或者双胞胎姐妹。

那是雷恩。

考尔德克特看到她时也不由得愣住了。

她手里拿着一把枪。一把硕大的点45ACP手枪。枪很旧，锈迹斑斑，似乎抖一抖都能散架。考尔德克特看看她，又看看枪。

"你是哪位？"

"来解决问题的人。"

说完她对着他的脑门儿就是一枪。血和脑浆从考尔德克特的后脑勺上喷出来，溅在他身后的墙上。病房外面叫声四起，有人冲到门前，推拉了几次，门在门框里哐啷响了一阵，继而传来钥匙的叮当声。

米莉安说不了话，也无法动弹。

雷恩走到她跟前，说道："对不起，我知道过去的所作所为已经无法弥补，但至少今天我还能为你做点事。"

随后她走到窗前，对着玻璃打光了弹夹，直到窗户上不剩一片玻璃。接着她爬出去，跳到医院楼顶，不见了。伴随着钥匙的转动，房门终于打开。两个警察冲进来，后面跟着护士和莎西尼医生。米莉安没看到加比，心里着急却又无可奈何。她动不了。

但她并不平静，她的身体里有东西在动。

孩子。

39 一起飞翔

究竟怎么回事？米莉安有点晕。她被用轮椅推到了另一个房间。莎西尼和护士们像一群激动的苍蝇围在她身边。血检结果出来了，他们说一切正常，但孩子马上就要出世。这会儿她好歹能发出点声音，所以就含混地问他们："加比呢？我要加比。"但她知道出了什么事。加比死了。埃默森来找她之前肯定会先找到加比，杀了她，然后才能放心大胆地消遣米莉安。她哭了，尽管一群人开始忙碌地准备产房，迎接孩子的出生。她扫了一圈在场的护士们——

加比赫然在列，她拉住米莉安的手，对她说不要担心，呼吸，呼吸，一切顺其自然。

别担心。

呼吸。

顺其自然。

"你在这儿呢。"米莉安说。

"你说过我是你的翅膀，现在咱们飞吧。"

"对，好嘞，咱们飞起。"

90 取 名

　　孩子生下来了，紫不溜丢的一团，很Q弹。她脑袋上有头发，小拳头在空中胡乱挥舞。护士从她嘴里吸出些什么东西，之后她就开始哇哇大哭起来，可能因为刚刚被人从一个安全温暖的地方拉出来，心里有些不满。他们为她擦干身子，包起来放在米莉安胸口。米莉安本能地搂住了她。

　　她给女儿取名路易莎。

　　小名露露。

后　记

世界尽头

这堆会跑的废铁实际上是一辆1997年的日产达特桑白色皮卡,尽管它身上白色的地方还没有红色的铁锈和灰黄色的泥点子多。米莉安开着它,叮叮咣咣地沿着瓦基亚公路飞奔,经过哈纳文化中心,驶向不起眼的校舍——哈纳美术学院,露露在这里上幼儿园。

米莉安心里七上八下的。

她不想做这件事。

不想进行这场对话。

没什么,她自我安慰,不过是些废话。她听见你说了,或者她……她只是故意装傻。

时近傍晚,但学校还没正式放学。她把车停进学校旁边的小停车场。这个停车场周围环绕着高大的棕榈树和黑色多孔的火山石,她看见露露站在竹制的屋檐下。李老师——比五岁的露露高不了多少——陪着她。露露穿着黄色的雨鞋——不是因为需要,而是因为她实在太喜欢这双鞋,除了夜里睡觉,其他时间一刻都不舍得脱掉——背着一个超大的R2-D2书包。可怜的孩子,那书包都能把她装进去了。

但她就是喜欢,书包里塞得满满当当,有美术用品,有书,有纸,还有零食。好多好多零食。这孩子是个吃货。

米莉安停好车,但让引擎空转着。她下车先和李老师打招呼。"真抱歉,李老师,我来晚了。课堂延长了,你也知道那些游客有多难缠。"

"像一群该死的喋喋不休的喜鹊！"露露近乎兴高采烈地说。李老师一如既往地大皱眉头，米莉安也一脸尴尬。但这是她们早就达成共识了的。露露说脏话全是米莉安的言传身教，但只要她不在校内说，她们就不和她计较。现在她实际上已经不在校内——虽然只是出了学校几步远——所以理论上不算违反约定。

李老师叹了口气。"没关系，米莉安，来了就好。"

米莉安斜眼看着孩子。

"你没事吧，丫头？"

"我没事，妈妈。"

"你会和她谈谈吗？"李老师问。

"我会和她谈的。"

"因为这……这很不妙。"

她的语气中充满了恐惧。

"我知道，这只是……阶段性的。孩子就是孩子。"她说孩子的时候用的是夏威夷本地语言，李老师不是本地人，她是华裔美国人，但她来这里已经很久，早就习惯了这里的语言。

"最好这样。"

"没错。"

李老师弯腰轻轻抱了抱露露。"周一见，露露·布莱克。"

"再见，李老师。"随后她便跳进了皮卡车。车上自然是没有儿童安全座椅的，说实话，这破车成年人坐着都没有保障。偶尔会有人提醒她，但她每次都搬出她妈妈的那句经典口头禅作为回击：该是什么就是什么。然后就一溜烟地开走。

露露上车后，李老师又对米莉安说："这真的不太好，你知道吗，她吓到那个小女孩儿了。"

"那小姑娘叫什么？"

"达芙妮。"

达芙妮·史蒂文斯。学校新来的学生。她妈妈在此地以北的卡洛路上开了一家简易旅馆。那女人是个贱人，米莉安心里说。不过那孩子还算可以。

该死的。

"我会处理的。"

"好,明天瑜伽课上见?"

"瑜伽课上见。练一下你的新月式动作,好吗?"

"好。"

"回头见,李老师,谢谢了。"

说完她也上车,开出了停车场。

她们称之为家的小屋坐落在北边。回去的路上,米莉安咬着嘴唇,等待着合适的时机。终于,在眼看着就要通过一个路口时,她忽然打了一把方向盘,车子驶上了一条支路。这个地方叫基瓦,有一处海滩公园。"我们要去哪儿,妈妈?"露露问。

"去公园。和你聊聊。"

"聊什么,妈妈?"

她心里说你明知故问,可又一想,也许她真不知道。五岁的小孩儿有时候和金鱼一样健忘。更何况她很可能还是一条被勺子敲过脑袋的金鱼。

她把车停在海滩公园旁边。离她们不远的地方就是水晶一样白茫茫的沙滩和蓝宝石一样美丽的大海。

米莉安努力集中精神。*专心点*,她暗暗提醒自己。这也是她在瑜伽课上经常对那些男女学员说的话。她教瑜伽的地方位于哈纳火努度假村。说实话,她打死都没想到自己居然会成为瑜伽教练。但这份工作大大改善了她的心情,让她夜里不再饱受噩梦困扰,另外还治好了她生露露之后患上的关节炎。所以,虽然她经常瞧不上这份工作,但其实它还是很有帮助的,心灵和身体两方面。

"我知道你要和我聊什么。"露露用她独特的语气说,言外之意是*我知道一些你不知道的事*。

"是吗?"

"嗯嗯。"

"那我要和你聊什么呀,鬼丫头?"

小家伙趴在仪表板上，扒开一个裂了缝的陶罐，一堆收据和饮料杯——她拿出了藏在手套箱下面的烟灰缸。

烟灰缸里有一个皱巴巴的烟头儿，看上去就像一根碾碎的薯条。

"让我逮到了吧？"露露得意扬扬地说。

"就一根。"

"妈妈，你说过你要戒的。"

"我在戒了，但这需要一个过程。"

"我不是在和你商量。"这是米莉安经常在露露不愿吃饭、不愿洗澡或不愿干任何其他让她干的事情时说的话，所以如今她以其人之道还治其人之身就一点都不奇怪了。

"好吧，好吧，我戒，我戒行了吧。我把烟盒都扔了。"她撒谎。（偷偷告个密：烟就藏在她的座位下面，米莉安每周抽一支烟，虽然她觉得特别内疚，但抽烟的感觉实在是太太太爽了。）"我们要聊聊你对达芙妮说的那些话。"

"哦……"

露露安静了。

"哦什么？"

"我不是有意要告诉她的，我告诉她是因为……我也不知道。"

啊，五岁孩子的逻辑。

"该死！"小家伙说道。

"没关系的。"

"妈妈，你生气了吗？"

"不，鬼丫头，我没生气，一点儿也没。"哦，这会儿她真想抽一支烟。她把手放在女儿的手上。"我只是需要知道，你告诉她的……都是真的吗？"

"我不知道。"

"你不知道？"

"好吧，也许我知道。"她轻声说道，"我觉得是真的，妈妈，对不起。"

358

她尽量严肃而又不失温和地问露露:"告诉我你是怎么知道的,告诉我你都看到了什么?"

露露绷住嘴唇,又猛地松开,发出啵啵啵的声音,犹豫了一会儿,她说:"我们在涂乌龟壳,她撞到我,我就看到了。我看见她掉进了一个泳池里。我看见……是一个可怕的男人把她推进去的。那人穿了一件和我的黄靴子一样颜色的夹克衫。然后那人也跳进了泳池,一直摁着她,然后,然后她就不动了。"

车窗外,海鸟尖叫着掠过。米莉安对它们无可奈何。她不知道它们属于什么种类,也看不到它们看到的东西,正如她无法预知李老师如何死去。当她被割伤或者骨折或者肌肉拉伤之后也不会好得比别人更快些。

但现在……

露露……

她的心随着海浪颤动起来。

"露露,你确定吗?"

"我确定,妈妈。"

"这是什么时候的事?"

"没多久,一个星期是七天对吧?"

"对。"

"那……"她举起手指算了算,"三个星期了,妈妈。"

她尽量掩饰自己的烦躁与不安。她得挺住,因为如果她挺不住,露露也必然会崩溃。"这是你第一次看到那样的东西吗?"

露露不说话了。沉默比回答更可怕。见鬼。

"露露……"

"不是,妈妈。我以前也见过。"

"见过很多吗?"

"不多。"

她的心猛然一沉。"有我?"

露露再次沉默了。她没有扭头看自己的妈妈,而是两眼一眨不眨地盯着自己的鞋。她在手套箱上踢了两脚,砰砰。

终于，露露问她："是的，你想知道吗？"

她想吗？

一直以来，这是她唯一无法看到的死亡。

她自己的死。

现在所有的门都关上了，只剩这一扇敞开着。露露知道门里有什么。她的女儿能打开这扇门，为她解开尘封已久的秘密——她，究竟是怎么死的。

"不，"她考虑许久才回答说，"我不想知道，鬼丫头，谢谢。"

"好吧，妈妈。"

米莉安吞了下口水。"达芙妮，你的新朋友。她挺好的？"

"她特别好，妈妈。她还让我用她那些臭烘烘的记号笔呢，该死的，我觉得这很不错。"

"是很不错。你希望她没事？"

露露以一个孩子所能达到的认真程度点了点头。

"那好。"米莉安说，她想到家里指纹保险柜里藏着的那把手枪，想到在卡洛路简易旅馆打扫泳池的那个男人，以及他的黄色雨衣。米莉安早就觉得那人不对劲。他是个白人，皮肤特别苍白，所以应该不是夏威夷本地人，因为这里人的皮肤都像青铜时代的盾牌一样呈棕褐色。（所有人，除了米莉安，她的肤色介于屁股白和龙虾红之间。）她不知道那人的名字，但却时常看见他。现在好了，米莉安知道他要把一个小女孩儿淹死在泳池里。谁知道在那之前他还干过什么别的丧尽天良的事情！

她忽然热血沸腾。

这种感觉已经离开她五年了。

她带着女儿来到夏威夷毛伊岛的哈纳，远离尘嚣，远离过去的一切。这是格雷罗给她指的路。

她不能多想，否则她会哭。

相反，她努力挤出一丝微笑。"我们会保证不让达芙妮出事，"她说，"有妈妈在呢。"

"谢谢你，妈妈。"

"好啦,现在该带你回家了,小丫头。瞧你脏的,回去得好好洗洗。我不是在和你商量,所以不用做出那种表情。加比妈妈马上就要从餐厅下班回来了,今天晚上咱们出去吃大餐,为她庆祝生日。"她侧身过去,在女儿的太阳穴上吻了一下,而后又抱抱她,最后才转动方向盘驱车上路,朝家的方向驶去。"我爱你,露露。"

"我也爱你,妈妈。达芙妮不会有事吧?"

"她不会有事的,"米莉安承诺道,"我们不允许她出事。"

致　谢

好了，大功告成。

六本书，折腾了这么多年，也折腾出那么多脏话。

在所有人当中，最最应该感谢的就是你们了，我亲爱的读者们，因为没有你们没心没肺的支持，我打死都写不到今天这一步。也许第一本的功劳算我自己的，但剩下的五本没你们可不行，而且也只能是因为你们——我的读者、粉丝和所有愿意在一个系列尚未完结之时便慷慨地予以支持的朋友——像我这种二把刀才有勇气写下去。

感谢我的经纪人斯塔西亚·德克尔。她从一开始就对这个系列充满信心，并一直用心扶持。我们因《知更鸟女孩》而结缘，所以我应该感谢她给了米莉安这个机会，因为有很多经纪人并不看好这个系列。

感谢愤怒的机器人（Angry Robot）出版公司的李·哈里斯（现已任职于Tor-dot-com公司），是他让米莉安得以出世；感谢乔·蒙蒂让米莉安在Saga/S&S公司得以重生。系列第一本书完稿时，很多人委婉地拒绝了我。"我们很喜欢这本书，但我们不知道该怎么处理。"所以，能遇到喜欢米莉安又愿意为她做嫁衣的出版商真是三生有幸。感谢米莉安的文字编辑理查德·希利，他担任了该系列每一本书的文字编辑。还要感谢凯文·赫恩和黛利拉·S.道森愿意将米莉安收入"Three Slices"和"Death & Honey"这两个作品集。

最后还要感谢我的妻子，从第一本书开始她便相信我能吃小说家这碗饭，谢天谢地，我和米莉安总算没有让她太失望。从一开始她就是我的第一个读者。不少人认为，像米莉安这种满嘴跑火车、污言秽语如家常便饭的姑娘是不可能存在的……很显然，他们还没见过我的妻子。

我想在此为这个系列加个尾注：我们生活在一个特别扯的时间线上，假定此时此刻强子对撞机出现错误，导致整个时间线陷入了混乱，所以现在的我们只是在还宇宙的债。我们是一个建在大头针针尖上的国家，它摇摇晃晃，我不知道它会倒向哪边，但我知道我们中间有许多人都疯了，我们有疯的理由。如此便产生了争论，对现有行政制度的反抗究竟要不要维持在文明的范围内？我们在批评的时候可以说脏话吗？我心中的米莉安说，当然能。让那些该死的浑蛋见鬼去吧。如果他们以为可以因为我们的粗俗而羞辱我们，或妄图挥舞着性别歧视、种族歧视以及体能歧视的大锤砸碎我们的民主，那就让那些噪声统统见鬼去吧。恶人总是希望你与人为善，因为你太善良，就不忍心指出恶人的恶了。去他的与人为善吧！学学米莉安，让人们见识真话的力量，哪怕用上全世界最脏的话。

谢谢，你们这些满嘴脏话、心肠歹毒的灵魂。请你们保持下去吧。

如果可以，米莉安也会感谢你们，但她没空，她正忙着对所有人竖中指呢。

专有名词中英对照表

Chuck Wendig —— 查克·温迪格（作者）
Miriam Black —— 米莉安·布莱克（女主）
Star fucker —— 明星收割机（绰号）
California —— 加州（美国）
Hesperia —— 希斯皮里亚（加州）
Dead Mermaid Hideaway —— 美人鱼往生酒吧
Louis —— 路易斯（男名）
Beverly Hills —— 比弗利山庄
Dr. Dita Shahini —— 蒂塔·莎西尼医生
Gabby —— 加比（女名）
River breaker —— 分流器
Taylor Bowman —— 泰勒·鲍曼（男名）
Florida —— 佛罗里达（美国）
My Little Pony —— 《彩虹小马》（动画片）
Djibouti —— 吉布提（东非）
Sandra —— 桑德拉（女名）
Applebee's —— 苹果蜂（餐厅）
In-n-Out Burger —— 快闪汉堡（连锁快餐）
Ka-Bar —— 卡巴（刀具品牌）
Ethan Key —— 伊森·基（男名）
Nona —— 诺娜（女神）
Decima —— 得客玛（女神）
Morta —— 墨尔塔（女神）

Wren	雷恩（女名）
Harriet Adams	哈里特·亚当斯（女名）
Sergeant Abe Stuckey	亚伯·斯塔基警官
bootbrush	小胡子（绰号）
Grosky	格罗斯基（男名）
Ashley	阿什利（男名）
Cody	科迪（男名）
Jimmy	吉米（男名）
Mary Scissors	玛丽剪刀（绰号）
Samantha	萨曼莎（女名）
Maryland	马里兰州（美国）
Manchester	曼彻斯特（镇）
Kansas	堪萨斯州（美国）
Maui Motel	毛伊岛汽车旅馆
Super 8	速8（连锁酒店）
David Guerrero	戴维·格雷罗（男名）
Frankie	弗兰克（男名）
Chernobyl	切尔诺贝利（核电站）
Isaiah	艾赛亚（男名）
Key	基（姓氏）
Uncle Charlie	查理叔叔
Key Largo	基拉戈岛（佛罗里达州）
Tatooine	塔图因（虚构行星）
Skywalker	天行者（星战人物）
Yoda	尤达（星战人物）
Caldecott	考尔德克特（姓氏）
Rita Shermansky	丽塔·谢尔曼斯基（女名）
Fort Lauderdale	劳德代尔堡（美国城市）
Virginia Slim	维珍妮牌女士香烟

Richard Beagle —————————————————理查德·比格尔（男名）
Tavernier ———————————————————塔威尼尔（地名）
Keys ————————————————————佛罗里达群岛
Overseas Highway ——————————————————跨海公路
Never-Dick ————————————————————老二不行（绰号）
Chang's Dynasty ——————————————————张氏王朝（商店）
Price Is Right ————————————————《价格猜猜猜》（电视节目）
Rex ——————————————————————雷克斯（宠物名）
Evelyn ————————————————————伊芙琳（女名）
Asherman Syndrome ——————————————————阿谢曼综合征
Nevada ——————————————————内华达州（美国）
Mary Stitch ————————————————玛丽·史迪奇（女名）
Ebola ——————————————————————埃博拉病毒
Paula ——————————————————————保拉（女名）
Key West ———————————————基韦斯特（佛州城市）
Bird of Doom ————————————————————厄运之鸟
Gulf of Mexico ——————————————————墨西哥湾
Corona ——————————————————科罗娜（啤酒）
What to Expect When You're Expecting ———《孕期完全指导》（书）
Conch House ————————————————海螺之家（饭馆）
Lexus ——————————————————雷克萨斯（汽车品牌）
West Hollywood —————————————————西好莱坞（加州）
Bel Air ——————————————————————贝莱尔（加州）
Tom Cruise ———————————————汤姆·克鲁斯（美国男影星）
Uber ———————————————————优步（打车应用软件）
Lyft ——————————————————来福车（打车应用软件）
Wilshire ————————————————————威尔夏大道
Steve Weibe ————————————————史蒂夫·韦伯（男名）
Captain America ——————————————美国队长（电影人物）

Elmo	埃尔默（卡通人物）
Bitcoin	比特币
Litecoin	莱特币
psychic	通灵师
Ringo Starr	林戈·斯塔尔（音乐家）
Micky Dolenz	米基·多伦兹（歌手）
the Monkees	猴子乐队
Kia	起亚（汽车）
Veteran Ave	老兵大街
Julie Anaya	朱莉·安纳亚（女名）
Carl's Jr.	卡乐星（美国汉堡店）
Dr. Tranh	特兰医生
Culver City	卡尔弗城（美国加州）
Left Coast	左海岸（加州）
Jack Ellison	杰克·艾里森（男名）
Pyroclasm Pictures	烈火影视（公司）
Santa Monica	圣塔莫尼卡（美国城市）
Armanda Glix	阿曼达·格里克斯（女名）
Caleb van der Wald	迦勒·范德·沃尔德（男名）
The Brickhouse Boys	《布里克豪斯家的男孩》（小说）
Hank Spears	汉克·斯皮尔斯（男名）
Dorian	多利安（男名）
Dashiell	达希尔（男名）
Malcolm	马尔科姆（男名）
Logan	罗根（男名）
Rudolph the Red-Nosed Reindeer	红鼻子驯鹿鲁道夫
Connor	康纳（男名）
Spencer	斯宾塞（男名）
Chandler	钱德勒（男名）

Brickley ——————————————————布里克利（男名）

Porsche ———————————————————保时捷（跑车）

Century City ——————————————世纪城（地名）

Burbank ———————————————————伯班克（地名）

Birkenstock ——————————————————勃肯（鞋）

Tonga No-No ——————————————汤加诺诺（酒吧）

Hollywood Hills ——————————————————好莱坞山

Andre the Giant ——————————————————巨人安德雷

Ingersoll ——————————————————英格索尔（男名）

Emily ————————————————————埃米莉（女名）

Range Rover ——————————————————路虎揽胜（车型）

San Francisco ——————————————————旧金山（美国城市）

Esmerelda ——————————————————艾丝美拉达（女名）

Mazda Miata ——————————————马自达米亚达（车型）

Barstow ———————————————————巴斯多（美国加州）

Salton Sea ——————————————————索尔顿湖（美国加州）

Orange County ——————————————橘子郡（美国加州）

Roderick Goynes ——————————罗德里克·戈尼斯（男名）

Kago Demarco ————————————卡格·德马科（男名）

Netflix ——————————————————————网飞（公司）

Laura Lippman ————————————《劳拉·利普曼》（书）

Sugar ————————————————————休格（女名）

Oregon ———————————————————俄勒冈州（美国）

Jeremy ————————————————————杰里米（男名）

Carlos ———————————————————卡洛斯（男名）

John Samuel Solomon ——————约翰·塞缪尔·所罗门（男名）

Maui ———————————————————毛伊岛（夏威夷群岛）

Hana ————————————————————哈纳（毛伊岛）

Samira Abbar ——————————————莎米拉·亚巴尔（女名）

Abraham Lukauskis —————————亚伯拉罕·卢卡斯基斯（男名）
Lizzie Priest ——————————————莉齐·普利斯特（女名）
Boyle Heights ——————————————博伊尔高地（洛杉矶）
Virgin Mary ————————————————圣母马利亚
Virgin of Guadalupe ——————————瓜达卢佩圣母
Mervin ——————————————————默文（男名）
Harlan Coben ——————————————哈兰·科本（男作家）
Macy's Thanksgiving Day ——————梅西百货感恩节大游行
Ghost of All-Dead —————————————亡灵之魂
Twentynine Palms ————————————二十九棕榈村
Joshua Tree National Park ——————约书亚树国家公园
Mojave Desert ——————————————莫哈韦沙漠
Paiute ——————————————————派尤特族
Walter ——————————————————沃尔特（男名）
Henderson ————————————————亨德森（内华达州）
Lone Pine —————————————————孤松镇
Shoshone ————————————————肖松尼族印第安人
Halloran Springs ————————————哈洛伦泉（加州）
Ostin Cole ————————————————奥斯丁·科尔（男名）
Red Boy ——————————————————红小子
The Methuselah Tree ——————————玛士撒拉树
The Integratron —————————————声波浴馆
Los Feliz Murder Mansion ——————卢斯费利斯谋杀大厦
Zzyzx Mineral Springs ————————宰兹克斯矿泉
Black Star Canyon ————————————黑星峡谷
Alejandro —————————————————亚历杭德罗（男名）
Emerson —————————————————埃默森（男名）
Chelicerae ————————————————铗角（秘密组织）
Clotho ——————————————————克罗托（命运女神之一）

Lachesis ——————————————拉刻西斯（命运女神之一）
Atropos ———————————————阿特洛波斯（命运女神之一）
Monterey County ————————————蒙特利县（加州）
Eleanor Caldecott ——————————埃莉诺·考尔德克特（女名）
Carl Keener ——————————————卡尔·基纳（男名）
Edwin —————————————————埃德温（男名）
Annie Valentine ———————————安妮·瓦伦丁（女名）
Jacuzzi ————————————————极可意浴缸
James Gregg —————————————詹姆斯·格雷格（男名）
Henry Hungerford ———————————亨利·亨格福德（男名）
Satanist ————————————————撒旦崇拜主义者
Grigori Rasputin ——————————格里高利·拉斯普京（男名）
Hellboy ————————————————《地狱男爵》（电影或小说）
Ben Hodge ———————————————本·霍奇（男名）
Sherlock Holmes ———————————福尔摩斯（名侦探）
Dr. Sharpe ————————————————夏普医生
Garibaldi ————————————————加里波底（餐馆）
Beastie Boys —————————————野兽男孩（乐团）
Miami ——————————————————迈阿密（佛州）
Kendall —————————————————肯德尔（佛州）
Homestead ———————————————霍姆斯坦德（佛州）
Iceland —————————————————冰岛（欧洲）
Louisa —————————————————路易莎（女名）
Lulu ——————————————————露露（女名）
Datsun —————————————————达特桑（日产汽车）
Uakea Road ———————————————瓦基亚公路
Daphne Stevens ———————————达芙妮·史蒂文斯（女名）
Kalo Road ————————————————卡洛路
Keawa Place ———————————————基瓦

Stacia Decker	斯塔西亚·德克尔（女名）
Lee Harris	李·哈里斯（男名）
Angry Robot	愤怒的机器人（出版公司）
Joe Monti	乔·蒙蒂（男名）
Richard Shealy	理查德·希利（男名）
Kevin Hearne	凯文·赫恩（男名）
Delilah S. Dawson	黛利拉·S.道森（女名）
Hadron Collider	强子对撞机